U0132935

教育部人文社会科学研究（青年）项目成果（项目号：07JC630065）

零售企业物流绩效评价研究

李文静 著

中国社会科学出版社

图书在版编目（CIP）数据

零售企业物流绩效评价研究 / 李文静著. —北京：
中国社会科学出版社，2010.5
ISBN 978-7-5004-8779-1

I.①零…　II.①李…　III.①零售商业－商业企业－
企业管理－物流－物流管理－研究　IV.①F713.32

中国版本图书馆 CIP 数据核字（2010）第 090589 号

责任编辑　胡　兰
责任校对　李　莉
封面设计　毛国宣
技术编辑　李　建

出版发行　中国社会科学出版社
社　　址　北京鼓楼西大街甲 158 号　　邮　编　100720
电　　话　010－84029450（邮购）
网　　址　http：//www.csspw.cn
经　　销　新华书店
印　　刷　北京君升印刷有限公司　　装　订　广增装订厂
版　　次　2010 年 5 月第 1 版　　印　次　2010 年 5 月第 1 次印刷
开　　本　880×1230　1/32
印　　张　8.625　　插　页　2
字　　数　213 千字
定　　价　25.00 元

前　言

作为零售企业经营的重要基础条件，零售物流系统在很大程度上担负着"在适当的时间把适当的商品准确送达消费者手中"的重任。高效的物流管理有助于零售企业通过成本优势和顾客满意度的提高来获取并保持其竞争优势。因此，物流绩效的改进和提高对于零售企业整体绩效的改进和提高具有重要意义。然而，正如绩效管理领域的一句经典格言所阐述的，"如果不能评价，就无法进行控制；如果无法控制，就无法进行管理；如果无法管理，就无法实现改进"，物流绩效评价使零售企业能够准确判断物流活动对其获取竞争优势的贡献，并正确识别物流绩效改进的机会。鉴于此，建立起合理的物流绩效评价框架、构建符合企业发展要求的物流绩效评价系统即成为零售企业物流绩效改进的一个重要前提。

早在 20 世纪之初，与物流绩效有关的问题就开始受到学者们的关注。尤其在 20 世纪 70 年代中期以后，国内外学者围绕着企业物流绩效评价问题所开展的研究取得了比较丰富的成果。就国外学者的研究来看，现有文献分别从物流成本视角、物流生产率视角、物流服务视角和整合视角出发，聚焦于评价指标和评价模型，对企业物流绩效评价开展研究。中国学者在该领域的研究虽然起步较晚，但自 2000 年以来的十余年间，围绕着评价思路、评价指标和评价方法，与企业物流绩效评价相关的研究成果也呈现出递增趋势。综观国内外研究文献，对企业物流绩效评价的研究仍然存在以下三个需要进一步完善的方面：首先，现有研究多偏重于对具体指标和评价模型的研究，缺乏对物流绩效评价系统的整体研究；其次，研究重点主要集中于生产领域，对零售领域的关注相对缺乏；最后，本土背景下的系统研究相对缺乏。亟待回答的问题包括：应该以何种观念从整体上指导企业的物流绩效评价？企业物流绩效评价应在什么样的模式下进行？一个完整的物流绩效评价系统应包括哪些构成要素？该系统应以何种机制运行才能充分发挥作用？选择不同物流模式的零售企业其物流绩效评价系统有何差异？不同物流模式下的物流绩效评价系统的具体构成如何？

为了探索上述问题的解决途径，本书以系统理论、权变理论、管理控制理论、战略管理理论、业绩评价理论为基础，提出零售企业物流绩效评价的思路：首先，确定零售企业物流绩效评价的指导观念，即系统观念和权变观念，并以此作为确定评价模式、构建评价框架和建立评价系统的指导思想。其次，在系统观念和权变观念的指导下，选择以平衡模式作为零售企业物流绩效评价的模式，并从动态的角度构建零售企业物流绩效评价的基本框架，从静态的角度建立相对完整的物流绩效评价系统。就评价框架而言，由于企业物流绩效评价是一项复杂的系统工程，要使该系统的作用得以充分发挥，必须有一种运行机制和一个合理的体系架构，使构成系统的各个要素之间实现有机衔接和动态关联，并且，这种运行机制和架构还应该能够明确指出物流绩效评价的主要环节及各个环节之间的有机联系，以指导企业物流绩效评价的具体运作。因此，本书提出如下物流绩效评价框架：即物流绩效的评价应以企业的物流战略为起点，将企业在物流方面的远景转换为清晰的目的，以建立起物流绩效目标体系；然后对影响物流绩效的各关键因素进行分析，并据此提取关键物流绩效指标（KLPI），形成具有内在逻辑联系的评价指标体系；结合各层次评价目标和各项评价指标选择评价标准；根据评价指标的性质和特点选择具体的评价方法；之后，组织实施绩效评价，并对评价结果进行评估，根据评估结果对评价系统进行持续改进。就评价系统而言，在评价主体、评价客体和评价目的三个要素确定的情况下，物流绩效评价系统的构成应包括物流绩效目标、物流绩效评价指标、物流绩效评价标准和物流绩效评价方法四个核心要素。因此，本书提出了物流绩效目标设定、物流绩效评价指标体系构建、物流绩效评价标准确定和物流绩效评价方法选择的依据和具体思路。此外，在零售物流模式概念框架的基础上，本书比较详细地分析了物流模式对物流绩效评价产生的具体影响，并基于所提出的物流绩效评价系统基本构成要素，初步归纳了供应商主导、零售商主导、物流商主导和共同主导四种物流模式下物流绩效评价系统的基本构成。

目　　录

第 一 章

绪 论

第一节 选题背景与意义

随着零售竞争的加剧和现代信息技术在零售领域的广泛应用，物流在零售业竞争中发挥着越来越重要的作用。物流管理可以通过塑造差异化的优势强化零售企业的核心竞争力（李飞等，2007）。物流绩效提高所带来的周转时间缩短使企业能够快速反应，因而更具灵活性。这种灵活性会增强零售企业应对市场变化的能力，从而对其整体绩效产生正面影响［施拉姆—克莱因、莫施切特（Schramm-Klein，Morschett），2006］。

但是，如果不能评价，就无法进行控制；如果无法控制，就无法进行管理；如果无法管理，就无法实现改进［哈灵顿（Harrington），1991］。物流绩效评价使零售企业能够准确判断物流活动对其获取竞争优势的贡献，并正确识别物流绩效改进的机会。因此，构建一个相对完整的、符合企业发展需要的物流绩效评价系统是提高零售企业物流绩效的前提。

一 零售企业所处的竞争环境

自从中国 1992 年推行零售业对外开放试点以来，外资零售企业陆续进入中国市场。2004 年 12 月，限制外资零售企业进入的有关条件全面取消，外资零售商明显加快了进入中国市场的步伐：短短一年内，全球 50 家最大的零售集团中，已有 70％进入中国市场，并基本完成对中心城市的抢点布阵。[①] 麦肯锡公司甚至认为，在未来 3—5 年内，中国零售市场 60％的份额将被 3—5 家世界级零售巨头所控制。[②]

外资零售商的进入使中国零售业市场的国际化色彩日益浓厚，同时也使中国零售业的竞争更为激烈，具体表现为竞争主体数量的增多和市场主体之间竞争关系复杂性的增加（夏春玉、杨旭，2006）。对于国内零售企业而言，尽管因其独特的商业形象、良好的政府背景，以及对国内市场的充分了解和把握而具有一定优势，但是，与外资零售商相比，在资金实力、经营理念和技术设备等方面仍然处于劣势。尤其在零售物流方面，先期进入的大型外资零售企业凭借其遍布全球的进货渠道、先进的管理理念、统一的物流配送体系、先进的供应链管理模式等优势，在国内织就了一条高效的供应链，控制了一大批供应商，使其在新一轮扩张中具有更大的运营和价格优势，从而对国内本土零售企业的生存和发展造成了巨大的威胁（彭玲，2006）。

---

① 李金河：《中外零售业贴身大比拼》，《海内与海外》2005 年第 4 期。

② 刘星原：《中国境内中外零售企业竞争力与演变趋势探析》，《财贸经济》2006 年第 1 期。

作为零售业经营的重要基础条件，零售企业的物流系统在很大程度上担负着"在适当的时间把适当的商品准确地送达消费者手中"的重任。而进入 21 世纪以来，物流全球化的影响已深入到零售活动的各个方面，要完成上述职能，就要求零售商能够在全球范围内具备最大的响应能力和最短的响应时间（严复海、张冉，2008）。与此同时，消费理念和消费行为的改变所带来的一系列变化，也对零售物流提出了更高要求，使物流在零售企业中的战略地位日益凸显（宋华，2000）。20 世纪90 年代以来，由于经济社会向国际化、信息化的转变，推动了消费者价值类型的多元化以及生活类型的多样化，从而使消费向个性化和多样化方向发展。这种消费行为上的变化对企业的生产和经营产生了深远影响——企业的经营从原来生产主导的消费唤起战略转向消费主导的商品生产战略，企业的生产从大批量、少批次转向小批量、多批次。与消费的个性化、多样化以及厂商的多品种生产相对应，零售企业经营的商品种类也越来越多。但是，由于政策、环境、房地产价格等原因，店铺和仓库的规模不可能无限扩大，加之对于实际需求的预测越来越困难，零售企业必须尽可能地压缩库存，实现即时销售，以降低经营风险。这一系列的变化要求物流活动既要有效率又要具有柔性，以适应生产、销售战略的灵活调整。

因此，国内有学者断言，在中国物流业相对发展滞后但零售业的竞争已经国际化的同时，物流已成为零售业成功的关键（何明珂、王浩雄，2006）。

二 物流对零售企业获得竞争优势的意义

物流是构成企业价值链的基础活动，也是企业获得竞争优势的关键。对零售企业而言，物流活动贯穿其经营业务全过程：从商品采购到销售服务，从保管、运输到包装、加工，物流活动直接影响着零售商的运营成本与效率以及对市场和顾客的反应速度。所以，物流对于零售企业获取竞争优势至少有以下两个方面的贡献。

1. 高效的物流管理能够获取成本优势

零售企业的成本主要体现在以下几方面：建立或租赁店铺成本，店铺装修成本，店铺内设施成本，人力成本，管理费用，商品采购成本，运输成本，装卸成本，仓储成本，包装及贴标签成本，流通加工成本，配送成本和信息维护成本等（张金萍，2004）。其中，后八项属于物流成本，在零售企业总成本中占有较大比重。因此，这一部分成本的减少将直接降低零售企业的总体成本。并且，物流速度的提高可以节省物流时间，而商品在流通各环节停留时间的减少意味着商品和资金流转速度的加快，即资金成本的节约。可见，高效的物流管理是零售企业建立成本优势的关键环节之一。

2. 高效的物流管理可以提高顾客满意度

零售企业虽然销售的是有形产品，但却是典型的服务企业。零售商提供的服务内容和服务质量会影响消费者的货币选择。通常情况下，顾客将从那些能够提供最大顾客让渡价值的公司购买商品。顾客让渡价值是顾客总价值与顾客总成本之差。其中，顾客总价值具体包括产品价值、服务价值、人员价值和形象价值；顾客总成本包括货币成本、时间成本、精神成本和体力成本。顾客在购买产品时，总希望把有关成本降到最低限度，同时又希望从中获得更多的实际利益，以使自己的需要得到最大限度的满足（科特勒、凯勒，2006）。零售商通过高效的物流活动可以降低顾客总成本，进而增加顾客让渡价值，提高顾客的满意度：加工、包装可以增加产品的价值，快速送货可以减少缺货，系统的物流管理所实现的成本节约可以间接地体现为商品价格的降低，及时准确的配送服务则降低了顾客的时间与体力成本。

可见，物流和营销密不可分，二者对顾客满意度都有显著影响［伊尼斯、拉隆德（Innis，La Londe），1994］。营销负责需求的创造和管理，而物流则负责完成对需求的满足，只有当产品或服务在顾客要求的时间到达顾客要求的地点，整个销售过程才算完成，物流和营销共同为企业收益的增加奠定了基础［多尔蒂等（Daugherty et al.），2009］。因此，高效、灵活的物流系统能够满足顾客特定的要求，而以此为核心构建的物流系统能够为企业带来巨大的竞争优势（施拉姆—克莱因、莫施切特，2006）。

三　物流绩效与零售企业整体绩效的关系

物流一度被称为经济的"黑暗大陆"、降低成本的"最后边界"、企业的"第三利润源泉"。物流活动的效率和效果对于企业的经营效率和效果有着显著影响。福西特和克林顿（Fawcett，Clinton，1996）对绩效一般和高绩效的企业进行对比研究后得出七个影响组织绩效的因素，这些因素与组织战略、组织结构和作业流程有关，分别是战略导向、流程管理、整合机制、协同管理、物流绩效、绩效评价系统和信息系统。其实证研究成果证明，这七个因素会对企业的整体绩效产生综合影响。而物流领域一些早期的研究成果，如 A. T. 科尔尼公司在 20 世纪 70 年代和 80 年代所作的研究、密歇根州立大学全球物流研究小组在 90 年代所作的研究也表明，卓越的物流绩效和企业的高财务绩效有着直接关系［德阿万佐等（D'Avanzo et al.），2003］。同样，一项对中国台湾地区 1200 家大型生产企业的研究证实，在企业的物流绩效和财务绩效之间存在较强的正相关关系［尚、马洛（Shang，Marlow），2005］。

物流绩效对企业财务绩效的贡献是通过较低的成本和高效的资产利用率所带来的高收益得以实现的［安德森等（Anderson et al.），1997］。高物流绩效意味着有效的物流运作，有效的物流运作往往伴随着总成本的降低、资产利用率的提高、交货周期的缩短和交货可靠性的提高。较短的交货周期使企业得以对市场需求做出快速反应，从而提高企业的灵活性，较为可靠的交货方式则可以使企业得到顾客的信任，拉近企业与顾客之间的距离。高物流绩效的上述特征使得企业能够以高质量的产品或服务而获得较高的收益［文卡塔拉曼、拉曼努金（Venkatraman and Ramanujam），1986；特蕾西（Tracey），1998；埃林杰等（Ellinger et al.），2000；兰伯特和布尔杜罗格鲁（Lambert and Burduroglu），2000；兰伯特和波伦（Lambert and Pohlen），2001；威斯纳（Wisner），2003］。

零售业作为服务业中重要的组成部分之一，其绩效影响着国民经济的增长。随着零售市场的逐渐开放，如何提高企业绩效成为零售企业所面临的一道难题（白长虹、陈晔，2006）。由于零售企业没有原材料成本和制造成本，物流费用（包括进货运费和发货运费等）占其全部成本费用的比率较高（严复海、张冉，2008），因此，物流绩效与零售业务的绩效密切相关。施拉姆—克莱因和莫施切特（2006）的研究发现，以物流成本和物流质量来衡量的物流绩效与零售企业的财务绩效有着很高的正相关关系。特伊利等（Toyli et al.，2008）对芬兰 400 多家中小企业物流绩效与财务绩效关系的研究也表明，这种正相关关系在零售和批发企业中表现得尤为明显。所以，物流绩效的改进和提高对于零售企业整体绩效的改进和提高有着重要意义。

四　物流绩效评价对改进物流绩效的意义

通常情况下，企业要实现物流绩效的改进，至少需要明确以下三个问题：一是"物流绩效是否需要改进"，二是"物流绩效的哪些方面需要改进"，三是"如何改进物流绩效"。对上述三个问题的回答在很大程度上有赖于一个有效的物流绩效评价系统，因为这一有效的评价系统可以发挥以下功能：第一，评价系统的构建过程要求管理层的充分参与和投入，因而可以使管理者对企业物流过程有更加深入的认识和理解。第二，通过设定诊断性的评价指标，可以及时反映物流绩效状况，在绩效状况恶化之前提出预警。第三，为决策者提供决策所需的信息支持。只要物流人员需要运用信息来制定决策，那么建立能够及时反馈相关信息的适当的评价系统对于物流活动的有效管理就至关重要 ［格里菲斯等（Griffis et al.），2007］。第四，对评价结果的分析有助于识别改进物流绩效的机会，指明改进行动的方向和改进措施。第五，对绩效改进的过程进行管理。绩效改进的过程是一个循序渐进的良性积累过程，涉及组织能力的逐步释放、未来的成本降低和不断为顾客创造更高的价值等，而评价是判断是否应对这一过程继续投入的依据（威廉姆斯，2002），对评价指标的持续关注可以辨析绩效改进所带来的益处，即绩效改进措施的效果，以判断是否需要对改进计划进行调整。

除此以外，物流绩效评价系统还具有以可操作性目标和行动表述企业物流战略、促进物流绩效目标自上而下的纵向传递、为各部门之间有关物流信息的横向沟通提供一种"共同语言"等作用。

尽管绩效评价系统上述功能的发挥在很大程度上取决于组织环境、组织文化和管理意图［施密茨、普拉茨（Schmitz and Platts），2004］，但是，如果不能建立起一个适当的评价系统，就有可能意味着企业无法从其物流子系统中受益［瓦西里耶维奇、波帕迪奇（Vasilievic，Popadic），2008］。在实践中，很多管理者都依赖于企业已有的评价系统，虽然有时这些系统并不能完全满足他们对关键信息的需求，也无法为其管理行为提供理想的指导，但那些早期建立起来并长期运转的物流绩效评价系统仍然具有一定的意义，因为通过该系统可以对企业不同时期的物流发展情况进行持续关注和控制（格里菲斯等，2007）。实际上，世界一流的企业已经认识到物流绩效评价系统对于企业成功的关键性作用，并且具有高绩效的企业比绩效较低的企业更致力于构建综合性的评价系统［福西特、库珀（Fawcett，Cooper），1998］。

第二节 研究对象的界定

一 零售企业

零售由那些向消费者销售用于个人、家庭或居住区消费所需商品和服务的活动组成。它包括所有面向最终顾客的销售活动（伯曼、埃文斯，2007），通过向消费者出售供个人和家庭使用的产品和服务来创造价值（利维、韦茨，2004）。

在现代社会，产品从生产领域向消费领域的转移有着不同的途径。制造企业将生产出来的产品销售给批发企业，批发企业将其转售给零售企业，零售企业聚集来自于不同渠道的商品和服务，大批量购买之后再小批量出售给最终消费者。此即典型的"产销分离"。制造企业也可以通过自建零售商店，或者通过上门推销、网络销售、电话邮购等方式，将生产出来的产品直接送达消费者手中。此即现代意义上的"产销合一"。因此，并非只有零售企业才从事零售活动，制造企业和批发企业也可以兼营零售业务，相应地，零售企业也可以从事批发业务甚至生产活动。

本书所研究的零售企业是指以零售活动为主要业务的商业企业。具体而言，即将商品直接销售给个人或家庭消费者的专业流通机构，它是联结生产者与消费者，或批发商与消费者的重要中间机构（夏春玉，2009）。而生产企业、批发企业兼营的各种零售活动，零售企业兼营的批发业务和生产业务，均不在本书的研究范围之内。

二 零售企业物流

根据美国物流管理协会的定义，现代物流是以满足顾客需求为目的，对原材料、半成品、成品以及与此相关的信息由产出地到消费地的有效且成本效果最佳的流动与保管进行计划、执行与控制。[①] 本书所研究的零售企业物流属于"微观物流"，

---

① 转引自夏春玉《物流与供应链管理》，东北财经大学出版社 2007 年版，第5 页。

就其属性而言属于"商业物流",就空间范围而言属于"企业物流",就物流阶段而言则属于"销售物流"。

具体地,零售企业物流是一个有组织地管理商品流的过程,该商品流从商品的供给源头——供应商一直延续到公司的内部加工功能——存储和运输——最终再到商品被售出并送抵顾客手中(利维、韦茨,2003)。通常情况下,零售企业的物流要实现以下目标:将发生的成本与特定的物流活动联系起来,从而在完成公司其他绩效目标的情况下,尽可能经济地完成所有的活动;轻松、准确和令人满意地下订单和接受订货;尽量缩短订货和接收商品之间的时间;协调不同供应商送货;拥有足够的商品来满足顾客需求,而无需太多存货;将商品快速放到销售场地;以令顾客满意的方式快速处理顾客订单;与供应链上的其他成员合作和定期沟通;有效处理退货,减少产品破损;监督物流业绩;拥有在系统故障时采用的备用计划(伯曼、埃文斯,2007)。

一般而言,运输和存储是零售企业物流的核心内容。围绕着这两项内容,会发生大量的辅助性活动,如商品包装、商品的装卸和搬运、流通加工以及物流信息的收集、处理和传送等(高艺林,2001)。因此,零售企业物流不仅包括商品的实际转移过程,还包括为使商品能够在适当的时间、适当的地点、以适当的形式提供给消费者而必须发生的商品加工、包装和信息传输等活动(周筱莲,2006)。也就是说,零售企业必须尽可能地实现信息流与实物流的最佳整合〔德沃拉克、范巴森(Dvorak, Van Paesschen),1996〕。

一个典型的零售企业物流流程如图1—1所示:

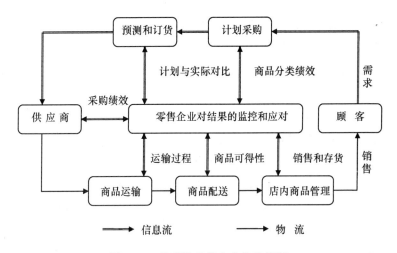

图1—1 典型的零售企业物流流程

资料来源：Robert E. Dvorak, Frits van Paasschen, Retail Logistics: One Size doesn't Fit All, *The McKinsey Quarterly*, 1996, No. 2.

上述流程所体现的实为物流职能完全由零售企业承担的情况。实践中，由于零售企业的业态、规模、物流能力、物流环境等方面存在差异，其对物流活动的组织形式也不尽相同。通过与供应商、第三方物流企业的协作，零售企业可以采取不同的模式组织物流活动，具体包括供应商主导的物流模式、零售商主导的物流模式、物流商主导的物流模式和共同主导的物流模式（任军号等，2004；吴聪，2005；周筱莲，2006；张华芹，2006；吕延昌，2006）。

供应商主导的物流模式是由供应商在整体上负责物流活动的运作和管理。具体又可分为三种形式：（1）供应商→消费者，即零售物流全部由供应商承担，零售企业只发挥展览商品、媒介交易的作用。（2）供应商→零售商→消费者（物流费用由供应商承担），即由供应商将商品送至零售商，再由零售商负责将商品送至消费者或消费者自己取回。（3）供应商→零售商→物流商→消费者，即供应商将商品送至零售商，零售商委托物流商将商品送至消费者。

零售商主导的物流模式是由零售商在整体上负责物流活动的运作和管理。具体包括：（1）供应商→零售商→消费者（物流费用由零售商承担），零售商到供应商处提货，并负责将商品送至消费者或由消费者自己取回。（2）供应商→零售商—物流商→消费者，零售商到供应商处提货，然后在需要时委托物流商将商品送至消费者。

物流商主导的物流模式是由供应商或零售商委托第三方物流企业承担全部的物流功能。供应商或零售商将订购与销售信息传递给物流服务提供商，由其根据要求完成全部物流任务。

共同主导的物流模式是由多家零售企业联合起来，共同出资建设或租用配送中心，承担物流活动。具体又可分为：（1）供应商→共同配送中心→零售商→消费者，即供应商将货物送到多家零售商共同组建或租用的配送中心，共同配送中心根据需要配送货物并分别送至各零售商，再由零售商将货物送达消费者。（2）供应商→共同配送中心→消费者，供应商将货物送到多家零售商共同组建或租用的配送中心，共同配送中心根据各零售商的指令配送货物，并送达消费者。

三 零售企业的物流绩效

对于管理学领域的研究者而言，界定"绩效"是一种挑战，因为组织具有多重目标，且这些目标之间常常相互冲突［霍尔（Hall），1991］。因此，绩效实际上是一个多维度的概念，反映了不同利益相关者的利益［周等（Chow et al.），

1995]。

　　在研究绩效评价和绩效管理的文献中，对"绩效"的界定主要有以下三种观点。

　　第一种观点认为，绩效是一种结果，主要与职责、目标、目的、生产量、任务等概念相关。如莱瑟姆（2002）将绩效界定为知识、技术、能力等一切综合因素通过工作转化为可量化的贡献，包括有形的和无形的两部分。相应地，持这种观点的学者认为，绩效评价就是对工作结果进行评价，是对主体所做贡献的一种考评。

　　第二种观点认为，绩效是行为或过程，主要包括任务绩效和周边绩效。如墨菲（Murphy，1995）将绩效描述为"一套与组织或个人体现工作组织单位的目标相关的行为"，德瓦尔（2003）将绩效界定为"主体利用它所占有的资源来完成工作的一种效率"。这种观点认为，绩效评价实际上是对主体完成工作的过程或完成工作的情况所做的评价。

　　第三种观点认为，绩效是过程和结果的统一体，即绩效是指主体完成工作的效果和效率。这里的效果是指顾客需求的满足程度，效率是指组织在满足特定层次的顾客需求时利用资源的经济程度（陈凌芹，2004）。持这种观点的学者认为，在进行绩效评价时，既要对最终完成的结果进行评估，又要对完成结果的过程进行考评，因为一定的结果是通过特定的过程来实现的。

　　除此以外，还有学者提出其他的一些"绩效"构成要素，如辛克（Sink）及其同事（1984）认为，绩效包括七个维度，即效果、效率、质量、生产率、工作环境、革新、盈利性。杰曼（Germain，1989）则认为，绩效的界定可以从以下三个角度进行：效果，即实现目标的能力；效率，即对投入的利用程度；柔性（灵活性），即企业适应环境变化的能力。布雷德鲁普（Bredrup，1995）也提出，组织绩效应包括三个方面：有效性，即满足顾客需要的程度；效率，即企业使用资源的节约程度；变革性，即企业应对未来变革的准备程度。这三个方面的统一"将最终决定一个公司的竞争力"。

鉴于"绩效"这一概念本身的多维度特性，对于"物流绩效"的定义，多年来也未能形成一个统一的界定。由于学者们的研究兴趣不同，其对物流绩效评价的研究视角也各不相同。有的学者倾向于从物流活动的层面来研究物流绩效评价，有的学者倾向于从物流功能以及整个企业的层面来开展相关研究，从而导致了物流绩效定义的多样性（周等，1995）。总体而言，生产率、服务、效率、效果、成本、质量等方面是被关注的焦点。

A. T. 科尔尼公司（1978）的研究发现，"效用"、"效率"、"绩效"和"生产率"常常被交替使用。为了方便沟通，该研究对以上概念做出了界定，即生产率为实际产出和实际投入之比，利用率是所用资源和可用资源的比率，而绩效则是实际产出与标准产出之比。雷亚（Rhea，1987）将物流绩效定义为实体分销的效果；拉隆德（1988）则认为物流绩效应该更加关注顾客服务以及如何测量，物流绩效主要是物流服务的质量；埃林杰等（2000）也从服务的角度把物流绩效界定为"企业的物流服务满足顾客要求的程度"。门泽尔和康拉德（Mentzer and Konrad，1991）认为，所有的评价都与目标实现的程度有关，而一个目标通常包括未来的收益和对当前可利用资源的配置。因此，物流绩效是效率（Efficiency）和效果（Effectivity）的函数。其中，效率是所使用资源与所获得产出之比，效果是某一目标的实现程度。物流绩效则是为达到既定目标所使用的资源与预定目标实现程度的函数。施拉姆—克莱因和莫施切特（2006）认为物流绩效应包括物流质量和物流成本两个部分。物流质量是指对顾客需求的满足程度，即是否能将适当数量的、合适的产品在适当的时间以适当的方式送达适当的地点。而物流成本是运输和存储的成本以及投入到物流活动中的有价值的资源。中国学者在界定物流绩效时，大多从效率的角度出发，认为物流绩效就是指物流活动过程中一定量的劳动消耗和劳动占用与符合社会需要的劳动成果的对比（黄福华，2002a），而企业的物流绩效则是企业依据顾客的物流需求在组织物流运作过程中的营运消耗和劳动占用与所创造的物流价值的对比关系，或者说，是物流运作过程中企业投入的物流资源与创造的物流价值的对比（黄福华，2002b；魏新军，2003）。

可见，迄今为止，对于物流绩效这一概念尚未形成统一的界定。但是，正如斯特林（Sterling）和兰伯特（1985）所指出：成本和顾客服务是设计和评价物流系统的两个最常见标准，也是对物流活动进行组织、管理和控制的重要内容，其中，成本代表投入，而客户服务则代表最终产出。因此，全面的物流绩效分析应包括成本和客户服务两大维度，并且应兼顾短期绩效和长期绩效。此外，单纯将绩效界定为结果或者过程都是有失偏颇的，因为卓越的绩效不仅取决于做事的结果，而且取决于做这件事情的行为和过程（付亚和、许玉林，2003），对于物流绩效而言更是如此，物流活动的最终结果在很大程度上取决于物流运作过程各环节的衔接、整合等方面。

综合以上观点，企业的物流绩效应该包括物流活动的过程和结果两个方面，是物流运作的效率和效果。前者是"正确地做事"，后者则是"做正确的事"［格利森、巴纳姆（Gleason，Barnum），1986］。因此，本书将所研究的零售企业物流绩效界定为：零售企业为了满足顾客需求，对物流运作进行组织和管理的效率和效果。

四 零售企业的物流绩效评价

评价是人把握客体对人的意义、价值的一种观念性活动。在人类活动中，评价具有四种最基本的功能：判断功能、预测功能、选择功能和导向功能（冯平，1995）。正是因为有了评价活动，才使人们对客观事物及其运动规律有了进一步的认识和掌握，促使其采取积极、科学的措施，改进生产组织，提高生产力水平，以获取更大的利益满足。人们对企业经营管理的认识，也是通过评价活动而不断深化的（孟建民，2002）。

就企业的绩效评价而言，中国财政部统计评价司（1999）将其界定为：运用数理统计和运筹学方法，采用特定的指标体系，对照统一的评价标准，按照一定的程序，通过定量定性对比分析，对企业一定经营期间的经营效益和经营者业绩，做出客观、公正和准确的综合评判。企业的绩效评价是评价理论方法在经济领域的具体运用，它是在会计学和财务管理的基础上，运用计量经济学原理和现代分析技术剖析企业经营过程，真实反映企业现实状况，预测未来发展前景（张涛、文新三，2002）。简而言之，企业绩效评价就是通过比较分析，对企业经营活动的效率和效益做出全面判断的过程。绩效评价需要回答以下两个简单的问题：各个职能部门所做的事是否正确，他们是否能把正确的事做好［林奇、克罗斯（Lynch，Cross），1991］。

基于前述对物流绩效的界定，结合企业绩效评价的定义，笔者认为，零售企业的物流绩效评价是为了实现企业战略目标，在收集和整理零售物流活动相关数据和信息的基础上，采用特定的指标体系，对照一定的评价标准，运用特定的评价方法对零售物流运作的效率和效果进行综合分析和判定的过程。

第三节　研究目的和研究的基本前提

一　研究目的

本书的根本研究目的在于为零售企业的物流绩效评价提供整体思路。分别从动态和静态的角度，搭建物流绩效评价框架，构建物流绩效评价系统。

具体研究目标有三：

1. 对国内外企业物流绩效评价领域的研究进展进行系统、全面的回顾和梳理，在为本书的研究提供坚实基础的同时，也为国内学者对该领域的研究提供一定的线索。

2. 以系统理论、权变理论、管理控制理论、战略管理理论、业绩评价理论为基础，探索评价零售企业物流绩效的整体思路。

3. 在相关理论指导下，确定零售企业物流绩效评价观念、选定评价模式、构建评价框架、建立评价系统，并尝试性地针对不同零售物流模式提出具体的物流绩效评价思路，提炼具体评价指标，为企业的物流绩效评价实践提供参考。

二　研究的基本前提

从客观事物的不确定性角度考虑，每一研究论证都需要建立在一系列基本假设基础之上（孟建明，2002）。根据研究对象的特点以及本研究的目的，本书的研究主要在以下三个前提下进行。

1. 物流绩效评价是介于零售企业整体绩效评价和员工绩效评价之间的一种内部评价

绩效评价有着悠久的历史，在其发展过程中，形成了两个主要的视角：一是企业整体绩效评价，二是员工绩效评价。企业整体绩效评价注重的是企业整体，并没有深入到企业的中间组织层次，因此，很难具体考察战略实施过程中的绩效，也就很难发现组织内部一些潜在的管理问题。员工绩效评价的根本目的在于提高员工个人的绩效，以实现企业整体绩效的提高。但是，仅仅对员工的绩效进行评价，而不是站在一定高度把其所在中间组织的战略、任务和目标结合起来，就有可能使评价活动在某种程度上缺乏指导性或带有盲目性，因而有可能在提高员工绩效的同时偏离中间组织层次的目标和任务。

根据委托—代理理论，对于企业这一层级结构的组织而言，其战略的实施要通过委托代理在层级分解的基础上实现。这样，在企业内部就会形成不同层次的中间组织，这种层级分解结构决定了企业任务需要通过层层委托代理由中间组织过渡到基层员工（张书玲等，2007）。因而，中间组织的绩效评价就成为连接组织层次（高层）绩效评价和员工（基层）绩效评价的桥梁。这种对中间组织层面进行的绩效评价，一方面要以企业的整体绩效目标为指导，把企业的整体绩效目标转化为中间组织层面的绩效目标；另一方面又要将企业层面的目标传递到基层，为员工个人的绩效评价指明方向，明确其特定的绩效目标。

　　本书所研究的物流绩效评价即是对零售企业中间组织层面的绩效评价，是一种内部评价。从系统的角度，物流绩效评价系统与企业的绩效评价系统是子系统与大系统的关系。因此，企业绩效评价的相关理论和方法对物流绩效评价的研究具有重要的指导意义。鉴于本书的研究目的和篇幅所限，暂不涉及员工层面的绩效评价问题。

2. 进行物流绩效评价的主体是零售企业的经营者或管理者

　　根据简单的行为逻辑理论——动机产生行为，可知，只有当评价主体有了评价动机时，才会产生评价行为。因此，绩效评价首先要明确的问题就是"谁有评价动机"，也就是"谁是绩效评价的主体"（陈共荣、曾峻，2005）。

　　从理论上讲，企业的每一位利益相关者都会从自身角度出发，关注企业的绩效。由于其所处角度不同，对企业绩效关注的侧重点会存在差异，具体的评价目标和评价内容也会有所不同。从不同国家的情况来看，企业绩效评价的主体包括政府、议会、投资者、所有者、债权人、经理人员、小股东（包括股民）以及企业职工等（孟建民，2002；王化成等，2004）。其中，投资者主要关心企业的盈利能力和未来发展能力，以为其进行投资决策提供参考；债权人关心企业的偿债能力和持续经营状况，以确定其在企业的债务安全；政府所关注的是企业的社会贡献及履行社会责任的情况；小股东（包括股民）则更多地关注投资回报和股票价格，等等。

　　就零售企业的物流绩效而言，可能的评价主体有以下几类：一是投资者，二是零售企业经营者或管理者，三是环保组织，四是政府，五是消费者。投资者所关心的物流绩效问题多侧重于其在物流方面投资的回报率，物流对企业整体绩效、盈利能力和未来发展能力的影响；环保组织和政府所关注的多为物流活动对环境产生的影响，后者在关心环保问题的同时，也关注物流对社会经济发展的贡献；消费者主要关注零售企业的物流活动是否能够满足自身需求。本研究主要是站在零售企业经营者或管理者的立场，从企业内部管理的角度来研究物流绩效评价问题。

3. 进行物流绩效评价的目的是改进物流绩效以提高零售企业绩效

站在经营者的立场，从企业内部管理的角度对企业的业绩进行评价，目的主要是为了实行管理控制，所关注的焦点在于企业的经营效率和效果，以及竞争优势。具体而言，借助绩效评价，企业经营管理人员可以获得制定战略性和经营性决策所需的支持性信息，并且，通过对评价标准与评价信息的对比，可以了解、掌握决策的执行情况，及时发现企业运行中存在的问题，以保证企业管理系统的有效运行。

同样，从经营者或管理者的角度出发，可以较为容易地回答"为何要进行物流绩效评价"的问题。这一问题的答案有多个，但最为重要的是，物流绩效评价能够：（1）说明物流活动的不同方面；（2）设定企业物流目标；（3）控制目标的实现过程。通常情况下，企业评价物流系统的目的有：判断物流绩效；为物流战略、生产战略、分销战略和客户服务战略的设计提供充分的支持信息；为了实现利润目标而控制成本上升（安德森等，1989）。

基于此，本研究将物流绩效评价的目的定位于：改进物流绩效，进而提高零售企业的整体绩效。因此，企业需要一个相对完整的思路，从动态的角度，使物流绩效评价的实施融入物流活动的组织和管理之中；从静态的角度，构建一套相对完整的评价系统，使评价结果能够较为客观地反映物流活动的效率和效果，使经营管理者得以及时发现物流运作中存在的问题，为制定物流绩效改进措施明确方向、提供充分信息。

第四节　研究思路与研究方法

一　研究思路

本书的研究思路是：从企业物流绩效评价的界定开始，对国内外物流研究者在企业物流绩效评价方面的研究成果进行系统地梳理，对构成物流绩效评价理论基础的系统理论、权变理论、管理控制理论、战略管理理论、业绩评价理论进行系统回顾，以确定零售企业物流绩效评价的指导观念，即系统观念和权变观念，并以此作为确定评价模式、构建评价框架和建立评价系统的指导思想。在系统观念和权变观念的指导下，确定在平衡模式下进行零售企业的物流绩效评价，从动态的角度构建零售企业物流绩效评价的基本框架，从静态的角度建立相对完整的包括物流绩效目标、物流绩效评价指标、物流绩效评价标准和物流绩效评价方法在内的零售企业物流绩效评价系统。之后，在分析物流模式对物流绩效评价影响机理的基础上，尝试性地提出不同零售物流模式下的物流绩效评价系统（如图1—2所示）。

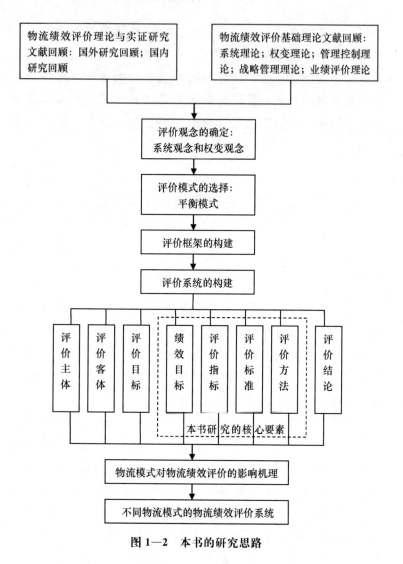

图1—2　本书的研究思路

二　研究方法

本研究的目的是为零售企业的物流绩效评价提供一种整体

思路，并尝试性地从动态和静态的角度，搭建物流绩效评价框架，构建物流绩效评价系统。从研究性质上看，本研究属于探索性的理论研究。从研究方法论的角度来看，实证研究主要属于归纳法，而理论研究则属于演绎法。鉴于本研究的性质，所采用的主要研究方法是基于现有理论与研究结论的推论方法。企业的绩效评价理论建立在包括委托—代理理论、利益相关者理论、管理控制理论、系统理论、权变理论等在内的经济学和管理学相关理论基础之上。作为企业绩效评价有机组成部分的物流绩效评价，其设计和实施离不开上述理论的支撑，而作为一个特定的行业，零售企业的物流绩效评价又必然要借鉴已有的研究成果。因此，本研究在对相关基础理论进行回顾与整合的基础上，通过系统梳理和消化国内外学者在该领域的已有研究成果，借鉴一般绩效评价和其他行业物流绩效评价的理论、模型和思路，提出零售企业物流绩效评价的理论架构。

需要指出的是，尽管实际的科学探索通常牵涉演绎和归纳两种逻辑的交替使用，而演绎法是先推论后观察（巴比，2000），但鉴于本研究的目的与容量，对于书中所提出的理论架构的实证检验将留待后续研究来完成。

第二章

企业物流绩效评价的研究进展

早在 20 世纪之初,与物流绩效有关的问题就开始受到学者们的关注。尤其在 20 世纪 70 年代中期以后,国内外学者围绕着企业物流绩效评价问题所开展的研究取得了比较丰富的成果。明确企业物流绩效评价研究的现状,发现其存在的不足和可能的研究空间是进一步研究的前提,也是本研究的起点。

第一节 国外学者对企业物流绩效评价的研究

1912 年,阿奇·萧(Arch Wilkinson Shaw)在《经济学季刊》上发表的《市场流通中的若干问题》[①](Some Problems in Marketing Distribution)一文中,明确地将企业的流通活动分为创造需求的活动和物流活动,并指出"物流是与创造需求不同的一个问题……流通活动中的重大失误都是因为创造需求与物

---

① 该文于 1915 年由哈佛大学出版社出版。

流之间缺乏协调造成的"，"分销的无序状态不仅仅会影响生产的进一步发展，而且会带来巨大的社会浪费——消费者需要为分销中的'无效作业'支付额外成本"，"无效率的、与生产发展不协调的分销系统将导致社会成本的上升……"自此，物流活动的效率开始受到关注。

尽管国外学者以"物流绩效评价"为对象的研究起始于 20世纪 70 年代中后期，但在此之前已有部分文献从不同的角度论及与此相关的内容。例如，20 世纪初，由美国"二十一世纪基金会分销委员会（committee on distribution of the twentieth century fund）"发起的针对商品分销过程中的浪费问题所进行的降低分销成本、提高物流效率的研究，阿尔伯特·B. 费希尔（Albert B. Fisher，1949）以提高批发企业运作效率为目的所进行的物流作业标准开发，以及阿兰·H. 格普费特（Alan H. Gepfert，1968）提出的旨在帮助企业高管挖掘物流绩效改进机会、提高企业利润的计算机辅助模型。虽然这些研究成果尚不成体系，但仍在一定程度上反映了理论界对该领域的关注，并且其所关注的问题在后续的研究中也得到进一步的明确和深化。

总体而言，国外已有的文献从不同的视角对企业的物流绩效评价进行了研究，综观其研究成果，无论从哪一个视角出发，所关注的重点都主要集中在两个方面：物流绩效评价指标和物流绩效评价模型。

一　物流成本视角

这一研究视角所关注的是如何通过绩效评价来控制企业物流成本，提高物流效率。

企业物流活动的成本和效率是最早受到关注的物流绩效问题。从20世纪20年代初期开始，由于科学管理手段的应用，生产领域的效率得以大幅度提高，进而使物流领域的高成本凸显出来。但是，在1929年的第一次物流普查以前，只有零星的研究涉及物流成本。1929年、1933年和1935年的三次物流普查收集了大量美国物流领域的数据，使得该领域的变化情况能够以量化形式体现。斯图尔特和杜赫斯特（Stewart and Dewhurst，1939）的研究报告基于这些数据，以批发、零售和运输行业的企业为对象，对流通领域的物流费用和利润进行了较为系统的计算和对比，并得出结论：相对于生产成本而言，物流成本是比较高的，因此，需要对物流系统进行精确和系统的评价，以使该系统的运转更为高效。在该报告中，物流费用被从作业成本和人工成本两个角度加以衡量，并且进一步分析了导致高物流成本的原因，提出了改进意见。尽管该研究明确了对物流系统进行评价的必要性和重要性，但是并没有构建相应的评价指标体系。

自此，学者们开始关注评价物流成本绩效的指标、方法和模型。例如，为了应对作业成本的不断上升，提高批发企业的物流作业效率，费希尔（1949）以药品批发企业为研究对象，以其开发的"时间分配表"作为数据收集工具，提炼出涉及订货管理、收货、运输、仓储在内的13类作业评价指标并制定了相应的绩效标准。罗宁（Ronen，1986）提出以一种投入型指标——"单位运输重量的成本（cost/CWT×miles）"来评价运输过程中企业自有车辆调度的绩效。在使用计算机软件实现车辆调度自动化的过程中，会产生无法精确比较不同调度方案的问题。这种情况下，常用的以运输重量乘以运输距离（即CWT×miles）这一产出型的评价指标无法反映无效运输路线所带来的负面影响。尽管每一次的车辆调度会涉及不同类型的车辆和不同的成本构成，但是，这些成本都可以通过一定的方式被转化为完成运输任务所花费的实际成本。所以，虽然这一指标并不完美（对于长途运输而言可能产生偏差），但"投入型指标"较"产出型指标"更能准确地反映不同车辆调度方案的运输绩效。普利和斯坦格尔（Pooley, Stenger, 1991）则提出联合运输背景下通过评价物流成本来选择不同联运方案的思路，认为应该从运输网络设计、订单大小、内部周转时间限制、不同方案的费率差异，以及运输距离长短等因素的综合影响来衡量运输成本。

要准确地评价物流成本绩效，一个重要的前提是企业的成本会计核算系统能够辨析与特定产品、顾客和渠道有关的物流活动成本［波伦、隆德（Pholen, Londe, 1994）］。为了达到此目的，学者们开始尝试将财务管理领域的成本核算方法应用于物流领域。其中，最受关注的是基于活动的成本核算方法（Activity-Based Costing），即 ABC 方法。ABC 被界定为一种"评价活动、资源和成本对象的成本和绩效的方法"。该方法与传统会计系统的区别在于，它能够根据生产某产品所完成的活动来核算成本（库珀，1988），因而可以识别某项活动与其成本驱动因素之间的因果关系。ABC 法的基本假设是"活动产生成本，而成本对象产生对活动的需求"［特尼（Turney），1992］。这一假设使该方法得以通过对生产或分销某产品所需要的活动的成本进行加总来辨析产品成本。并且，绩效评价是应用 ABC 方法的逻辑性结果。基于活动的分析会产生两类信息——财务信息和非财务信息。财务信息反映了完成某项活动所需要的成本和资源，而非财务信息更多地反映完成某项活动所耗费的时间、所发生的各种转换的数量，等等。企业运用这些信息，尤其是非财务信息，可以建立绩效评价指标体系来评价某项活动的绩效，反映某项活动所消耗的工作量和得到的结果［布林逊（Brimson），1991］。尽管 ABC 法在物流领域的应用难度要大于在生产领域的应用难度，但它的确是一种比较合适的物流活动成本核算和物流绩效评价方法（波伦、隆德，1994）。物流管理者可以运用 ABC 法来辨别完成某项物流活动所需的资源投入［库珀、卡普兰（Cooper，Karplan），1991］，并且，ABC 方法还可以较为清晰地描述存在于企业盈利、物流成本和物流绩效之间的关键联系，而评价指标和活动之间的联系则为识别不良绩效和计算改进绩效的成本提供了一种较为直接的途径（波伦、隆德，1994）。

对 ABC 法在物流领域的具体应用，较为典型的是阿布拉汉森和哈坎（Abraharnsson and Hâkan，1999）的研究。该研究对 ABC 法进行了补充，用以应对国际化所导致的企业物流系统结构改变要求物流绩效评价从原来的操作层面上升到结构层面的问题。他们所提出的三阶段模型结合了总成本分析和 ABC 法的思路，在评价物流绩效的基础上帮助企业实现物流结构的转变。这三个阶段包括：分析和理解企业现有的物流系统；计算已有物流系统（结构）的总成本；运用 ABC 方法的思路辨析现有物流结构中资源消耗的驱动因素。相应的物流成本评价指标主要包括：物流管理成本；物流运作成本；物流资本成本；运输成本；物流信息沟通成本；包装成本；其他成本。此模型能够在系统层面上以可测度的物流成本形式对现有物流系统进行描述，并且，通过将总成本分解到上述各个指标，辨析各个指标的成本驱动因素，可以为建立新的物流结构提供详尽的信息，而成本分解所得信息则可以帮助企业确立新物流结构的构成维度。

二 物流生产率视角

除了物流成本控制之外，另一个受到同等关注的物流绩效评价问题是物流生产率评价与提高，该视角所关注的是如何对物流生产率进行评价，以寻求改进的方法和途径。

1978 年，美国物流管理协会（National Council of Physical Distribution Management，NCPDM）[①] 委托 A. T. 科尔尼公司在美国范围内开展了一项旨在帮助和指导企业建立物流生产率评价系统以推动物流生产率提高的研究项目。A. T. 科尔尼（1978）的研究报告指出，当时的美国企业每年可以通过提高物流生产率节约近 40 亿美元的支出。而物流生产率的提高有赖于一个"好的评价系统"，评价系统的构建基础则是物流生产率评价的"通用语言"。所以，该研究首先对物流生产率评价的关键概念进行了界定，指出"对生产率的评价不仅仅是对成本的评价"，"生产率是实际产出与实际投入之比"，"通过财务系统所做的典型评价往往是通过对比销售产出所得的收入和购买投入资源所花费的支出来进行的，这种以价格为单位的评价结果没有消除通货膨胀的影响，难以真实地反映生产率"。因此，要评价真实的物流生产率，就必须通过以下两种途径之一来消除这种影响：第一种途径是"经济学家的方法（Economist′Approach）"，即对财务数据进行调整；第二种途径是"工程师的方法（Engineers′Approach）"，即彻底将货币单位从评价体系中剔除，聚焦于一些实物性的数据，如作业处理的件数、重量、时间等，并以"吨"、

---

① 20 世纪 80 年代初更名为 Council of Logistics Management（CLM），2005 年更为现名 Council of Supply Chain Management Professionals。

"箱"、"英里"等实物单位来评价物流活动的实际投入和实际产出。在此思路指导下，研究小组分别针对运输管理、仓储管理、采购管理和物流行政管理四个领域建立了评价指标体系，并提出了具体的生产率改进思路和指导方针。1984 年，针对 1978 年以来发生的一系列影响物流活动的环境变化，如交通方面法律管制的放宽、计算机技术在物流管理中的应用、油价上涨导致的物流成本增加，以及全球范围内的经济衰退等，NCPDM 委托 A. T. 科尔尼公司延续 1978 年的研究，评价之前 5 年中北美企业的发展进程，以分析上述环境变化对生产率改进所产生的影响，并为未来的进一步改进指明方向。1984 年的物流生产率评价研究建立在 1978 年研究的核心概念和评价指标体系基础上，通过对美国、加拿大 416 家企业的大规模问卷调查和对 27 家在物流生产率改进方面取得成功的企业所进行的深度访谈，得出以下结论：北美企业仍然面临生产率改进的危机；物流确实为企业生产率的提高提供了关键机会。该研究还总结了成功企业在物流生产率改进方面的七个相同特征。

A. T. 科尔尼的研究为从生产率角度评价企业的物流绩效提供了一个比较完整的框架。克拉克（Clarke，1991b）运用该框架对美国南卡罗来纳州的生产、批发和运输企业的物流生产率评价状况进行了实证研究，以确定其所使用的生产率评价指标。该研究聚焦于运输与仓储功能，总结了四个物流功能领域的评价指标：集货生产率指标，具体包括运输工具成本占销售额的百分比，实际运营成本与预算成本之比，实际总成本与标准成本之比，实际劳动耗费与标准劳动耗费之比，每小时集货件数，每一次运输的配送成本；长途运输生产率指标，具体包括车队成本占销售的百分比，每吨运输成本，单位成本的每英里运输吨数，车队实际成本与预算成本之比，每英里实际运输成本与每英里标准运输成本之比，平均载重与标准载重之比；外购运输生产率指标，包括运费成本占销售收入百分比，每英里担运费成本，运费成本与预算成本之比，运费成本和标准成本之比；企业自营仓库生产率指标，包括成本占销售收入百分比，每箱成本，每工时拣货箱数，实际成本与预算的对比，实际人工耗费比标准人工耗费，每箱实际成本比每箱标准成本。

　　作为对 A. T. 科尔尼研究项目的发展，一些西欧国家也开展了类似研究。研究结果显示，欧洲企业物流成本节约的潜力至少与北美企业的一样巨大［范德莫伊伦、斯皮克曼（Van der Meulen，Spijkerman），1985］。为了将这一研究结果传递给丹麦企业界的高层管理者，丹麦物流管理协会（NEVEM）在阿姆斯特丹举行了一次学术研讨，会议结论是：为了实现物流生产率的提高，建立一种在组织中"自上而下"的物流生产率评价方式是必要的，并且应该对这种提高给予持续关注。同时，NEVEM指派了一个专门的工作小组（NEVEM Group）来完成以下任务：第一，为企业物流生产率的评价建立一整套评价指标；第二，通过评价指标和评价标准来为物流成本控制（物流生产率提高）提供建议和指导。NEVEM Group（1989）在分析企业物流系统纵向（组织结构维度）特征和横向（物流活动的各个环节）特征，以及评价指标影响因素的基础上，将杜邦模型和物流链模型进行整合，构建了企业物流生产率评价的"投入—产出模型（input-output model）"，并提出涵盖各物流功能要素和适用于企业不同管理层次的评价指标。

　　投入—产出模型可以用一个由多个模块所构成的矩阵来表示（如图 2—1 所示）。物流过程的各项活动被置于模型的纵轴，具体包括采购、原材料储存、生产、产成品储存、销售。横轴方向上表示的是杜邦模型的各个要素，具体包括投入资本、采购材料、作业成本、营业额。其中，前三项为投入，最后一项为产出。矩阵中的每一个模块内都同时列出分别以货币金额和实物单位表示的某项投入或产出，物流流程的各个环节则通过箭头加以连接，以表示模块之间的关系：即上一个步骤的产出是下一个步骤的投入要素。通过这种方式可以在确保物流链各要素整合的同时，建立各要素之间的相互依赖关系。与模型结构相适应，具体评价指标在构成上也分为纵向和横向两个维度，横向维度的指标包括前置时间、交货可靠性、仓储水平三大类，其覆盖了生产物流活动的各个环节，并在每一环节进行细化；纵向维度的指标

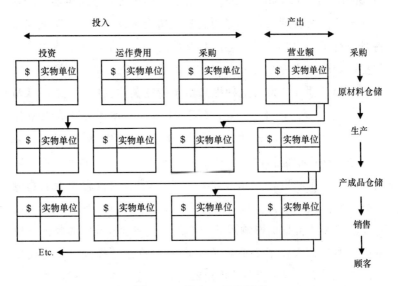

图 2—1 投入—产出模型

资料来源：P. R. H. Van der Meulen and G. Spijkerman, The Logistics Input-Output Model and its Application, *International Journal of Physical Distribution and Materials Management*, 1985, Vol. 15, No. 3.

则根据企业的管理层次划分为：供董事会使用的指标（高层）；供物流经理使用的指标（中层）；物流计划指标（执行层）。投入—产出模型用财务指标将物流流程涉及的各个部门连接在一起，体现了从供应商到消费者的整个物流过程的连贯性，并且同时以"财务语言"和"实物语言"来描述评价结果，其多层次的指标体系也能够为企业提供较为详细的物流绩效数据和信息。

克拉克和古尔丹（Clarke，Gourdin，1991）认为，投入—产出模型实际是将物流系统看作一个由多个决策单元（DMUs）组成的系统。因此，可以在该模型的基础上运用数据包络分析（DEA）来评价物流绩效，以应对国际化背景下，决策者所面临的多样化计量单位和货币单位所导致的对企业效率界定不一致的问题和物流系统可能跨越多种不同文化背景、经济体制和意识形态的境况。通过使用数学程序处理所得的各种数据来确定包括运输、仓储、订单处理、顾客服务或者其他相关物流活动在内的各个决策单位的绩效——最终产出和所用投入，DEA可以避开以上问题而提供一种简单的关于相对效率的综合评价。

三　物流服务视角

从物流服务视角对物流绩效评价的研究多遵循一种"客户导向标准"［赫斯克特（Heskett），1971］，其研究的出发点是在对物流服务绩效进行评价的基础上对其加以改进，以提高顾客满意度，增强企业的竞争优势。这一视角的研究借鉴了市场营销领域中研究顾客行为和测评顾客满意度的方法和模型。

早期研究物流服务绩效评价的文献集中于物流对于企业营

销的贡献，且较为强调物流服务的时间方面。格雷格森
（Gregson，1977）指出，物流因其弥合生产与营销之间鸿沟的
能力而日益重要，它有助于企业在营销活动中维持或提高顾客
服务水平。但是，对所有的产品都保持高水平的物流服务意味
着高昂的成本，因而是没有必要的。物流服务对于不同组织的
含义有所不同，所以有必要建立一套物流服务控制程序，使其
与企业目标、客户需求相关联，并且具有一定的竞争性，这也
是制定物流服务评价指标的基本要求（赫斯克特，1971）。在
评价物流服务绩效时，前置时间是一个重要的指标，具体包括
三个方面：前置时间的长度，即顾客下订单与其收到所订货品
之间的时间长短；前置时间的一致性，即实际前置时间与承诺
前置时间差异的程度和频率；前置时间的弹性，即对于突发状
况，物流系统是否能够及时做出反应，以使前置时间能够满足
顾客要求［马吉（Magee），1963；克里斯托弗（Christopher），
1972］。

　　时间是物流服务绩效的重要方面，但却不是唯一要素。许
多学者以顾客物流服务需求的满足程度来评价企业的物流绩
效。很多企业都认为他们知道顾客在物流服务方面的需求。这
种想法通常基于营销部门对于顾客需求的描述而非顾客的直接
表达。在实践中，顾客对于各种服务要素价值的评价与企业对
所提供服务价值的评价往往大相径庭。更为重要的是，顾客对
服务质量的感知与服务提供者的感知之间通常存在着显著差异
［斯坦克、多尔蒂（Stank，Daugherty），1998；科林斯、亨希
翁、奥赖利（Collins，Henchion，O'Reilly），2001］。而顾客对
物流服务水平的预期和实际物流服务水平之间的差异则通常被
认为是影响顾客满意度的一个重要因素［帕拉苏拉曼、泽斯曼
尔、贝里（Parasuraman，Zeithaml，Berry），1985；夏尔马、格

雷瓦尔、利维（Sharma，Grewal，Levy），1995]。成功的物流组织致力于理解顾客的需要和预期并能够有效地提供物流服务以满足之。能够以这种方式利用物流管理杠杆的企业，尤其是在产品高度同质化的市场中竞争的企业，会拥有更多的满意的顾客（斯坦克、多尔蒂，1998）。从这个角度而言，物流服务绩效实际是一种"顾客感知绩效"，顾客预期的物流服务水平与实际物流服务水平之间的差异越小，则顾客感知到的物流绩效越高。为了测度这种差异，学者们将市场营销领域的相关研究模型应用到物流服务（绩效）评价中。

戴利和兰伯特（Daley and Lambert，1980）将罗森伯格和菲什拜因（Rosenberg and Fishbein）提出的多元属性态度测量模型应用于运输服务绩效的评价，通过测量顾客（托运人）对承运人所提供的物流服务的态度来判定其绩效，并且提出了常用的运输服务评价指标：服务价格（运费）、装卸搬运成本、包装成本、运输过程中的货损、提供运输信息的质量、运输时间长短、运输时间的一致性（实际运输时间与承诺时间的差距）。多元属性态度测量模型的核心思想是在综合考虑态度对象所有重要特征之后再做出决策。这一点与物流研究中总成本方法的思想非常接近。利维（1981）运用联合分析法（conjoint analysis）测量顾客对物流服务的态度，以此判断物流服务绩效，并据此确定最能符合顾客要求的物流服务组合。运用该方法研究顾客服务时，基于以下假设：顾客对某一服务提供者的总体态度被视为某一服务组合中各项构成要素价值的组合。因此，联合分析法可以帮助企业确定顾客对不同物流服务组合的相对重要性的看法，并据之设定服务标准。也就是说，通过测量顾客对特定物流服务组合的态度来判定"适当的"物流服务水平，从而有助于企业有针对性地改进物流绩效。雷亚和施罗克（Rhea and Schrock，1987）则将组织评估模型应用于对物流服务绩效的分析。在该模型的基础上提出了一个理论框架用以评价物流活动中的实物流动和信息流动这两个维度的绩效，认为物流绩效评价过程应依次回答以下三个问题：顾客要求的结果（绩效水平）是怎样的、如何衡量这种结果、是什么因素导致这种结果的产生。帕拉苏拉曼等学者（1985，1988）界定了顾客服务质量的维度——可靠性、反应性、保障、移情和有形资产，并将这些维度纳入一个被称为 SERVQUAL 模型的可操作性量表中，用以评价预期服务水平与实际服务水平之间的差异。物流研究领域的学者通过加入物流方面的特征要素对 SE-RVQUAL 初始模型做出相应的修正，将其应用于物流服务评价（兰伯特、斯托克、斯特林，1990）。斯坦克等（1999）在 SERVQUAL 模型的基础上，提出了一个通用的物流服务绩效概念模型，把物流服务绩效分为两个维度：运作绩效和关系绩效。运作绩效包括可靠性和价格（成本），反应性、保障和移情则包含在关系绩效中。比安斯托克（Bienstock）、门泽尔和伯德（Bird）（1997）在对采购经理的大规模调查基础上，建立了一个具有信度和效度的物流服务质量量表——PDSQ（Physical Distribution Service Quality）。门泽尔、弗林特（Flint）和肯特（Kent）（1999）通过对服务于多个细分市场的企业进行调查，进一步验证了 PDSQ 模型的信度和效度，并在此基础上提出一个九维度的物流服务评价量表——LSQ（Logistics Service Quality）模型，认为可以从以下九个方面评价顾客感知的物流服务绩效：接触顾客的员工的素质、出货数量、信息质量、订货流程、订单处理的准确性、订单状态、订货（处理的）质量、订货差错处理、及时性。该模型在物流服务评价中的适用性在后续的实证研究中得到检验［门泽尔、弗林特、霍特（Hult），2001；门泽尔、迈尔斯（Myers）、张（Cheung），2004]。在探索物流服务质量评价模型的同时，学者们进一步辨析物流服务的构成要素，为绩效评价指标的建立提供了依据。这些要素具体包括：产品的可得性；订单出货的完成情况；订单周期时间；送货一致性和可靠性；存货可得性；订货批量限制；订货便捷性；送货及时性和弹性；分拣、包装和贴标的准确性；单据流程和准确性；到货完好情况；产品售后支持；订货状态信息等［克里斯托弗、佩恩、巴兰坦（Christopher，Payne，Ballantyne），1994；A. T. 科尔尼，1995；夏尔马、格雷瓦尔、利维，1995；爱默生、格里姆（Emerson，Grimm），1996；科林斯、亨希翁、奥赖利，1998；埃林杰、多尔蒂、凯勒（Keller），2000；拉费莱（Rafele），2004]。

对顾客感知物流服务的评价是为了提高物流服务绩效，以更好地满足顾客的物流需求。物流系统应对顾客需求多样性和变化的能力，即物流系统的柔性，也是物流绩效评价的一个重要方面。杰曼（1989）认为，对处于动荡环境中的生产企业而言，其物流系统要能够适应顾客导向的生产安排，因此，系统柔性是物流绩效的核心。杰曼将产品的标准化程度/定制程度设定为组织环境变化的产物，并划分了三种情景：产品生产是标准化的，产品生产是定制的，产品生产是部分标准化部分定制的（居中的情况），据此列出了十项评价指标以评价企业物流系统应对上述不同情景要求的能力。卡利奥等（Kallio et al.，2000）也认为，在实践中，企业的配送活动应该满足不同顾客的不同要求。其研究将企业物流系统中的配送活动分为三大类：（1）常规配送活动，是高效率完成标准化订单的过程，此类配送活动的目标是订单处理时间最小化、服务水平标准化、削减成本以提高效率；（2）普通配送活动，是基于模块化的配送，其目标是使服务质量达到一般标准、成本达到一般标准、在一定限度内尽量满足顾客要求；（3）定制配送活动，是满足顾客特定要求的配送，其目标是最大限度地满足客户要求，最大限度地实现高水平服务，并向那些愿意承担高成本的客户提供最高质量的服务。在选择指标评价上述不同类型配送活动的绩效时，应根据其各自的目标考虑指标体系的构成，且对应的每一组指标在时间、成本、质量和效率方面的侧重也各不相同。

除了从营销角度出发评价顾客感知的物流绩效之外，对供应商提供的物流服务和对第三方物流企业所提供的专业物流服务进行评价是物流服务评价研究的另一个焦点。企业评价供应商物流服务水平的最终目的是为了增加其利润［尼尔森（Nilsson），1977］。哈灵顿、兰伯特和克里斯托弗（1991）通过案例研究，总结了在供应商管理实践中所使用的评价其物流服务的指标，包括所承诺的前置时间长度、前置时间的变化幅度、履约率和差错率。德勒格、杰曼和斯托克（Dröge，Germain，Stock，1991）在分析零售物流影响因素的基础上，提出对零售企业供货商物流服务进行评价的指标，具体包括价格、准时配送、服务质量、良好沟通、积极的合作态度、灵活性等17项。斯坦克和多尔蒂（1998）则归纳了11项评价供货商物流水平的指标：订单完成率、订单完整发运情况、准时送达、对问题或变化的沟通、单据准确率、订单处理周期的一致性、订单处理周期长度、提供定制服务的意愿、配送频率、使用客户偏好的承运人、事先发运通知。通过与经营个人用品和食品的零售商面谈，了解其对于这些指标重要性的排序，该研究最终得出结论：准时（包括订单完成率、准时送货绩效和准确性）、沟通（即与零售商保持联系并及时向其通报诸如货物延迟到达或需要进行商品替换等情况）和定制服务是零售商最为看重的三项物流服务指标。激烈的市场竞争要求物流服务提供商能够在有限的预算约束下提供卓越的物流服务。如果企业能够聚焦于那些关键的物流服务特征，即使是在市场形势严峻且资源有限的情况下，也可以对物流服务质量进行有效管理。但是，这种有效管理的前提是要能够对物流服务绩效进行测量和评价[哈丁（Harding），1998]。"绩效/重要性分析"是一种被广泛认同和应用的服务质量管理工具[赫马西、斯特朗、泰勒（Hemmasi，Strong，Taylor），1994]，哈丁（1998）将其运用于对物流服务的评价，通过"绩效—重要性矩阵"，从顾客角度测定其对物流服务绩效的要求和不同服务要素对顾客的重要性，以指导物流绩效的改进。这种测量、评价和改进物流服务提供商绩效的方法建立在物流服务对于顾客的重要性、企业提供该服务的绩效、改进绩效所需要的成本和时间这三个标准之上，通过剔除无效物流服务和改进有效服务来促进物流服务绩效的改善。布鲁克斯（Brooks，1999）在研究北美物流企业对承运人服务绩效的评价时提出了8项评价指标，具体包括准时送货、准时集货、收款的准确性、货物遗失/货损情况、提供适当设备、单据的准确性、设备清洁度和周转时间。科迈尔（Knemeyer）和墨菲（2004）从关系营销的视角来研究第三方物流服务的绩效评价，提出了三大类共17项指标：第一类是运作绩效，此类指标是一种内部导向的绩效评价指标，用于评价第三方物流对企业内部物流绩效带来的影响，包括10项具体指标：物流系统反应能力的提高、物流专业化的提高、物流成本的降低、企业物流信息技术的改进、物流风险的降低、物流服务的专业化、商品/服务可得性的提高、合理的服务价格、企业物流信息系统的改进、对企业实施变革的促进。第二类是渠道绩效，此类指标反映了一种外部渠道导向，包括 5 项具体指标：对供应链整合的贡献、售后服务支持力度的增加、业务覆盖地域范围的扩大、订单周期时间的缩短、顾客导向的强化。第三类是资产占用减少，此类指标聚焦于用户企业物流活动所占用的有形资产的减少，包括两项具体指标：自有物流资产的减少和相关雇员数量的减少。

四 整合视角

对于物流系统，仅仅分析诸如总成本或者物流服务水平是无法反映其真实绩效的。因为成本、周转时间、运输货物数量等指标通常无法说明某一项决策对系统产出的影响［克莱因佐格、沙里、坦纳（Kleinsorge, Schary, Tanner），1989］。整合视角的研究强调以系统思想、整合观念来看待物流绩效评价。正如德海斯（De Hayes）和泰勒（1972）指出："物流是一个交互性概念，在各功能边界被消除时其效用能够得到最佳的发挥。因此，不应将物流简单地视为一项功能，它更多地是一种思考问题的方式。"

较早以这种"方式"来思考物流绩效相关问题的学者是格普费特（1968），他提出以系统思维为指导，运用 OR-Computer 技术来识别物流活动中存在的绩效改进机会，以增加企业利润。格普费特还指出，在进行与物流相关的决策时，企业高管应该遵循"物流导向"行事，即习惯于思考其所做决策对于物流作业和物流成本的影响。高管的这种"物流导向"会影响其下属——各职能部门的经理以相同的方式来思考和解决与物流有关的问题，进而有可能实现物流的跨部门协作。这种系统和整合的思想在后续的许多研究中得以体现。

安德森、阿罗森 (Aronsson) 和斯托哈根 (Storhagen) (1989) 在分析瑞典企业协会发起的针对瑞典企业物流绩效评价的研究项目结果时指出，物流绩效评价的发展遵循着两种思路：一种是侧重于实物型评价的技术思路或"工程师的思路"，另一种是侧重于财务评价的经济思路或"经济学家的思路"。这两种评价思路导致了在企业中层产生的"评价鸿沟"——在这一层面，财务评价结果被用于向高层的"上行"沟通，而实物评价结果则被用于向执行层的"下行"传递，财务指标通常被较高层级的管理者用于控制企业各种活动目标的实现，而实物性的指标通常被用于执行/操作层以控制实物的流动。为了弥合这种"评价鸿沟"，安德森等运用"内部和外部"评价方法，将对一个部门的物流绩效评价分为内部物流绩效（效率）评价和外部物流绩效（效果）评价，并且把这两个方面融合到一个整体评价模型中（如图2—2所示），以阐明物流系统的可量化方面。具体而言，在评价企业的整体物流绩效时，需要考虑以下几个方面：一是各个部门的内部绩效（如物料管理、生产、分销），其重要指标包括实际物流成本与预算的对比、存货价值/资本成本、周转率、生产率、内部前置时间；二是公司内部各部门之间的外部绩效，其指标包括供货情况（前置时间和/或服务水平）、可靠性（质量和准时性）；三是对于顾客而言整个企业的外部绩效，其指标包括顾客服务要素（供货情况、可靠性、前置时间等）、营业额；四是对于企业而言的供应商绩效，具体指标有质量、可靠性、前置时间和价格；五是物流绩效和企业整体绩效之间的关系，具体指标有结果与预算的对比、资产回报率、总周转率、总资本成本。

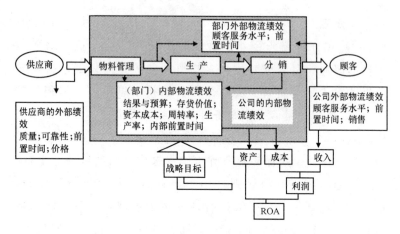

图 2—2   整体物流绩效评价的概念模型

资料来源：Par Andersson，Hakan Aronsson and Nils G. Storhagen，Measuring Logistics Performance，*Engineering Costs and Production Economics*，1989，Vol. 17.

同样强调对企业的内部物流绩效和外部物流绩效进行整体评价的还有门泽尔和康拉德（1991）的研究。该研究认为，企业的物流绩效评价应包括对效率和效果两个方面的评价。对效率的评价主要是将实际值与标准值进行对比，对效果的评价则应该使用评价物流成本和服务水平这一双重目标实现程度的指标。从效率/效果的角度，一个覆盖运输、仓储、库存控制、订单处理和物流行政管理五大物流活动领域的详细而完备的指标体系得以建立，并且将诺瓦克（Novack，1984）所提出的制定运输预算的 12 个诊断性问题转化为物流绩效评价和分析模型，提供了一个包括 13 个步骤的物流绩效信息收集和物流绩效评价的完整流程：界定目标、明确当前的公司系统、收集数据、预测需求、构建预算年度的物流网络、规划成本、计算可变成本、识别半固定半可变成本、计算半固定半可变成本、识别偏差、制定总预算、构建和维护偏差报告、进行成本收益分析。

此外，鲍尔索克斯（2006）也提出，物流企业的绩效一般应从内部和外部两方面来进行衡量。内部绩效量通常从以下 5 个维度来评价：（1）成本绩效，其代表性指标是以总金额（美元）表示的销售量的百分比或每单位数量的成本；（2）客户服务绩效，考察物流企业满足客户需要的相对能力，常用的评价指标有及时发运、周期时间、客户速度、客户调查等；（3）生产率指标，是系统用于生产该产品而投入的资源数量与产出（货物或服务）之间的相对关系，通常用比率或指数表示；（4）资产衡量，它集中于为实现物流目标而对投入设施和设备的资本以及用于存货的流动资本的使用，具有代表性的指标有存货周转率、净资产收益率、投资报酬率；（5）质量，它是指向全过程评估的最主要的指标，用来确定一系列活动的效率而不是个别的活动，物流质量绩效指标有损坏频率、客户退货数、退货费用等。物流企业的外部绩效则通常从客户感知衡量和最佳实施基准两方面来评价。

从 20 世纪 80 年代中期开始，美国密歇根州立大学的全球物流研究小组以世界范围内上百家物流绩效领先的优秀跨国企业为研究对象，开展了一个旨在研究如何培养卓越物流竞争能力的项目。[①] 该研究归纳了代表优秀物流的四个要素共 17 个指标，这些指标的优劣是区别拥有世界级物流的企业与一般企业的重要标志。物流绩效评价是上述四个要素之一，[②] 它是物流能够出色完成其他职能的必要条件——物流系统、流程的效率

---

① 该研究历时 3 年，最初仅在北美范围内进行，后逐渐扩大至欧洲和太平洋地区，形成了一系列研究成果。

② 其他三个要素分别是定位、集成和反应。

和有效性必须是可测量的，以便能够及时地对其进行调整，确保既快又省地达到目标（波弗尔，2006）。鲍尔索克斯（1989）等在为该项目撰写的研究报告中进一步指出，市场竞争的加剧和产品线的扩张使物流工作的难度加大，从而要求物流系统能够以较少的库存支持企业的运作，以更快、更精确地为顾客服务，物流系统也变得更为复杂。这种情况要求将复杂的物流绩效评价系统用于辅助控制和指导日常物流运作，使绩效评价扮演物流组织指导系统的角色。那些绩效卓越的企业使用大量的绩效评价指标，包括资产管理、成本、顾客服务、生产率和质量五个大类，同时也重视对这五个方面的综合评价，并且更多地使用标杆法。这种"追求卓越"的思想所强调的是通过较为全面的绩效考评来辅助日常控制和绩效改进，以获取竞争优势，确保持续发展。随着企业对物流战略地位的认同和重视，将物流绩效与企业战略和长期目标相联系，兼顾日常监控与长远发展的综合评价思路开始受到关注。

斯坦纳（Stainer，1997）认为，有必要使用指标体系把物流系统的绩效与企业绩效的整体提高联系起来，为此建立了一个"物流绩效评价矩阵"，将采购、包装、装卸、存储、运输和信息系统等物流流程互动要素置于矩阵的横向维度，将评价各要素的物流绩效指标置于纵向维度，包括总生产率、作业质量、灵活性、作业速度和产能利用情况。为了协助物流管理者制定物流决策，该研究还提出了应用该矩阵的三个步骤：设定绩效目标和标准、评价物流绩效、采取物流绩效改进行动。利伯拉托和米勒（Liberatore，Miller，1998）通过"使命—目标—战略"（MOS）方法将 ABC 法和 BSC 加以整合，将 BSC 的关键绩效指标与企业总目标直接联系起来，以制定物流战略并在评价战略实施绩效的基础上对其进行管理。ABC 法基于完成某项活动所消耗的时间和资源对企业活动成本进行分析和评价，所得信息有助于物流战略的制定，并且，企业可以将该方法应用到组织的几乎所有主要流程和活动中，而 BSC 则可以对战略执行的绩效进行控制和管理。两种方法的结合有利于确保物流绩效评价的整体性。库塔和塔卡拉（Koota，Takala，1998）指出，尽管对物流绩效评价的已有研究从多个角度探讨了物流绩效的多个维度，但是，战略管理和经营管理的实践要求一套精简的关键绩效指标，以更有效地发挥物流在企业获取竞争优势中的作用。ABC/ABM 方法作为一种产生绩效评价所需信息的工具，可以被运用于对物流活动所耗费的资源、物流成本驱动因素进行分析，找出关键的绩效驱动因素。以金属行业为研究对象，库塔和塔卡拉构建了一个包括实物指标和经济指标在内的、涉及内部绩效和外部绩效的整体性评价指标体系，具体包括反映实际产量和预算之间差异的指标、作业绩效指标、生产时间（即产品在生产和内部配送环节停留的时间）、物流资产回报、配送可靠性、物流创新。范东塞拉（Van Donselaar）及其同事（1998）也强调辨析关键成功因素对于物流绩效评价的重要性——只有知道哪些因素对于成功比较重要，管理层才有可能关注那些与绩效相关的因素。作为荷兰爱因霍特文大学一个物流研究项目的成果之一，范东塞拉、科克、阿莱西（Van Donselaar，Kokke，Allessie）在辨析直接影响第三方物流企业财务和作业绩效的因素后，构建了三组绩效评价指标用以评价其整体物流绩效。这三组指标分别是：（1）关注长期绩效的指标，主要评价企业层面的长期财务绩效，包括涉及公司成长性、生产率、偿债能力和盈利能力的 12 项指标；（2）评价企业层面作业绩效的指标，该组指标的计算基于一年内企业总收入和运营成本，用于分析和评价企业层面的短期绩效；（3）评价业务层面作业绩效的指标，该组指标被界定为"某一类物流业务收入与其成本之比"，用于识别每一业务领域内影响运营绩效的潜在成功因素，包括变动成本（燃油、轮胎、维修费用等）、直接成本（保险费、租赁费等）和业务人员工资。

对物流绩效的综合评价在客观上要求考虑企业管理的不同层面对绩效信息的需求。而对物流绩效评价的研究大多集中于指标特征、指标类型和具体指标的选择，鲜有文献关注基于企业环境或战略的信息反馈要求（格里菲斯等，2004）。因此，格里菲斯及其同事提出了一个"评价空间"模型，以帮助企业根据对信息的不同要求选择相应的评价指标。该模型为一个四维立体结构，四个维度分别是：（1）竞争，反映企业的竞争是基于效率还是反应能力；（2）评价重点，反映绩效评价更关注操作层面还是战略层面；（3）组织类型，企业是功能导向还是流程导向；（4）评价频率，即指标是用于对物流活动进行日常控制还是用于不定期的物流绩效诊断和分析。通过此模型，企业可以较为清晰地判定某一（类）指标所反映的信息类型和该（类）指标在"评价空间"中所处的位置。该模型可以适用于任何物流环境，可以判断由于环境变化而导致的物流信息需求的变化，并且可以帮助使用者权衡指标之间的"效益悖反"和物流活动之间的"效益悖反"。"评价空间"模型的指导意义在格里菲斯及其同事（2007）的后续实证研究中得以证实：物流管理者可以借助该模型，根据企业的战略导向、评价重点和评价频率，确定所需绩效反馈信息的类型，并据此选择评价指标，以满足特定的评价要求。同时，还可以借助该模型分析内外部环境变化所导致的评价信息需求的变化，以保持评价指标选择的动态性。在考虑组织不同层面对绩效信息的需求的基础上，韦格利乌斯-莱赫托宁（Wegilius-Lehtonen，2001）将流程观念引入企业的物流绩效评价，构建了在一定程度上兼顾物流活动流程性特点和企业战略控制要求的整合物流绩效评价模型。在此模型中，物流绩效指标被划分为两个维度共五个大类。第一个维度是指标的用途，这一维度的指标可分为两大类，一是改进型指标，二是监控型指标。前者被用于评价当前的物流绩效水平和绩效改进空间，后者则被用于对企业的日常物流作业进行持续控制。模型的第二个维度是指标的侧重点，即指标主要用于组织的哪一个层面，组织的不同层面对于评价指标的要求存在差异。这一维度包括分别适应高层、中层和执行层评价要求的指标。

此外，瓦西里耶维奇和波帕迪奇（2008）基于系统理论，提出"应该将物流系统作为一个子系统置于企业这一大系统中来考虑其绩效"，"物流子系统的基本目标是在企业各个层面上实现运作结果的最大化，以使其作为一个整体对企业整体绩效的贡献最大化"。所以，应从以下四个层面来评价企业的物流绩效：顾客层面，包括价格的竞争性、配送的准确性等；组织系统层面，包括利润、实现顾客满意的次数等；物流系统层面，包括响应速度、系统运行费用等；物流操作层面，包括采购时间、采购成本等。

第二节　中国学者对企业物流
绩效评价的研究

中国学者对企业物流绩效评价的理论研究起始于 20 世纪 90 年代后期。根据一些学者对国内物流理论研究文献所做的分析，中国第一篇明确以"物流绩效"为研究对象的文献发表于1997年，此后，与此相关的研究成果呈递增趋势。[①] 2000年以来的近十年间，国内学者分别从评价思路、评价指标和评价方法这三个方面对企业的物流绩效评价问题展开了研究。

一 对企业物流绩效评价思路的研究

随着物流在企业中的战略地位日益得到认同，一些学者从不同的角度出发提出企业物流绩效的评价思路。这些成果共同的特点是仅仅提出基本评价思路，没有进一步研究如何细化这些思路，构架系统的绩效评价系统。

韩瑞宾（2005）认为，物流绩效评价要从物流服务和经济角度（财务评价），建立相应的指标体系，同时还应兼顾眼前财富最大化和长远财富最大化。因此，物流绩效评价体系的构架是一项复杂的系统工程，简单的指标组合不足以正确地反映企业的物流绩效水平，故而应该以定量和定性相结合的方式来建立评价体系。

李晓英（2005）基于科特勒的"营销价值链"，提出评价企业物流绩效的综合思路。由于物流是实现顾客让渡价值的重要支持流程，因此，物流绩效的核心在于顾客价值创造，而非存货成本控制。与此相适应，应当将物流作为企业实现营销战略的一个环节进行综合绩效评价，其思路是将营销价值链系统的目标落实到流程，将客户需求作为评价指标的来源，遵循"下一道工序就是客户"的原则确定评价指标。实现这一思路

---

① 冉霞、张与川、陈思云：《物流理论研究的统计分析与发展评述》，《商品储运与养护》2007年第6期。

的基本流程包括编写工作手册和指标说明书、制订评价工作计划、签订评价合同、年终考核总结四个步骤。

黄福华、满孜孜（2006）认为，在供应链博弈环境下，零售商市场竞争优势越来越取决于供应链体系的物流绩效，取决于对供应链物流绩效的动态测评和实时改进。因此，零售商在评价企业物流绩效时，应在基于企业流程的基础上综合考虑供应链密切度、企业物流经济效益、企业的物流服务能力三个方面，通过深入调查分析零售企业供应链博弈下物流绩效的变化及影响因素，构建物流绩效评价动态测评模型，形成一个科学的物流绩效动态测评技术设计框架，并为上述每个方面设定对应的动态评价关键指标（黄福华，2005）。

许敏娟（2007）认为，物流绩效评价具有高度的复杂性，为了较好地反映企业的物流绩效，可以建立一个三维坐标系：一个是历史的，考察企业的发展；一个是标杆企业的，进行市场竞争力的比较；还有一个是客户要求的，以对客户服务的要求作为参照系，考察市场价值取向。

吴义生等（2008）在分析传统绩效评价系统（conventional performance measurement system，CPMS）、集成绩效评价系统（integrated performance measurement system，IPMS）、动态绩效评价系统（dynamic performance measurement system，DPMS）这三类典型绩效评价系统优势劣势的基础上，构建了基于集成和动态的企业物流绩效评价系统（integrated dynamic enterprise logistics performance measurement system，ID-EL-PMS）。这一系统包括执行评价工作的软件、数据库和一系列过程，具体集成的内容则包括评价模型的集成、评价指标的集成、评价方法的集成以及评价信息系统的集成。这一思路的提出意在解决"评价什么、如何评价、评价结果是什么、怎样将评价结果应用于改进企业物流绩效"等问题，最终形成一个"评价—改进"的反馈环。

二 对企业物流绩效评价指标的研究

对于企业物流绩效评价指标，学者们的研究大多从物流功能或流程的角度，借助绩效评价的一般工具，针对特定研究问题来确定评价指标类型并建立评价指标体系。

王娟、黄培清（2000）认为，尽管物流系统的各项成本散落在多个会计科目中，从而造成对物流系统绩效评价的较大难度，但是，任何物流活动的最终效果都会通过企业的财务报表得以反映。他们从物流、商流与资金流结合的角度，分别确定了与商流结合、与资金流结合、反映物流投入效果的物流绩效财务评价指标。

孙宏岭、戚世钧（2001）指出，物流活动的任务起始于根据战略目标所制订的计划，要综合判定现代企业主要物流活动的绩效状况，不能不考虑物流计划。所以，其选择的四大类评价指标中包括了对物流计划绩效的评价指标，其余的三类指标分别为物流服务绩效评价指标、运输绩效评价指标和存货绩效评价指标。

潘文荣（2005）从企业物流流程的角度提出了包括运输、订单处理、库存、包装、信息和财务六个方面的物流绩效评价指标，基本涵盖了企业物流业务的各项功能。同时也指出，评价指标体系应该是多层级的，以上每一类一级指标都可以再进一步细分。

黄福华（2002b）认为，除了考虑财务方面和流程方面之外，企业物流绩效评价的内容还应该包括与资源有关的方面，如能源利用率、原材料利用率、回收利用率及物流资源对环境的影响情况，等等。基于以上评价内容，提出了 7 项企业物流基本业务评价指标：业务完成额，差错事故率，费用率，全员劳动效率，定额流动资金周转天数，利润总额和资金利润率。

王勇、杨文慧（2003）关注物流管理绩效的评价，并且指出，物流运作流程各个阶段之间的衔接存在风险，即便是在同一阶段内部也有可能存在因管理不善和违反操作规程而带来的风险。因此，物流的风险评价被纳入其所构建的物流管理绩效评价指标体系中，具体包括成本评价指标、效率评价指标、风险评价指标和客户满意度评价指标。

除了对企业物流绩效评价指标体系的构建进行一般性研究之外，也有学者探讨特定行业的物流绩效评价问题。

许骏等（2004）在分析物流中心投入要素和产出要素之间关系以及投入一产出对物流中心效益所产生影响的基础上，以"对物流中心的绩效进行深入定量分析"为目标，建立了包括成本指标、效率指标、风险指标和质量指标在内的物流绩效综合评价指标体系。

滕华等（2006）从物流业务流程的角度，将关键绩效指标（KPI）应用到零售企业的物流绩效评价中，认为在一般情况下，零售企业中存在四个重要的物流业务流程：采购流程、订单处理流程、库存流程和配送流程，因此，物流绩效评价的KPI指标的设置也应该涵盖这四大流程。桂良军（2007）则认为，可以将 KPI 作为一种物流绩效评价的实施手段，其应用于零售企业物流绩效评价的整体思路是：首先确定企业宏观战略目标，找出确保战略得以实现的业务重点（critical successful factors，CSFs）目标值，并将这些关键业务领域量化为企业级关键绩效指标，各部门依据企业级 KPI 制定出部门级 KPI，以指导部门员工工作流程、优化运作方案。并且，针对零售企业的特点，设计出涉及降低成本、提高效率、创新流程、学习流程、质量控制和完善服务等方面的 18 个 KPI 指标。

蓝云飞、郭蓬舟（2009）将第三方物流企业的客户服务分为两部分：前台服务和后台服务，并且认为，前台服务应该注重提供服务质量，后台服务应该注重服务流程效率，以保证实现高水平的物流服务绩效。相应地，评价物流服务绩效的指标体系也应该由两个部分构成：前台服务绩效评价指标，包括订单的便利性、客户咨询处理速度、顾客投诉处理时间；后台服务绩效评价指标，包括可靠性和安全性两个维度。体现可靠性的指标主要有库存可得率、订单分拣正确率、配送及时率，体现安全性的指标主要是配送完好率。

三 对企业物流绩效评价方法的研究

在评价方法方面，研究者普遍尝试将运筹学、数学和统计方法应用于企业的物流绩效评价。这些研究成果可分为两类：第一类是对单一评价方法的研究，即探讨某种方法应用于物流绩效评价的思路和可行性。第二类是研究多种方法的综合运用，即针对不同单一评价方法的优点和不足，尝试将两种以上的方法结合起来评价企业物流绩效，力求"取长补短"。

1. 对单一评价方法的研究

杨克磊等（2006）以数据包络分析（data envelopment analysis，DEA）的 C^2R 模型为基础，提出基于 DEA 的企业物流绩效评价方法，通过选择决策单元（DMU）、建立输入输出指标体系、进行 DEA 评价以及在评价对象为 DEA 无效时，计算其在有效前沿面上的投影等步骤评价企业的物流绩效，分析物流系统规模效益的变化情况。但是，一般意义上的 DEA 模型是一种横向比较模型，通常只被用于各组织之间的绩效对比。这种横向比较固然重要，但企业内部物流绩效水平的变化也不容忽视。因此，李玉明、王海宏（2006）提出了应用 DEA 方法同时对企业物流系统绩效进行横向比较和纵向比较的思路，分别构建了企业物流系统 DEA 横向比较模型和纵向比较模型，从而使企业管理者既能够了解本企业物流水平在同行业中的相对有效性，也能够了解本企业物流水平各个时期的相对有效性，以便于对物流系统进行日常管理。

　　由于一个综合的物流绩效评价指标体系既包括定量指标，也包括难以精确量化的定性指标，在具体评价过程中，前者的指标值可以通过统计或数学方法计算，而后者则只能借助专家法等较为主观的方式获得指标值，因此，运用纯定量分析方法很难得到较为客观的评价结果。并且，同行业中的不同企业由于规模、具体物流流程的不同导致同一指标在企业之间不具可比性，进而制约了以精确数据对物流绩效的评价，使企业间物流绩效的对比结果产生较大偏差。作为一种被用于对受多种因素影响的事物进行全面评价的多因素决策方法，模糊聚类分析（fuzzy cluster analysis）在一定程度上可以解决这类问题。有学者从理论上提出模糊综合评价法在物流绩效评价中的应用思路：通过对指标的无量纲化处理，借助单因素隶属函数建立模糊矩阵，进行模糊矩阵运算，得出评价结果。这一思路通常需要遵循以下几个步骤：确定因素集（评价指标体系）、评价指标体系的无量纲化、确定各指标的权重、确定隶属关系、建立模糊评价矩阵、进行模糊矩阵的运算（魏新军，2003；张颖敏等，2006；李旻曌，2006）。除了在理论上提出评价模型的构建思路和实施步骤之外，也有学者将模糊聚类分析应用于评价特定企业的物流绩效。易海燕、叶怀珍（2004）以某著名连锁超市配送中心的数据为基础，运用模糊综合评价法对连锁超市配送中心的物流绩效进行评价。程国平、刘世斌（2005）运用某快递公司的内部业务考核和外部客户业务调查的历史资料，通过模糊综合评价模型进行运算，评价其物流服务绩效。杨明等（2005）针对中小型公路货运企业的物流特点，运用多级模糊综合评价法对其绩效进行评价。

物流绩效评价是一种典型的多指标评价，所涉及的因素繁多。这种多指标评价必然会产生分析上的复杂性和指标间的多重相关性。因此，有学者尝试用主成分分析（principal component analysis，PCA），利用降维的思想，把多指标转化为少数几个综合指标，从而达到对评价指标进行约减并且削弱指标之间多重相关性的目的。焦瘅等（2005）构建了物流绩效评价的PCA模型，并且选择同行业10个具有代表性的企业，在对其物流绩效的各项指标数据进行收集和整理的基础上，运用该模型对这些企业的物流绩效优劣进行排序。恽伶俐（2005）则较为系统地归纳了运用PCA评价企业物流绩效的七个步骤，并且指出在物流绩效评价中应用主成分分析需要注意的问题。

除了以上几种方法之外，有少数学者尝试把较为复杂的方法，如结构方程模型、可拓评价、灰色分析等运用于企业物流绩效评价。郭大宁（2006）以186个样本数据为依据，构建了物流绩效评价的结构方程模型，用以分析物流绩效评价过程中牵涉的可观察（测量）变量与隐变（潜在）变量之间的关系。可观察变量是可直接测量的数据，而隐变变量是不能直接测量的数据。但是，在很多情况下，一个潜在变量的特征会在多个测量变量中反映出来，这种特征可以通过某些方程式加以辨析。因此，通过建立结构方程模型，便可以有效地评价测量变量与潜在变量之间存在的因果关系。王生凤等（2006）把物流绩效评价问题归结为一个灰色关联问题，应用灰色关联分析方法建立了评价模型，通过比较数列与参考数列的关联程度研究企业的物流绩效。其中，参考数列是一种"理想"的统计数列，是遵循相对优化的原则，对被评价企业的物流绩效统计数据进行分析而得出的。根据灰色关联度的大小可以判定企业的物流绩效高低，即对不同企业的物流绩效进行排序，与参考数列关联程度越大则物流绩效越好。项小园（2009）则将此方法具体应用于生鲜加工配送中心的物流绩效评价。薛鸣丽（2007）将可拓学的思想应用于物流绩效评价，构建了物流绩效评价的理论模型，用以描述企业物流绩效从基本值（原有绩效水平）到目标值（新的绩效水平或现有绩效水平）的物元变换过程。

2. 多种方法的综合运用

每一种方法在应用时都有其固有的优势和不足，在直接应用于物流绩效评价时难免存在一定的局限性。于是，研究者开始尝试将两种以上的方法进行组合，探讨"取长补短"的途径。曾钟钟等（2003）提出一种综合研究模型对物流公司的配送绩效进行评价：首先对方案进行粗选，筛选掉最差的方案；然后对方案的决策矩阵进行规范化，运用熵法确定出各个属性的权值。在进行多目标优化方法的筛选之后，采用线性加权法、欧式范数法、TOPSIS法和线性分配法四种方法进行排序，再运用Spearman's的排名相关性系数 r^s 对四种方法进行筛选，最后采用线性加权法、欧式范数法和TOPSIS法三种方法平均得出最后的结论。王瑛等（2003）将数据包络分析（DEA）和层次分析法（analytic hierarchy process，AHP）结合起来，对企业物流系统的绩效进行两阶段评价。由于在使用 DEA 方法进行排序时，采取的是二分法，因此无法进行全排序，只能区分决策单元是否有效。而在实际中，仅仅将组织单元区分为两类（有效和无效）是不够的，还常常需要将所有的组织单元进行排序。因此，在物流绩效评价的第二阶段，辅以单一水平的 AHP 方法，可以对每一个决策单元进行全排序。这种 DEA/AHP 两阶段集成模型不仅组合了数据包络法对多输入、多输出指标评价的绝对优势和层次分析法系统性、综合性的优点，而且避免了 AHP 方法中判断矩阵主观性与 DEA 不能进行全排序的缺点（邢芳，2009）。陈焕江、吴延峰（2005）提出一种集成评价法评价物流系统的绩效。该方法将改进的德尔菲法、层次分析法、信息熵理论、灰色理论和改进后的模糊综合评判的优势应用于评价的不同步骤中，以使评价结果更为合理。孙晓东等（2007）从关注指标权重的角度构建了一种基于层次分析法（AHP）和主成分分析（PCA）的物流绩效综合评价模型——类加权主成分（CWPCA）模型。该模型将层次分析法的主观分析与主成分分析法的客观分析相结合，一方面将多指标进行降维处理，降低评价的复杂度，削弱指标间的多重相关性；另一方面在考虑全体指标重要程度的同时，也考虑了物流绩效指标大类的重要度差异，使评价结果更加全面、合理。

除了以上几个方面的探索之外，近年来，有学者开始尝试在平衡记分卡思想指导下，运用数理方法来评价企业物流绩效。陈治亚等（2007）基于平衡记分卡的基本思想建立了包括财务、顾客、内部业务流程、学习与发展在内的物流配送绩效评价指标体系，每一个指标大类都包含了一系列的定性或定量指标。之后，运用层次分析法，将这些指标分为不同层次，构造层次结构模型，通过两两比较判断矩阵和一致性检验等步骤，得出各指标的相对权重，从而减少在物流绩效评价实际操作过程中由主观因素带来的偏差。吴义生（2008）则在综合平衡记分卡（BSC）、改进后的德尔菲法和指标动态配置模型（Measurement Metric Dynamic Configuration，MMDC）的基础上，构建了 EL-BDM 评价模型（Enterprise Logistics BSC-Delphi-MMDC）。该模型基于平衡记分卡构建指标体系，运用专家法收集评价信息，再运用 MMDC 模型，通过特定的配置算法计算评价结果，从而实现 BSC 战略性、德尔菲法的相对稳定性和 MMDC 动态性的有机结合。

第三节　几点评述

从上述文献回顾中可以看到，经过多年的研究，企业物流绩效评价理论和方法取得了一定的发展。中国学者对这一领域的研究虽然起步较晚，但也积累了一定的成果。尽管如此，从已有的国内外文献来看，对企业物流绩效评价的研究仍然存在以下几个需要进一步完善的方面。

第一，偏重于具体指标和评价模型的研究，缺乏对物流绩效评价系统的整体研究。在上述研究中，有大量的成果提及评价指标的重要性，并且在大部分研究成果中也都提出了具体的物流绩效评价指标。但是，零散的指标对于绩效的评价和改进毫无意义，各类指标需要在某种思想或观念的指导下进行整合，并服务于特定的评价目的，才能充分发挥绩效评价的作用。对于指导物流绩效评价的思想和观念，在国外很多研究中虽有提及，如整合物流观念、流程观念等，但大多是以为某种模型或方法在物流绩效评价中的应用提供理论支持为目的，并未对其进行深入而系统的阐述。此外，多年来，学者们对建立具体物流绩效评价模型的探索始终没有间断过，其中，大多是对借鉴其他领域的方法和模型的探索。尽管不同的评价模型对于企业物流绩效评价的研究有不同程度的促进作用，但是，若对其进行深入分析则不难发现，这些模型中多数实为具体方法，而非整体思路，例如"整体物流绩效评价的概念模型"，其"整体性"实际体现为评价客体的"流程完整性"，即涵盖了从原材料供应至产成品到达最终顾客的整个物流过程，以及指标大类对财务指标和非财务指标的考虑；而"评价空间模型"实为一种评价指标定位的方法。对于应该以何种观念从整体上指导企业的物流绩效评价、企业物流绩效评价应在什么样的模式下进行、一个完整的物流绩效评价系统应包括哪些构成要素、选择和整合这些要素的思路是什么、该系统应以何种机制运行才能充分发挥作用等问题，现有的研究成果并未做出比较清晰和完整的回答。

第二，研究重点主要集中于生产领域，对零售领域的关注相对缺乏。国外学者对企业物流绩效评价的研究结论大多建立在实证研究的基础之上，确切地说，主要是建立在对生产企业物流运作流程的实证研究基础之上，许多研究成果聚焦于对生产资料供应商的评价、对企业物料管理绩效的评价等方面。尽管也有少量研究涉及对供货商、第三方物流企业向零售企业所提供物流服务的评价问题，但并未真正从零售商的角度出发，以零售商作为评价主体来开展研究，并且研究结论也比较零散。作为距离最终消费者最近的企业，零售商掌握着第一手市场供求信息，这种与市场的密切关系决定了其在供应链中扮演着信息收集中心、预警中心、服务中心以及资金流回收中心的角色。与这些角色相对应，零售物流活动的组织与生产物流活动的组织也存在较大差异。与此同时，消费需求的多样性和多变性也对零售物流组织的灵活性提出较高的要求。因此，以零售企业作为评价主体和以生产企业作为评价主体所进行的物流绩效评价，在评价系统的构成方面（尤其是评价目的和评价客体）存在着较大的差异。从这个意义上讲，适用于生产企业物流绩效评价的指标、方法等未必完全适合零售企业物流绩效评价的具体要求。然而，尽管在零售研究领域不乏对零售物流重要性、关键要素、运行特点等问题的研究，在物流研究领域也不乏对企业物流系统的构成、运作机理、组织模式等方面的探讨，但物流绩效研究领域中却鲜有文献将上述两个领域的成果加以综合，在分析零售物流运行模式、运行规律的基础上，对零售企业的物流绩效评价开展专门研究。所以，以零售企业作为评价主体，围绕其特定的评价目的，界定其评价客体的范围、形式和运行特点，研究如何开展零售企业的物流绩效评价、如何构建符合零售企业经营特点和物流运作特点的绩效评价系统，是对企业物流绩效评价理论的必要补充。

第三，本土背景下的系统研究相对缺乏。国内学者对于企业物流绩效评价的研究虽然积累了一定的成果，但是，从总体上看，多集中于对评价指标和具体评价方法的探讨，并且有一部分是对国外相关领域研究成果的引进和介绍。在对评价指标的研究中，国内研究侧重于指标的归纳而忽视对指标之间内在联系的分析；在具体评价方法研究中，侧重于对运筹学方法演算步骤的介绍而忽视对不同方法与物流绩效评价的联系及其适用情景的分析。尽管有零星的成果探索将诸如平衡记分卡等战略性绩效管理思想应用于这一领域，但对于有关物流绩效评价系统构成和运行机制的问题依然没有给出明确的答案。

　　此外，已有的研究大部分是在欧美国家的市场背景下完成的，尤其大规模的实证研究更是如此。而国内的研究基本属于规范研究，除少量研究结论得到案例研究的支持之外，大多采用模拟数据来进行评价方法的演示和评价结果的计算。因此，尽管国外研究成果为基于本土市场环境下的研究拓宽了思路，但是，鉴于中国处于转型阶段的市场特征，在缺乏具体分析和实证研究的情况下，盲目借鉴国外研究成果未必是恰当的选择。而在零售领域，为了适应国内零售业竞争国际化的市场环境，本土零售企业在物流组织上形成了不同的模式，基于这种物流模式的差别来研究零售企业的物流绩效评价，有助于为本土零售商建立完善的物流绩效评价系统、科学实施评价和充分利用评价结果指导物流绩效改进提供有益的参考。因此，明确目前国内零售企业物流模式的主要类型、分析物流模式的差异对物流绩效评价会产生何种影响、选择不同物流模式的零售企业其物流绩效评价系统有何不同，以及不同物流模式下的物流绩效评价系统的具体构成如何成为亟待研究的问题。

　　综上所述，国内外学者对企业物流绩效评价的理论和实证研究结果为本书提供了大量参考，而国内对企业物流绩效评价的系统研究相对缺乏的现状则为本书留下了较大的研究空间。

第三章

理 论 基 础

　　要探索一个相对完整的物流绩效评价思路，有必要追溯绩效评价的理论渊源，从中寻求有益的指导思想和理论依据。绩效评价实践已有较长的历史，纵观其发展轨迹，可以发现企业绩效评价的产生和发展与经济学和管理学的诸多理论密切关联。这些理论对于作为企业绩效评价重要组成部分的物流绩效评价同样具有重要的支持和指导作用。

　　本研究将与企业物流绩效评价相关的理论分为两个层次：基础理论和核心理论。基础理论是指对企业物流绩效评价有间接影响的经济学和管理学理论，基础理论并非专门服务于物流绩效评价，它们还构成其他诸多企业管理理论的基础，具体包括系统理论、权变理论、管理控制理论和战略管理理论。核心理论则是指直接对企业物流绩效评价产生影响的理论，对物流绩效评价系统的构建具有直接的指导作用，核心理论主要是企业绩效评价理论。

第一节 系统论

一 系统论的基本观点

系统论是研究系统的一般模式、结构和规律的理论。"系统"一词来源于古希腊语，是"由部分组成整体"之意。系统思想从经验到科学，最终形成比较完整的理论是以奥地利理论生物学家 L. V. 贝塔朗菲（Ludwing von Bertalanffy）的"一般系统论"为标志的。贝塔朗菲于 1937 年在美国芝加哥大学提出一般系统论的概念，1945 年，其论文《关于一般系统论》公开发表，标志着一般系统论的建立。

一般系统论将"系统"定义为由若干要素以一定结构形式联结构成的具有某种功能的有机整体。贝塔朗菲（1981）指出，系统是"处于一定的相互关系中并与环境发生联系的各组成部分（要素）的总体（集合）"。中国著名学者钱学森（1982）认为，"系统是由相互作用和相互依赖的若干部分结合成的具有特定功能的有机整体"。

一般系统论的出现为研究现代复杂的管理问题提供了新思路和新方法，该理论的基本观点体现在其基本原理中，即系统的整体性原理、动态相关性原理、层次等级性原理、有序性原理，等等（张文焕等，1990；何明珂，2001；任志新等，2005；何宝胜，2007）。

1. 整体性原理

整体性是系统最本质的属性，是系统、要素和环境之间的辩证统一。要素一旦构成系统，作为有机联系的整体，系统就获得了各个组成要素所不具有的新特性。这种新特性，是系统整体和外部环境相互作用的结果。

系统的整体性根源于系统的有机性和系统的组合效应，具体包含三层含义：第一，系统和要素不可分割。第二，系统的整体功能不等于各组成部分的功能之和，即"非加和定律"。第三，系统整体具有不同于各组成部分的新功能。

2. 动态相关性原理

任何系统都是处在不断发展变化之中，系统状态是时间的函数，此即系统的动态性。而系统的动态性取决于系统的相关性。系统的相关性即指系统的要素之间、要素与系统整体之间、系统与环境之间的有机关联性。系统的各要素之间相互作用，相互联系，其中某一个要素的变化将会引起其他要素发生相应的变化（任志新，2005）。

3. 层次等级性原理

作为整体的系统是由不同层次结构组成的，要素的组织形式即为系统的结构，而这种结构又可以分为不同的层次、等级。在简单系统中，结构只有一个层次；在复杂系统中，则存在着不同等级、不同层次的关系。一个系统的组成要素，是由低一级要素组成的子系统，而系统本身又是高一级系统的组成要素。这种系统要素的等级划分，就是系统的层次等级性。

4. 有序性原理

系统的有序性是指构成系统的诸要素通过相互作用，在时间和空间上按一定秩序排列和组合，由此而形成一定的结构，并决定系统的特定功能。系统的有序性，是表示系统的结构实现系统功能的程度，其基本内容可归纳为：第一，任何系统都有特定的结构。结构合理，则系统的有序度高，功能就好。反之，结构不合理，系统的有序度就低。第二，系统由低级结构转变为较高级的结构，即趋向有序；反之，系统由较高级的结构转变为较低级的结构，即趋向无序。第三，任何系统必须保持开放性，才能使系统产生并维持有序结构。

二 系统管理理论的基本观点

系统管理理论是应用系统理论的范畴、原理全面分析研究企业以及其他组织的管理活动和管理过程，重视对组织结构和模式的分析，并建立起系统的模型对企业进行系统管理的理论（周三多，2000）。

巴纳德（Barnard）首先利用系统观点来研究组织管理的问题，创立了社会系统理论，提出"组织是两个或两个以上的人有意识地协调活动和效力的系统"，即有意识地协调工厂机器等实物系统、人员构成、社会系统以及三者相互连接起来的人的活动总体。为了提高企业生产率，必须从各种因素及其性质和它们之间相互作用的方式入手研究，进行组织系统优化（曹熙等，1989）。巴纳德的社会系统理论被弗里蒙特·卡斯特（Fremont Kast）、詹姆士·罗森茨威克（James Rosenzweig）和约翰逊（Johnson）等学者进一步完善和深化，形成系统管理学派的核心思想，具体体现在三个方面：第一，组织是由多个子系统组成的。组织作为一个开放的社会—技术系统，是由五个不同的分系统构成的整体，即目标与价值分系统、技术分系统、社会心理分系统、组织结构分系统和管理分系统。这五个分系统之间既相互独立，又相互作用，不可分割，从而构成一个整体。这些系统还可以继续分为更小的子系统。第二，企业是由人、物资、机器和其他资源在一定的目标下组成的一体化系统，它的成长和发展同时受到这些组成要素的影响。第三，如果运用系统观点来考察管理的基本职能，可以把企业看成是一个投入—产出系统，投入的是物资、劳动力和各种信息，产出的是各种产品或服务。[①]

三 系统理论对绩效评价的指导意义

系统论及以其为基础的系统管理理论对如何构建科学规范的绩效评价体系具有重要的意义。作为一个人造的开放系统，企业既受外部环境的影响，又受内部条件的制约，它们同样也会对企业的绩效评价发生作用。而作为企业管理子系统的绩效评价系统是由若干承担不同功能且相互联系的要素构成的，是各要素之间及要素与整体之间相互联系、相互作用的矛盾统一体。遵循系统思想，有助于从较为完整和全面的角度分析和研究绩效评价。具体而言，系统理论对绩效评价的影响体现为：

1. 将绩效评价系统置于企业管理这一更大系统中理解和分析

绩效评价系统是企业管理系统的一个子系统，其存在和运行的目的是为了确保企业战略目标的实现。因此，在研究绩效评价问题时，要从战略的角度出发，准确定位绩效评价在企业

---

① 本部分内容根据杨柯《系统管理理论的大师：卡斯特》，《管理学家》2007年第10期的相关内容整理所得。

整体中的位置及其与企业总体目标的关系。除了考虑该系统本身的特征、运行规律之外，更重要的是使其与企业管理的计划和控制两大职能相联系。在计划过程中，结合企业战略目标来构建评价指标体系、设定绩效评价标准；在控制过程中，通过实施绩效评价来衡量计划目标的实现程度，并为管理者提供计划执行情况的有关信息，以便及时发现和纠正偏差。

2. 以系统观念为指导构建绩效评价系统

在构建绩效评价系统时，不仅要考虑各构成要素的特点、在评价系统中所发挥的功能，而且要明确各要素之间的关系及相互影响。例如，评价主体的需求决定了评价目标，评价主体与评价目标决定了评价客体的选择，评价主体、评价目标和评价客体又共同决定了评价指标、评价标准和评价方法的选择。并且，绩效评价涉及企业的各个部门和领域，由于各部门和领域的绩效既相互独立又相互联系，反映每一领域绩效的指标也存在一定差异，因此，必须从系统的观点出发，综合考虑评价指标的选择并收集绩效评价所需的信息，做到既重视目标，又重视整体，强调整个评价系统的最优而不是仅仅注重某些组成要素的优化。

第二节　权变理论

一　权变理论的主要观点

权变理论是 20 世纪 70 年代在美国经验主义学说基础上形成的一种管理理论。权变理论的兴起有其深刻的历史背景。之前的管理理论主要侧重于研究加强企业组织的内部管理，大多都追求一种普遍适用的、最合理的模式与原则。这些管理理论在企业面临瞬息万变的外部环境时凸显出很大的局限性（高新梓、张川，2008）。在这种背景下，以美国约翰·莫尔斯（John Morse）、杰伊·洛尔施（Jay Lorsch）为代表的管理学家提出了"超Y理论"，指出管理指导思想和管理方法要视工作性质、环境特点、成员素质而定，不能一概而论。"超Y理论"构成了权变理论的理论基础。1970年，系统学派的代表人物，美国管理学家弗里蒙特·卡斯特与詹姆士·罗森茨威克合著出版了《组织与管理：系统方法与权变方法》，系统阐述了权变管理理论。此后，权变理论在西方盛极一时。

所谓权变，通俗而言即随机制宜或权宜应变之意。权变理论以权变的观点来研究企业管理的问题。该理论认为：在企业管理中要根据企业所面临的内外环境的变化而随机应变，具体问题具体分析，实践中不存在一成不变的、普遍适用的、"最好"的管理理论与方法。在管理因变量和环境自变量之间存在着一种函数关系，但不一定是因果关系。这种函数关系可以解释为"如果—就要"的关系，即"如果"发生或存在某种环境情况，"就要"采取某种管理思想、管理方式来更好地达到组织目标。

权变理论的基本思路是研究环境变量和管理变量之间的内在关系。在一般情况下，环境是自变量，管理思想和管理方式是因变量。环境变量包括外部环境和内部环境两个方面。外部环境是指国际、国内影响企业生存和发展的各种因素。内部环境是指企业系统之内影响企业生存和发展的各种因素，如组织结构等。企业的管理变量主要指企业的管理观念和技术（宋峥嵘，2006；王悦，2006）。

1. 环境变量

在权变理论研究中，环境被界定为存在于组织边界之外的并对组织整体或者某一部分具有潜在影响的因素。管理实践中影响企业的外部环境包括宏观外部环境和微观外部环境两个方面。微观外部环境是指与企业的生产、营销等有直接关系的环境，如供应商、顾客、竞争者，等等，这些因素对企业系统的运行有直接影响。宏观外部环境主要包括经济环境、社会环境、政治法律环境、技术环境、自然环境等，它们对企业系统产生间接影响。企业的内部环境因素主要包括组织结构、企业文化、资源条件、价值链、核心能力等。内部环境是企业经营的基础，是制定战略的出发点、依据和条件。内部环境因素之间及其与外部环境之间同样存在着相互联系、相互依存、相互影响、相互制约的关系。

2. 管理变量

管理变量主要是指作业学说、计量学说、行为学说、系统学说等所主张的管理观念和技术。其主要内容包括：过程的管理变量，即计划、组织、领导、交流和控制等；计量的管理变量，即基本的计量方法、决策模式、运筹学等；行为的管理变量，有学习、行为的改变、动机的形式、集体动态、组织行为等；系统的管理变量有系统设计和分析、信息管理系统等，这些管理变量还可以进一步细分。

二 权变理论对物流绩效评价的指导意义

1. 不存在"最好"的物流绩效评价系统

从系统的观点来看，企业的管理系统是个开放系统。根据开放系统论的观点，没有哪种组织形式在所有的环境中都是最优的，组织特有的形式应该最适合于其特有的环境［伊曼纽尔等（Emmauel et al.），1990］。在与外部环境进行能量交换的过程中，管理系统与环境变量之间是相互影响、相互作用的；企业必须寻找适应环境变化的途径，以谋求长期的生存和发展（张蕊，2002）。就企业的物流绩效评价而言，在物流观念的不同发展阶段，物流绩效评价的内容也存在着较大差别［哈雷、居隆（Halley, Guilhon），1997］：在分销物流阶段（1950—1970），顾客服务的成本是企业关注的重点，相应地，物流绩效评价也就是对分销成本的监控；在整合物流阶段（1970—1980），随着信息技术在物流领域的应用，物流系统作为一个整体的功能和效益不断得到加强，物流绩效评价的内容除了成本控制之外，还包括了质量和时间两个方面；在战略物流阶段（1980—1990），竞争压力强化了物流在企业中的战略地位，此阶段的物流绩效评价重点是企业预测并解决物流战略问题的能力和控制预期绩效与实际绩效之间差异的能力，满意度指标和组织动机类指标被用于评价组织内的物流价值创造活动。

因此，权变理论对于物流绩效评价的指导意义在于：不存在广泛适用于所有环境、所有企业的、所谓"最好"的物流绩效评价系统。产品特征、管理重点、营销渠道、竞争环境和其他因素形成了每个企业独特的物流环境，进而要求与之相适应的"定制"的物流绩效评价系统［卡普利斯、谢菲（Caplice, Sheffi），1995］。面对多样化、复杂化和充满不确定性的市场环境，零售企业要具有权变观念，在对企业内外环境进行分析的基础上，构建物流绩效评价系统，力求做到评价系统与各权变因素的恰当匹配，并随着内外环境的变化不断调整和完善。

2. 构建绩效评价系统需考虑诸多权变因素

根据权变理论的基本思想，权变方法首先要考虑如何归纳和划分构建绩效评价系统时所涉及的诸多权变因素。综合国内外学者提出的不同见解，可以把这些权变因素划分为环境因素和组织特征两个大类。

企业的环境因素主要涉及宏观环境和外部的市场条件。宏观环境主要是指一些社会因素，即一个国家和地区的经济、法律和政治制度等。这些社会因素会对企业的经营活动产生重大影响，从而影响企业绩效评价的方式和具体内容。例如，工业经济时代，竞争集中于如何将新技术尽快地应用到实物资产上以创造效益，以及如何有效地管理财务资产和负债。因此，运用财务指标足以评价企业利用资源为股东创造价值的效率和效果。而在信息经济时代，竞争的焦点转移到如何对无形资产的开发和利用方面，相应地，要求企业运用包括财务指标和非财务指标在内的综合指标体系来进行绩效评价。企业外部的市场环境因素，是企业所面临的不确定性因素，具体包括企业所处行业的特点、竞争状况等方面。处于不同行业的企业由于业务特点不同，选择评价指标的侧重点也有差异。例如，服务行业的绩效评价一般比较关注客户方面，而冶金行业则更加重视过程方面的评价。在竞争中处于垄断地位的企业竞争压力小，其评价重点可以放在收益和利润等财务方面，以简化评价程序，节约成本。但随着竞争程度的加剧，竞争优势的开发成为企业生存和发展的关键，因而绩效评价的重点也必然要适应战略要求，扩展到任何有助于提高企业竞争力的方面。

组织特性主要是指企业资源及其配置方式的特性。这一方面的因素包括组织结构、技术条件、发展周期，等等。组织结构是对组织成员各自的作用或任务所作的正式规定，以保证组织活动得以进行，具体包括规模、分权与依存［钱哈尔、莫里斯（Chenhall，Morris），1986］。实证研究表明，规模越大的公司越强调参与预算和正式控制，越看重员工满意度这类非财务指标，并且，部门之间的相互依存度越大，越不适合严格的绩效计量［赖奇（Rejc，2004）］。技术因素包括复杂性和任务的不确定性。复杂性指的是工作的标准化程度，任务的不确定性包括作业过程的性质和例行化程度［佩罗、查尔斯（Perow，Charles），1967］。任务的不确定性越大，就越难以进行严格的、结构化的绩效评价，对评价体系的灵活性和弹性方面的要求就越高，并且越少依赖于财务指标。此外，企业所处的发展阶段不同，绩效评价指标的选择也有区别。例如，处于初创阶段的企业，产品开发、建立组织或寻找投资商等非财务方面的事务可能比财务计量工作更为重要，以有限的资金投入在市场中获得一席之地，是其面临的最突出问题。因此，产品开发周期、开发一次成功率及全部开发成本回收周期等体现产品开发效率和效果的非财务指标是企业关注的重点，也是评价的重点内容。在财务方面，此阶段以负的或少量的收入增长、现金流量、净资产收益率为特征，因此，收入增长和经营现金流量应当成为主要的财务评价指标。而处于成长阶段的企业，由于市场扩展是重点，因而客户方面的非财务评价指标会受到重视。同时，企业大部分投资会在这一阶段进行，并将对今后的发展产生长期影响，因此企业在学习和成长方面的绩效会成为评价的重点。财务方面，收入增长率、目标市场销售额增长率等指标，应成为主要的财务评价指标（贾国军等，2003）。

作为企业绩效评价系统的一个子系统，物流绩效评价同样会受到上述因素的直接或间接影响。因此，在构建零售企业物流绩效评价系统的过程中，需要考虑零售行业的共同特点，零售企业所在地区的经济发展状况和竞争态势，以及企业自身的规模、发展目标等内外部环境因素，这些因素的共同作用会影响到零售企业具体的物流运作和管理，形成不同的物流模式。对于具有不同物流模式的企业而言，其物流绩效评价的重点和评价系统各构成要素的内容会有重大差别。

第三节　管理控制理论

控制是管理的重要职能。亨利·法约尔在其著作《工业管理和一般管理》中指出："控制就是要证实一下是否各项工作都与已定计划相符合，是否与下达的指标及已定原则相符合。"孔茨则认为，"控制职能是按照计划标准衡量计划的完成情况并纠正计划中的偏差，以确保计划目标的实现"[①]。在某些情况下，控制职能可能导致确立新的目标、提出新的计划、改变组织机构、改变人员配备或者在指挥和领导方法上做出重大改变等。控制职能在很大程度上使管理成为一个闭环（孙耀君，1987）。

根据主体不同，控制可以分为外部控制和内部控制，其中，内部控制是企业控制的重点，是实现控制职能的重要手段，也是外部监管的基础（张先治，2003）。作为内部控制重要组成部分的管理控制，其理论发展有着近 200 余年的历史（张秀烨，2006），形成了较为完善的理论框架，对绩效评价产

---

① ［美］哈罗德·孔茨、海因茨·韦里克：《管理学》，郝国华等译，经济科学出版社 1993 年版，第 552 页。

生了重大影响。

一 管理控制理论的主流观点

管理控制是管理者确保有效获取和利用资源以实现组织战略目标的过程［奥特利、布罗德本特、贝里（Otley，Broadbent，Berry），1995］，是为了执行组织战略，管理者向组织内的其他成员施加影响（罗伯特·安东尼、维杰伊·戈文达拉杨，2004）。1953年，美国注册会计师协会（AICPA）在其颁布的《审计程序说明》（第19号）中，将内部控制按其特点划分为会计控制和管理控制两个部分。自此，管理控制正式被纳入内部控制制度体系之中，成为内部控制的一个重要组成部分（池国华、吴晓巍，2003）。

早期的管理控制是作为管理的一种职能出现的，到20世纪中期，随着控制论、系统论的出现，有很多学者从控制论、系统论的角度出发研究管理控制。之后，又有很多学者从会计和财务的角度讨论管理控制。目前占主流的观点是从会计和财务角度出发的管理控制，同时，这一视角在现代组织环境日益复杂的条件下，又融入了管理学、组织行为学、心理学等多学科的思维，并逐渐将非财务标准等控制手段纳入管理控制研究中（张先治，2004）。

综观管理控制理论的发展，随着企业所处环境的不断变化，其经历了四个阶段的演进：封闭—理性阶段（the closed rational perspective）、封闭—自然阶段（the closed natural perspective）、开放—理性阶段（the open rational perspective）和开放—自然阶段（the open natural perspective）（池国华、吴晓巍，2003；张先治，2004；陈志军、胡晓东、王宁，2006）。

上述每一个发展阶段的研究都围绕着管理控制系统设计这一核心问题展开，并且，由于每一阶段的环境特征和研究基础不同，每一阶段都形成了各自的主流观点，同时也对管理控制系统模式进行了创新（池国华，2005）。

管理控制作为一个系统，应该有规律地或重复地执行某一项活动或某几项活动（张先治，2005）。管理控制系统是由各种不同的管理控制要素构成的，这些要素及其构成方式决定着管理控制的体系与结构。目前理论界对管理控制要素的研究存在着以下几种主流观点，即三要素控制系统、四要素控制系统和五要素控制系统（张先治，2004；陈志军等，2006）。

1. 三要素观点。关于管理控制三要素的观点归纳起来主要有两种思路：（1）从管理的控制职能角度出发，将管理控制的要素按管理程序进行界定，即控制标准、评价绩效和纠正偏差。（2）从内部控制结构角度出发，将内部控制要素按制度结构进行界定，即控制环境、会计制度和控制程序。

2. 四要素观点。四要素观点也可归纳为两种思路：（1）彼得·罗伦基和麦克尔·斯科特在其《管理控制系统框架》一文中认为，管理控制系统的根本目标是帮助管理部门完成组织目标，这要通过以下几个要素为管理控制提供一个规范化的框架来实现：相关控制变量的鉴别；良好的短期计划设计；整套控制变量中短期计划实际完成程度的记录；偏差的分析。（2）罗伯特·安东尼在其《管理控制系统》一书中认为，内部管理控制系统包括计量、评估、执行与沟通四个要素。

3. 五要素观点。五要素观点也体现为以下两种思路：（1）古滕堡（Gutenberg）给出管理控制系统的五个要素为：标准，信息系统，评估能力，执行矫正的能力，联系的能力。（2）COSO（美国反对虚假财务报告委员会的发起组织委员会）报告归纳了内部控制的五大要素：控制环境，风险评估，控制活动，信息与沟通，监督控制。

此外，威廉·罗奇（William Rotch，1993）指出，管理控制系统各要素之间是相互关联并相互依存的。他在整合以往学者观点的基础上提出，一个有效的管理控制系统是由绩效评价、激励和组织结构等相互关联的要素组成，并在此基础上提出了管理控制系统设计的整体框架（王强等，2003）。中国学者杜胜利（2004）认为，管理控制系统是以资本契约和管理契约关系为依托，以价值流程为主线，以公司价值最大化为目标，以公司战略目标为出发点，由所有者和高层管理者实施的控制组织行为和管理者行为的系统。因此，一个管理控制系统应该包括战略控制、结构配置、利益整合、业绩评价、管理激励这五个具有内在逻辑关系的要素。张先治（2005）则在总结已有研究成果的基础上，提出了管理控制系统的十要素，分别为：控制环境，即一个组织进行管理控制所面临的环境，包括组织的外部环境和内部环境；控制变量，即影响一个组织战略目标的关键因素和风险因素；控制标准，是对一个组织进行管理控制的依据，是对控制变量的量化；信息报告，是指对组织中的各项活动的信息进行计量、记录与报告，信息报告反映了组织正在做什么；执行评估，即对一个组织的活动状况进行评定与评价；纠正偏差，即对评估过程中发现的实际执行情况与控制标准之间的不利差异进行及时纠正；业绩评价，是对一个组织的管理者的管理控制结果或业绩进行评价；激励机制，即根据业绩评价结果对管理者进行奖励与惩罚；沟通交流，是指上述管理控制要素之间信息的及时传递或交流；监督控制，即对执行管理控制过程的质量进行监督。

二 管理控制理论对绩效评价及物流绩效评价的指导意义

综合以上对管理控制系统组成要素的分析可以看出，无论是三要素观点还是十要素观点，都强调计量、评估、纠偏是管理控制的基本要素。因此，绩效评价是管理控制过程中不可或缺的环节。管理控制理论对于构建绩效评价系统的启示主要体现在以下两个方面。

1. 绩效评价是企业管理控制的核心

从管理控制的基本流程来看（如图 3—1 所示），企业在进行环境分析的前提下，确定战略目标和经营方案，并通过授权把决策方案具体化为经营预算。管理控制系统通过权力的再分配把经营预算分解为各个下属部门（团队）的具体任务，并具体执行和落实，然后通过绩效评价对执行情况进行测量和评价，分析实际情况与预定目标之间的差异，以及时纠正偏差，拟订改进措施。激励机制和奖惩系统的主要作用则是使各个工作团队和个人有动力承担具体任务，并引导、约束工作团队及个人按照预期的方向和目标完成任务。由对管理控制内涵的狭义界定可知，企业进行管理控制的目的是使战略被执行，从而使组织的目标得以实现（张先治，2003）。如果没有对战略执行情况的测量和评价，就很难发现执行过程中出现的偏差，同时，绩效评价在某种意义上也是组织行为和管理者及员工行为的导向器，它驱动着管理行为和执行行为（杜胜利，2004）。因此，对绩效的计量与评价是管理控制系统的核心部分，它是对企业的战略选择与管理控制系统的有效性进行评判的基本前提（贺颖奇，2004）。可见，企业的竞争战略、管理控制系统和绩效评价系统之间存在着内在的逻辑联系，在构建绩效评价系统时必须充分考虑这种联系。

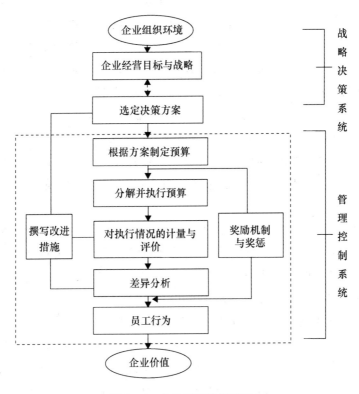

图 3—1　企业管理控制流程

资料来源：贺颖奇：《企业管理控制系统的基本框架》，《中国审计》2004 年第 2 期。

2. 绩效评价系统的构建要考虑环境因素

综观管理控制的理论演进过程，可知环境变化是管理控制制系统模式变革和发展的根本动因。尤其是 20 世纪 90 年代以后，企业经营环境的巨大变化使人们逐渐认识到，管理控制系统是一个寻找、收集、分析、反馈组织信息以使组织能够不断适应环境变化的系统，该系统通过设定一套具体的作业目标（与组织的总目标相符）来衡量员工的实际业绩，力求降低二者的差异。面对多元的、动态的、无边际的、复杂的环境，企业的竞争能力在很大程度上取决于执行能力，而执行能力的增强必然要依靠管理控制系统。但是，企业管理控制的成功，在很大程度上取决于其适应能力、应变能力和利用能力，取决于它在变动的环境中能否应付自如（杜胜利，2004）。与此相适应，作为管理控制系统的重要组成部分，绩效评价系统的构建也必须考虑企业环境，力求提高其适应性。绩效评价系统只有适应组织内外环境，才能充分发挥作用。

由以上分析可知，管理控制理论对于物流绩效评价的启示在于：一方面，尽管物流绩效评价系统是一个相对独立的子系统，但作为企业绩效评价系统的有机组成部分，其设计与构建首先需要考虑与绩效评价系统的内在联系，同时兼顾与企业战略、管理控制系统之间的内在逻辑关系。另一方面，提高物流绩效评价系统对环境的适应性，有助于提高企业物流战略的执行力，进而增强企业在物流方面的竞争能力。在物流管理领域，绩效评价已经被视为企业实现一流绩效的四大关键物流能力之一（密歇根州立大学全球物流研究小组，1995）。A. T. 科尔尼公司 1978 年的研究表明，那些进行有效的物流绩效评价的企业，每年可以节约其物流总费用的10%—20%。密歇根州立大学全球物流研究小组的研究也表明，那些拥有出色物流的企业借以获得其世界领先地位的四种物流竞争力分别是定位、集成、反应和评价。其中，物流绩效评价能力关系到从内部到外部对结果的监控，并为物流的定位、集成和反应提供信息反馈，以实现全面而持续的绩效改进（波弗尔，2006），并且，该研究报告还指出，物流能力排名前三位和后三位的企业在物流绩效信息提供方面存在显著差异。

第四节　战略管理理论

从投入产出要素的视角可以将企业管理的发展划分为三个阶段：生产管理阶段、经营管理阶段和战略管理阶段（王方华，2005）。在生产管理阶段，面对供不应求的市场形势，企业所考虑的问题是如何提高产量，降低成本，即高效率地生产，还没有谋划未来的需要。然而，20世纪30年代到50年代，基本消费品的需求逐步趋向饱和，经济危机的影响、科学技术的发展和大量军工企业转向生产民用产品使卖方市场迅速转变为买方市场。此时，企业仅仅依靠内部控制式管理已无法应对激烈的市场竞争，为了谋求生存和发展，必须研究消费者需求，树立经营意识。20世纪50年代以后，以美国为代表的资本主义国家进入后工业时代，这一时代的特点是：需求结构发生了较大变化，科学技术水平不断提高，社会、政府和顾客等利益相关者提高了对企业的要求和限制，从而使其所承担的社会责任大大增加，资源短缺、突发事件不断出现。这种高复杂性和高不确定性并存的经营环境使企业产生了谋划未来发展的要求和动力，从而使战略管理的产生成为必然。

一 战略管理理论的主流观点

企业战略管理的研究起始于 20 世纪 30 年代。1938 年，美国管理学家 C. I. 巴纳德在其《经理人员的职能》一书中，从影响企业经营目的的各种因素分析中首次提出战略因素的构想，为探索企业经营战略的含义奠定了基础。1962 年，钱德勒（Chandler）所著《战略与结构》一书出版，书中第一次对企业经营战略作了描述：决定企业基本的长期目标与目的，选择企业达到这些目标所遵循的途径，并为实现这些目标与途径而对企业重要资源进行分配。此后企业经营战略研究的发展大体上可以划分为三个阶段：（1）20 世纪 60 年代初期至 70 年代初期的理论研究阶段。此阶段的研究集中于战略的概念和构成要素，代表作是安索夫（Ansoff）的《企业战略论》（1965）、安东尼（Anthony）的《计划与控制系统》（1965）和安德鲁斯（Andrews）的《经营战略论》（1971）。（2）20 世纪 70 年代初期至 80 年代初期的理论研究向实践研究转化阶段。此阶段的研究中心是战略管理的方法。安索夫的《从战略计划走向战略管理》（1976）和《战略管理论》（1979）集中反映了战略管理理论研究的发展。霍弗（Hofer）的《战略制定》（1978）和威廉·R. 金（William R. King）与克里兰（Cleland）的《战略规划与政策》（1978）则代表着战略管理由理论研究向实际应用研究的新发展。（3）20 世纪 80 年代初至今的反思发展阶段。外部环境的变化使研究者们把研究重点从企业中物的因素转向企业中"人"的因素和文化的因素；在研究方法上，则从理性化的研究方法转向注重研究方法的方向性和有效性，力求使企业管理更具柔性，从而使战略管理成为企业适应环境、创造环境的利器。这一时期的研究特点体现在两个方面：一是把整体分析方法与经验分析方法相结合，代表性成果为波特（Porter）的《竞争战略》（1980）和《竞争优势》（1985）。二是重视创新与企业家精神，重视人的心理因素，重视企业文化。

在上述三个阶段的发展过程中，战略管理理论的研究形成多个学派。其中，以安德鲁斯为代表的设计学派、以安索夫为代表的计划学派和以波特为代表的定位学派为企业战略管理理论的形成与发展奠定了基础。在对上述三大学派主要观点和西方20余年企业战略实践进行反思、总结的基础上出现的资源学派、能力学派、企业家学派、认识学派、学习学派、权势学派、文化学派、环境学派、整合学派等大大丰富了战略管理理论的内容（赵国杰，1997；贺永方、朱春奎，2000；刘敏、许征文，2007）。

二　绩效评价是实施战略管理的客观要求

对于战略管理的界定有多种，通常可以概括为两种类型，即广义的战略管理和狭义的战略管理（王化成，2004；王方华，2005）。广义的战略管理是指运用战略对整个企业进行管理，狭义的战略管理是指对企业战略的制定、实施、控制和修正进行管理。狭义的界定把战略管理分解为四个阶段，即战略规划、战略实施、战略控制和战略修正，这四个阶段为一个动态的过程。

企业战略管理的实践表明，战略制定固然重要，但战略实施更不容忽视：一个良好的战略仅仅是战略管理成功的前提，有效的战略实施才是企业战略目标顺利实现的保证。1999年，美国《财富》杂志发表的一篇题为"Why CEOs Fail"的文章列出了CEO们失败的主要原因："多数情况下，估计70%的总裁失败的原因并不在于战略本身不好，而是因为战略执行不到位。"［希曼等（Schiemann et al.），1999］此外，在战略实施过程中，对实施效果进行适时监控并及时纠正偏差，也有利于提高企业对外部环境的适应能力。实际上，是否对行动的过程及效果加以监控和管理，已成为传统的战略规划与现实中更科学、更具有实际效果的战略管理的本质区别（邓珩，2002）。由于绩效评价体系能够使企业通过对适当数据的采集、整理、分类、分析和解释来评价自己、了解自己（储秋容，2007），因此，在企业战略管理的四个阶段，管理者可以利用绩效评价系统提供的必要信息，为企业确立发展方向、进行战略决策并达到理想的目标提供保证。实际上，对于一个有效的企业战略管理体系而言，战略管理的四个阶段与绩效评价的核心环节通常具有很好的耦合性。

根据伯恩（Bourne，2000）等人的观点，建立和实施一个完整的绩效评价体系可分为四个步骤：第一，绩效评价指标的设计，具体包括对关键目标的判断和核对评价指标的设计；第二，评价指标的选取，具体分为初选、校对、分类/分析和分配；第三，评价指标体系的应用，包括评价、反馈和采取纠偏行动；第四，战略假设的验证，即对战略实施效果的反馈。在战略规划过程中，首要的工作就是对内外部环境进行分析，以明确实现战略目标的关键成功因素，即 KSF（Key Success Factor），根据企业的 KSF，运用一定的技术和手段即可提取关键绩效指标 KPI（Key Performance Indicator），并最终构建起绩效评价指标体系。与企业战略密切关联的绩效评价指标体系，能够使企业的战略意图得以转化为具体的行动指南，从而使企业各级员工能够较为充分地理解企业战略并以此指导其工作行为。战略实施是把战略转化为行动的阶段，这种转化通常借助于中间计划、行动方案、预算和一定的程序来实现。在制定实施细则、体系和措施的过程中，企业需要确定绩效评价标准，将绩效评价指标分解落实到部门或个人，由各部门或个人收集相应评价指标的绩效信息，并最终汇集至最高管理层，形成综合的绩效信息，从而为实施战略控制提供必要的信息准备。战略控制是将经过信息反馈回来的实际战略实施成效与预定战略目标进行比较，监控二者的偏离程度，并采取有效措施进行纠正，以达到战略目标的实现（王方华，2005）。在此阶段，企业要进行两个方面的监控：一是对过程的监控，以发现战略实施过程中出现的问题并及时纠正；二是对结果的监控，即将战略实施结果与目标业绩进行对比分析，以判断各个具体阶段的战略实施效果。这两个方面的控制对应着绩效评价的两个方面：过程评价和结果评价。因此，战略控制的过程实际上也是企业实施绩效评价的过程。企业战略的修正阶段实际上是对绩效评价结果的具体运用，包括为下一步的经营决策提供信息支持，对相关经营者和员工进行奖惩或职位的升迁，等等。战略管理各阶段与绩效评价核心环节的耦合关系可以通过图3—2反映出来。

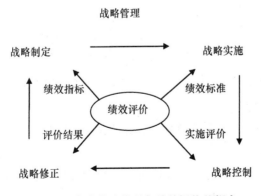

图3—2 企业战略管理与绩效评价的耦合

三 战略管理理论对绩效评价及物流绩效评价的指导作用

上述分析表明，战略管理理论是构建企业绩效评价体系的重要理论基础。埃克尔斯（Eccles）于 1991 年在《哈佛商业评论》发表的《绩效度量通论》中断言："在未来的五年内，每个公司都必须重新设计绩效评价系统。"激烈的竞争现实和全新的经营理念，要求企业把绩效评价纳入整个战略管理过程之中，实施战略性绩效评价成为企业绩效评价发展的一个必然趋势。

战略性绩效评价系统是企业管理者用来保持或修正企业活动形式的所有正式的、以信息为基础的方法和程序的总称［西蒙斯（Simons），2000］。由于其紧紧围绕企业的战略目标，将企业的长期战略与短期行动联系起来，通过把企业的战略、任务和决策转化为企业各层次具体、全面、可操作性的目标和指标，形成集评价与激励、传播与沟通、团结与学习的多功能的战略管理系统（马璐，2005），因而被称为"战略管理体系的基石"［卡普兰、诺顿（Kaplan，Norton），1996］。借助此系统，管理者可以通过比较实际结果和战略目标之间的差距，实时追踪企业战略的实施，从而识别或创造机会，使企业在竞争中处于领先地位。

战略绩效评价的实施，对企业绩效评价系统提出了以下要求。

1. 绩效评价系统的设计应以清晰的战略目标为前提

目标越是明确、全面和完整，绩效评价指标就越能反映目标的要求，评价也就越有效。作为保证企业战略实施、实现战略控制和战略修正的重要工具，绩效评价系统要充分反映战略管理的要求，要把企业的战略作为绩效评价的起点。与此相适应，绩效评价的首要任务就是明确企业的战略，然后通过对战略目标的分解、逐层落实，将企业的中长期目标分解到部门和员工个体，界定出实现某种战略所必需的工作方式和结果，甚至员工个人的特征，在此基础上订立相应的绩效标准，设计相应的绩效评价和反馈系统（方振邦，2005），以便不同部门、不同人员明确各自的任务。也就是说，把企业战略发展要求通过评价指标进行量化，把战略发展所要达到的目标，体现在评价标准的设置上。之后，管理者可以通过所构建的评价指标和设定的评价标准来引导员工的行为，监控工作进度并及时分析、反馈绩效评价结果，运用包括奖励、惩戒、培训、调整目标在内的措施，改进员工绩效，培育组织学习能力，最终形成企业核心竞争力和长期竞争优势。

2. 指标体系的设计要具备全局观念和环境适应性

由于绩效评价系统总体目标必须有利于企业长期发展规划的实现，因此，作为绩效评价系统核心的评价指标体系的设计和构建也要以确保企业的战略实现为原则。

首先，指标的选择要有利于企业长期竞争优势的形成，并且引导企业树立长远发展的思想。这就要求用发展的眼光去分析影响企业利润和竞争能力的因素，把财务指标和非财务指标结合起来。尤其在财务指标的选择上，不能仅仅侧重短期利润最大化目标，还要立足于长期利润的最大化。

其次，评价指标体系的设计要有全局观念，突出企业整体利益，区分影响整体利益和局部利益的因素，加强对影响整体利益的不可控因素的预测，把定性指标与定量指标有机统一起来（张蕊，2002）。

最后，指标体系的设计要有环境适应性。企业战略面向未来的特性决定了其实施过程的风险性和实施结果的不确定性。而企业针对面向未来的经营活动所做的决策是外向型的，指标体系的设计要体现外向型决策的要求，更好地实现绩效评价与战略管理的有机统一。

从以上分析可知，战略管理理论至少在以下两个方面为企业的物流绩效评价提供指导：一是物流绩效评价的起点应该是对企业物流战略目标的分解。企业的物流目标和物流战略规划决定了整个物流绩效评价系统的评价目标，而物流战略计划则进一步决定了物流绩效评价指标的内容和物流绩效评价标准的水平。如果没有企业战略和物流战略，物流绩效评价指标的选择和评价标准的设定就会失去基础。二是作为企业绩效评价指标体系的有机组成部分，物流绩效评价指标的选择和评价标准的设定也应该符合企业培育长期竞争优势的要求，具有全局观念和环境适应性，做到财务指标和非财务指标、定量指标和定性指标的有机结合。

第五节　企业绩效评价理论

企业绩效评价理论是指导企业绩效评价实践的核心理论，其内容主要围绕着如何构建一个良好的绩效评价系统展开，具体包括评价系统的构成、评价系统的评价标准、评价系统的设计三个部分。评价系统的构成和评价系统的评价标准是静态的概念，主要关注评价系统的构成要素和各要素之间的逻辑关系，以及"好的"评价系统应该满足何种要求。评价系统的设计是一个动态的概念，解决的问题是如何设计一个符合要求的评价系统。

一 绩效评价系统的构成

对于一个典型的绩效评价系统应该由哪些要素构成，学者们从不同的角度进行了研究。尚志强（1998）从跨国公司业绩评价的角度出发，指出绩效评价系统作为跨国公司整个管理控制系统中一个相对独立的子系统，主要由目标、对象、指标、标准、评价报告等要素组成。杜胜利（1999）认为，绩效评价系统通常是由评价目标、评价对象、评价指标、评价标准和分析报告几个基本要素构成的。汪家常和魏立江（2001）从业绩管理的角度，提出业绩管理系统由业绩管理主体、业绩管理客体、业绩评价目标、业绩评价指标、业绩评价标准、业绩评价报告和激励报酬等七个基本要素构成。张蕊（2002）从企业战略经营业绩评价的角度出发，指出企业经营业绩评价系统主要由以下几个基本要素组成：评价主体、评价客体、评价指标、评价标准和评价方法。王化成（2004）等通过对中集集团业绩评价系统的深入研究，总结出企业业绩评价系统作为企业管理系统的一个相对独立的子系统，其构成要素应包括评价主体、评价客体、评价目标、评价指标、评价标准、评价方法和评价报告。池国华（2005）从内部管理业绩评价的角度提出，典型的内部管理业绩评价系统由评价目标、评价指标、评价标准、评价方法等基本要素构成。

从以上观点可以看出，尽管学者们的研究角度不同，但以下几个方面是公认的绩效评价系统的基本要素：评价主体、评价目标、评价客体、评价指标、评价标准、评价方法和评价报告。

1. 评价主体

评价主体是指谁需要对评价客体（或评价对象）进行评价，通常是与评价客体的利益密切相关、关心评价对象绩效状况的相关利益人。在理论上，每一位企业利益相关者，都会出于某种目的对企业绩效进行评价。评价主体可以包括企业经营管理者、政府相关部门、投资者和债权人等利益相关者（陆庆平，2006）。

2. 评价目标

评价目标是整个评价系统设计和运行的指南和目的，它通常是根据评价主体的需求来确定的。战略管理中的绩效评价系统目标就是为管理者制定最优战略及实施战略提供有用的信息（王化成，2004），具体包括两个具体方面：一是为企业的战略制定提供支持性信息，二是为企业的战略实施提供控制性信息。

3. 评价客体

评价客体是评价主体实施评价行为的对象，也是由评价主体根据其需要确定的。企业的不同利益相关者对企业的关注重点有差别，从而导致不同评价主体所确定的评价客体也存在差异。从各利益相关者的需求来看，评价客体主要包括整个企业、部门、经营者和普通员工，等等。不同的客体具有不同的特点，这些特点会影响评价系统设计中的指标体系设计。

4. 评价指标

评价指标是指对评价对象的哪些方面进行评价，其设计依据是评价目标和评价主体的需要。评价指标体现的是能够反映评价对象特征的因素。企业绩效评价关注的是评价客体与企业目标的相关方面，即所谓的关键成功因素（Key Success Factors, KSFs），这些因素有财务方面的，也有非财务方面的，它们的具体体现就是评价指标。如何将关键成功因素体现在各项具体指标上，是绩效评价系统设计的重要问题（杜胜利，1999）。

5. 评价标准

评价标准是判断评价客体绩效优劣的基准，是评价的参照系。选择何种基准作为评价标准取决于评价的目的。在企业绩效评价实践中，常用的评价标准有年度预算标准、行业平均标准、竞争对手标准、国内先进标准、国际同类标准等。为了全面发挥绩效评价系统的功能，同一评价系统中应考虑同时使用不同的评价标准进行对比判断，并且在选择具体评价标准时，应充分考虑评价客体的特点。

6. 评价方法

评价方法是绩效评价的具体手段，运用一定的评价方法，可以获取评价信息，得到评价结果。在企业绩效评价的发展过程中，评价方法先后经历了观察法、统计法、财务评价法、财务评价与非财务评价相结合四个发展阶段。近年来，财务评价与非财务评价结合的方法较为广泛地被应用于企业绩效评价实践。

7. 评价报告

评价报告是绩效评价系统的输出信息，是一个结论性文件。作为对绩效评价结果的最终表述，评价报告的内容将成为评价主体了解评价客体绩效优劣、据以制定相应对策和措施的依据。

　　绩效评价系统的七个要素之间相互联系、相互影响。评价主体依据特定的评价目标，确定评价的客体和评价的内容，并选择能够充分反映评价内容的评价指标，确定各评价指标对应的评价标准，然后采用与之相适应的评价方法进行分析和判断，以获得所需评价结果和评价结论，所得到的评价结果和评价结论通过特定途径反馈给评价主体，作为其决策依据（如图3—3所示）。

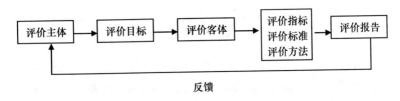

图3—3　绩效评价系统

资料来源：王化成：《企业业绩评价》，中国人民大学出版社2004年版，第44页。

二　绩效评价系统的评价标准

　　为了实现评价主体的评价目标，需要一个符合特定要求的绩效评价系统。乔伊等（2007）指出："一个设计得很好的业绩评价系统可以使高层管理者：（1）判断现有经营活动的获利性；（2）发现尚未控制的领域；（3）有效地配置公司有限的资源；（4）评价管理业绩。"杜胜利（1999）认为，一个绩效评价系统的设计必须满足以下要求：准确、及时、客观、可接受、可理解、成本效益、反映公司特性、目标一致性、可控性和激励性，以及良好的应变性。卡普利斯和谢菲（1995）指出，判断一个绩效评价系统是否合理有效的标准有六个，即综合性、原因导向、纵向整合、横向整合、内部可比性以及实用性。陆庆平（2006）则认为，一个绩效评价系统应该符合八个要求：目标一致、沟通、激励、客观公正、可对比性、成本效益、可控和实用性。

基于对以上观点的分析，笔者认为，一个"好的"绩效评价系统至少应该符合以下要求。

1. 目标一致

目标一致是绩效评价系统应达到的首要标准，一个有效的绩效评价系统应与企业的战略目标保持一致或正相关。从制度经济学的角度而言，在存在交易费用的情况下，不同的制度安排将导致不同的资源配置，绩效评价系统中的评价指标体系本质上是企业内部的一种制度安排。因此，有效的评价指标体系应该是企业战略目标实施计划的分解，在设计时需要考虑其是否能够引导评价主体做出与企业目标相符的决策，从而实现企业资源的合理有效配置。

2. 综合性

绩效评价系统应该是综合的。这种综合性意味着评价系统要能够反映企业的某一政策对每一个利益相关者所产生的影响（卡普利斯、谢菲，1995）。李奥纳德（Leonard，1998）指出，仅仅依靠一个非综合的绩效评价系统是一种"一维管理"，是一种对问题的回避而不是从根本上解决问题。尽管存在着许多潜在的绩效维度，但最基础的三个维度分别是顾客满意、内部流程和财务结果，除此之外，其他被管理者认为与长期绩效相关的维度也都可以纳入评价系统。因此，其他单纯用财务指标来评价绩效是远远不够的，必须运用包括财务和非财务指标在内的综合评价指标体系对绩效进行多方面的评价以获取全面的运营信息。

3. 可理解

只有当信息是可理解并且可以被用户恰当地进行解释时，才是有意义的，或者说，才是有用的。难以理解的信息会误导使用者，从而导致错误的行动。因此，良好的绩效评价系统，其各组成要素应该是能够为系统使用者所理解的。在充分理解的基础上，评价系统使用者能够运用该系统为制定改进决策提供清晰有效的信息。

4. 可接受

绩效评价系统只有被使用时，其效用才能得到充分地发挥。如果企业的绩效评价系统不能够为其成员所接受，就会出现员工无视系统存在、不愿意使用或遵守。在绩效评价系统使用者不情愿的状态下运用该系统进行绩效评价所产生的信息有可能是不准确、不及时和不客观的。因此，绩效评价系统的设计应该尽可能地考虑使用者的实际需要，从而使其能够接受并且积极主动地使用。

5. 实用性

评价系统的设计要尽量做到简化、实用、易操作。如果评价操作复杂，不但难以广泛使用，而且容易出现操作失误。基根等人（Keegan et al.，1989）指出，绩效评价系统的设计应该力求简练，因为一个过于复杂的系统最终很有可能被忽略或彻底放弃，那种看起来近乎完美的庞大的绩效评价系统最有可能被当作"黑箱"而得不到信任或者不被使用。为确保评价操作的准确性，提高工作效率和便于推广使用，应简化指标设计和评价程序，并尽可能充分利用现代处理技术、配置或设计评价操作软件等，以缩短从收集数据到形成评价结果的时间。

6. 应变性

良好的绩效评价系统应对公司战略的变化及内外部变化非常敏感，并且系统本身能够做出较快反应，进行相应调整，以适应不断变化的内外部环境要求。

三 绩效评价系统的设计

迟国华（2005）认为，在设计一个绩效评价系统时，应该考虑以下四个方面的基本问题：设计观念、设计环境、设计流程和设计内容。

设计观念是设计一个绩效评价系统的前提和指南。作为一种指导性理念，设计观念将贯穿整个绩效评价系统的设计过程，并且充分体现于绩效评价系统各构成要素的具体内容之中。先进的设计观念是设计一个良好的绩效评价系统的前提。

设计环境是存在于绩效评价系统之外、但对物流绩效评价系统产生影响的各种环境变量的总和。作为企业内部的一个管理系统，绩效评价系统是开放的，处于组织环境之中，组织环境会对绩效评价系统的设计和运行产生影响。因此，在设计绩效评价系统时，不可避免地要考虑组织环境的影响作用。

设计流程即设计一个绩效评价系统从开始筹备到系统设计完毕并开始运行所经过的阶段和步骤。通常情况下，绩效评价系统的设计需要经过一定的阶段和步骤，每一个阶段都有其关注重点和核心任务。一个合理的设计流程可以从组织和程序上为绩效评价系统的最终形成和顺利运行提供保证。

设计内容即绩效评价系统基本构成要素的具体选择。尽管一个典型绩效评价系统的基本构成要素已经比较明确，但由于每一要素都具有不同类型，因此，仍存在对各个要素的具体类型进行选择的问题。通过对构成要素进行不同类型的选择和组合，可以形成适应不同组织环境、服务于不同目的的绩效评价系统。

四　企业绩效评价理论对物流绩效评价的指导意义

综上所述，企业绩效评价理论在以下两个方面为企业物流绩效评价提供了支持和指导。首先，明确了物流绩效评价系统的构成要素，即一个完善的物流绩效评价系统至少应该包括明确的评价主体和评价客体，能反映评价主体意图的评价目标，与物流战略目标相关联的绩效目标，相应的评价指标、评价方法和评价标准，以及实施评价所得的最终评价结果。其次，绩效评价系统的设计要求为企业物流绩效评价系统的构建提供了参考准则，具体包括：（1）战略性原则。由于物流绩效成为零售企业发展的关键要素，因此，必须从发展战略的高度来建立物流绩效的评价系统，注重评价指标体系、评价组织体系和评价方法体系与战略的联系，确保物流绩效评价产生战略价值。（2）整体性原则。根据以往的会计数据对物流各个部门进行单独的评价已经不能适应物流发展的需求，随着物流的整合以及各个阶段的协调力度加大，物流绩效评价体系不能只局限于对局部成本的考察和控制，还要从整体上对物流绩效进行评价。（3）可操作性原则。整个物流绩效评价体系是一项复杂的系统工程，各部分的设计要考虑到评价所需资料、数据的可获得性，收集数据的难度和成本（包括时间成本和金钱成本）。（4）动态性原则。物流绩效评价体系应该能够适应变化，要能及时地反映企业物流运作和管理的发展变化。

第 四 章

零售企业物流绩效评价观念、评价模式与评价框架

第一节 零售企业物流绩效评价观念

一 系统观念

企业的绩效评价体系是由若干个要素组成的系统，而在评价体系的运作过程中，各个组成要素又是相对独立的子系统，承担着各自的功能。根据系统管理理论，构建绩效评价体系时，要遵循系统理论的要求，确定系统的基本构成要素、确定各要素在系统中所发挥的作用、明确各要素之间的相互关系，以使评价活动最终产生有效的结果。

因此，在零售企业物流绩效评价中，系统观念具体体现为对以下几个方面关系的处理：物流系统各要素之间的关系、绩效评价系统各要素之间的关系，以及物流系统与评价系统之间的关系。

1. 物流系统的构成要素及其相互关系

系统是"为有效地达到某种目的的一种机制"，也就是为了达成某一目的，把人力、物力、金钱、信息等资源作为指令输入，使它产生某种结果的功能。因此可以认为，物流系统是一种"有效达成物流目的的机制"（张铎、周建勤，2002），即"以低物流成本向顾客提供优质服务"的机制。具体而言，从系统的观点看，物流系统就是在一定的时间和空间里，由相互关联、相互作用的物流活动要素（包括需要位移的物质实体、物流设备、人员和物流设施等）构成的具有特定功能的有机整体（马谦杰，1999；丁立言、张铎，2000）。

无论是生产企业的物流系统，还是流通企业的物流系统，其基本功能都是力求以较高的效率实现物质实体的时间转移和空间转移。在实践中，为了实现此功能，需要物流作业系统和物流信息系统的协调，来完成系统"输入—转换—输出"的基本运作。

通常情况下，物流作业系统包括以下六项功能要素，每一项功能要素都是相对独立的子系统：[①]（1）包装子系统，主要包括产品的出厂包装，生产过程中再产品、半成品的包装以及物流过程中的换装、分装、再包装等活动；（2）装卸子系统，主要包括对输送、保管、包装、流通加工等物流活动进行衔接的活动，以及在保管等活动中为进行检验、维护、保养所进行的装卸活动，此外，伴随装卸活动的小搬运，一般也包括在这一活动中；（3）运输子系统，主要包括供应物流及销售物流中

---

① 张铎、柯新生编著：《现代物流信息系统建设》，首都经济贸易出版社2004年版，第44—45页。

通过车、船、飞机等方式的运输，以及生产物流中通过管道、传送带等方式的运输；（4）保管子系统，主要包括堆存、保管、保养、维护等活动；（5）流通加工子系统，主要包括流通过程中的辅助加工活动，这种加工活动不仅存在于社会流通中，也存在于企业内部的流通过程中；（6）配送子系统，是物流进入最后阶段，以配货、送货形式最终完成社会物流并最终实现资源配置的活动。在以上的作业子系统中，运输子系统和保管子系统分别发挥着创造"空间效用"和"时间效用"的主要子系统，因而在物流系统中处于主要的地位。

物流信息系统是由人、计算机（包括网络）和物流管理规则组成的集成化系统，该系统将硬件和软件结合在一起，对物流活动进行管理、控制和衡量。[①] 物流信息通常有两类，一类是协调信息，另一类是作业信息。前者先于物流作业产生，主要是有关各种计划、决策、用户需求等方面的信息，这些信息控制着物流产生的时间、流动的大小和方向；后者则与物流同步产生，与具体的物流作业活动有关，它们反映了物流的状态。在物流系统中，信息系统的主要作用是对上述信息进行收集、汇总、统计，保证其可靠性和及时性，通过这些信息流从整体上对各项作业活动进行统筹安排、实时控制，并根据反馈信息做出迅速调整，以确保物流作业系统的高效、畅通和快捷。

系统是相对外部环境而言的，外部环境向系统输入各种资源，系统以其自身所具有的特定功能，将"输入"进行必要的转化和处理，使之成为有用的产成品，即"输出"。同样，典

---

① 夏春玉主编：《物流与供应链管理》，东北财经大学出版社2007年版，第150页。

型的物流系统运作模式，也是一个"输入—转换—输出"的过程：人、财、物、信息等资源通过物流管理、物流作业、信息处理等活动，转换为使用者所需要的服务、效益、信息等输出，同时，也有可能产生如污染一类的负面输出（如图4—1所示）。在物流系统中，输入、输出及转换活动通常在不同的领域或不同的子系统中进行，由于系统的目的差异，具体的输入、输出及转换会有不同的内容（丁立言、张铎，2000）。

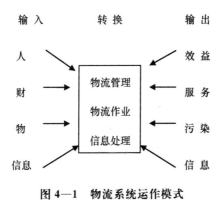

图4—1 物流系统运作模式

根据系统理论，整体不是部分的简单相加。系统要素或部分之间的联系是系统的精髓，没有联系，相对于系统来说，要素就是孤立的、静止的。物流系统的各子系统之间存在着较为复杂的相互关联，这些关联是冲突、相持和协同的综合表现（何明珂，2001），理解这些内部关联将有利于物流绩效评价体系的构建。

首先，物流系统存在着"效益悖反"现象。"效益悖反"也称"二律悖反"，表明了两个相互排斥而又被认为是同样正确的命题之间的矛盾。物流系统的"效益悖反"是指物流的若干功能要素之间存在着此涨彼消、此盈彼亏的损益矛盾，即在实现某一功能要素的优化和利益的同时，必然会导致另一个或几个功能要素的利益损失；反之亦然。在物流系统的运作实践中，这种"效益悖反"体现在物流服务和物流成本之间的关系上，即提高物流系统的服务水平，往往会导致物流成本的增加；反之亦然。例如，缺货率的降低可以通过增加库存或者采用小批量多批次的补货方式来实现，但也相应地增加了储存费用或运输费用；包装的简化可以降低包装成本，但是，由于包装强度降低，有可能导致仓储过程中货物堆码高度的降低和运输、装卸过程中货物破损率的增加，从而导致仓储效率和搬运效率的下降。

其次，物流作业系统中各个功能要素（子系统）之间存在相互衔接和相互制约的关系。物流作业系统中的各个子系统（运输、保管、搬运、包装、流通加工）通过物资实体的运动联系在一起，一个子系统的输出就是另一个子系统的输入，是一种相互衔接、相互制约的关系。各子系统的功能如果不均衡，就会影响这种衔接的效率，从而影响物流系统的整体能力。例如，一个物流系统的搬运装卸能力很强，但运输能力不足，或者运输能力很强但搬运装卸能力不足，就可能导致货物在某一存放地点积压，影响整个物流系统输出的质量。

最后，物流作业系统和物流信息系统之间存在着一定的层次关系。这种层次关系表现为：与物流作业相关的指令通过物流信息系统下达，物流作业所产生的相关信息则通过物流信息系统进行反馈，物流信息系统处于物流作业系统的上层，发挥着调控和管理的作用（张铎、柯新生，2004）。此外，物流作业系统中各个功能要素间的相互衔接是通过信息来沟通的，且基本资源在各个功能之间的调度也通过信息传递得以实现。从这个角度而言，物流信息成为各物流子系统之间沟通的关键，在物流活动中起着中枢神经的作用（夏春玉，2007）。物流信息系统的这种控制和协调作用能够在一定程度上解决提高客户服务水平和降低总成本之间"效益悖反"的矛盾。因此，作业系统和信息系统之间的相互配合有助于整个物流系统功能的发挥和目标的实现。

2. 物流绩效评价系统的构成要素及其相互关系

绩效评价系统是通过对适当数据的采集、整理、分类、分析、解释和传播，来对以往行为的效果或效率进行量化，并据此做出相应决策，采取相应行动的过程（尼利，2004）。在研究企业绩效评价的文献中，普遍认为，一个有效的绩效评价体系至少应该由以下几个要素构成：评价主体、评价目标、评价客体、评价指标、评价标准、评价方法和评价结论（杜胜利，1999；张蕊，2002；王化成等，2004；陆庆平，2006）。笔者认为，在企业绩效评价体系中，还应考虑加入"绩效目标"这一要素。与绩效评价目标不同，绩效目标是一个更为具体的目标，其设定的依据是企业的整体战略，这一目标（或目标体系）是企业战略的分解和具体化，它指明了企业在一定时期内要实现的具体目标，是确定绩效标准和指标权重的重要依据，同时也为企业制定绩效改进措施指明方向。而绩效评价目标则是评价主体对评价客体的绩效进行评价的目的，或者说是"整个评价系统运行后所要达到的目的"（陆庆平，2006）。

与此相适应，作为企业绩效评价体系有机组成部分的物流绩效评价系统，至少应包括以下八个要素。

（1）物流绩效评价主体

物流绩效评价主体是指由谁来进行物流绩效评价。从理论上讲，所有的企业利益相关者都可能出于某种目的而关注企业的物流绩效。物流绩效评价主体可以包括企业经营管理者、政府相关部门、社区、民众及环境保护组织，等等。

企业经营管理者可以借助物流绩效评价，为战略性、经营性物流决策的制定获取支持性信息，并且还可以通过评价结果和绩效目标之间的对比，了解企业物流决策的执行情况，及时发现企业物流活动存在的问题，采取修正措施，以确保企业物流系统的有效运行，此外，物流绩效评价的结果也可以作为制定各级物流管理人员和物流作业人员激励政策的主要依据。政府相关部门关注物流绩效的原因主要源于两个方面，一是对于国有企业和国家控股企业而言，政府作为国家股东，国有资本出资人，需要加强对国有资本的监管，实现资本收益，并对企业经营者进行合理的奖惩；二是在了解企业物流绩效状况及其对企业整体绩效的贡献的基础上，制定区域经济发展政策及鼓励企业发展的政策措施等。社区、民众及环保组织对企业物流绩效的关注主要集中在企业物流活动对环境的影响，高物流绩效意味着对有限资源的利用最大化和对环境污染的最小化。

（2）物流绩效评价目标

物流绩效评价的目标是整个评价体系设计和运行的指南和目的，它是整个物流绩效评价体系的中枢，没有明确的评价目标，整个评价体系将处于混乱状态（陆庆平，2006）。企业物流绩效评价的目标服从和服务于企业目标。企业的主要经营目标有生存、发展与获利。合理高效的物流系统能够确保企业经营目标的实现。因此，企业物流绩效评价的主要目标有确保物流计划目标的如期实现、物流战略实施过程中重大问题的发现和解决、评估物流计划完成之后的效益、改进物流管理方法及程序、作为事后奖惩的依据、增进物流管理人员和作业人员的成就感、实现企业物流价值最大化，等等。通过以上目标的实现，纠正企业物流管理过程中可能出现的偏差，推动企业生存发展和获利目标的实现。

（3）物流绩效评价客体

绩效评价的客体是相对于评价主体而言的，是指实施评价行为的对象，即对谁进行评价。具体到物流绩效评价，则指物流绩效评价实施的对象，也就是企业的物流系统，即由参与企业物流活动全过程的所有物流要素为了实现企业物流目标而形成的整体。物流绩效评价系统的运行是以其评价对象为单位来进行信息收集和信息分析的，并且评价结果会对评价对象的未来发展方向产生影响。

需要注意的是，在确定企业物流绩效评价客体时，对物流管理人员和作业人员的评价是一个不可忽视的问题。物流管理人员是物流管理的主导力量，物流作业人员是物流运作的具体执行者，物流绩效目标的实现是以物流管理人员和物流作业人员的投入为前提的。其中，对管理人员的评价是解决企业中各级委托代理关系的基本手段，也是建立激励约束机制的重要基础。鉴于本书的研究目的和研究对象，主要讨论企业物流绩效的评价问题，即以企业的物流系统作为评价客体。

（4）物流绩效目标

物流绩效目标是在特定绩效期间内企业物流系统运行所要达到的目标。根据目标管理理论，"企业的使命和任务，必须转化为目标"，如果一个领域没有目标，那么这个领域的工作就会受到忽视，所以管理者必须通过目标对下属进行管理。当组织最高层管理者确定了组织目标后，必须对其进行有效分解，转变成各个部门及员工的分目标，管理者根据分目标的完成情况对下级进行考核、评估和奖惩（武欣，2001；付亚和、许玉林，2003）。

企业的物流绩效目标实际上是企业物流战略目标的具体化，是对物流战略进行层层分解而得到的相互关联的目标体系。这一目标体系将成为设定绩效评价标准、确定绩效评价指标权重的重要参考。

（5）物流绩效评价指标

绩效的衡量依赖于指标。绩效评价指标是指对评价客体的哪些方面进行评价。通常，绩效评价体系所关注的是评价对象与企业目标的相关方面，即所谓的关键成功因素（Key Success Factors，KSFs），这些关键因素最终应具体体现在评价指标上，即关键绩效指标（Key Performance Indicator，KPI）或关键绩效指标体系（Key Performance Indicators System，KPIs）。企业的关键成功因素有财务方面的，如投资回报、销售利润，也有非财务方面的，如服务水平、创新能力等。

相应地，物流绩效评价指标（体系）是与企业物流有关的成功关键因素的具体体现，也包括财务指标和非财务指标，并且与企业绩效评价指标的演进相一致，物流绩效评价指标也经历了从单一财务指标（确切地说，是成本指标）到包含非财务指标的综合指标、从单一指标到多维指标的发展历程。由于关键绩效指标体现了企业的关键成功因素，是投资者、企业所有者、经营管理者等利益相关者关注的焦点，因而对员工的行为具有导向作用。鉴于此，在物流绩效评价实践中，如何将关键成功因素体现在各项具体的物流绩效指标上，是评价系统设计的核心，也是确保实现物流绩效评价目标的关键。

（6）物流绩效评价标准

评价标准是指评判评价对象绩效优劣的基准，是评价的参照系和对比标尺。没有评价标准，就无法判定评价客体绩效水平的高低，更无法判断绩效目标的实现程度。

评价标准的选择与评价目的密切相关，同时也需要参考特定绩效期间内所要达到的绩效目标。具体到物流绩效评价，可以根据企业选定的评价标准，参照物流绩效目标来进行设定。在通常情况下，物流绩效评价标准是对应每一项绩效指标而对物流绩效目标进行的具体表述，是物流绩效目标的量化表达。

（7）物流绩效评价方法

评价方法是获取绩效信息、取得评价结果的手段。有了评价指标和评价标准，还需要采用一定的评价方法来实施对评价指标和评价标准的对比分析和判断，以实现若干个单项指标实际值到产生评价结果的技术转换。如果没有科学、合理的评价方法，评价指标和评价标准也就失去了存在的意义。不同的方法各有利弊及适用条件，在具体选用时需要综合考虑已选定的评价指标、评价标准以及绩效信息的可得性等因素。

（8）物流绩效评价结论

绩效评价的结论是绩效评价系统输出的信息，通常以绩效评价报告的形式加以呈现。物流绩效评价人员以企业的物流系统为单位，通过各种渠道获取与物流系统运作有关的信息，经过加工整理之后得出绩效评价对象各评价指标的实际完成状况，与预先设定的评价标准进行对比，通过差异分析找出产生差异的原因、责任及影响，得出物流系统运行效率、效果优劣等评价结论，形成物流绩效评价报告。通过对物流绩效评价报告的使用，物流绩效评价系统的功能才有可能得以充分、有效地发挥。

以上各要素之间相互联系、相互影响、互为前提，构成一个结构严密、层次分明、目标明确的评价系统：物流绩效评价主体根据评价目的，确定评价的客体和评价的内容，并对企业物流战略目标进行分解，形成绩效目标（体系），以此为基础选择能够充分反映评价内容的评价指标，根据绩效目标确定各评价指标对应的评价标准，然后采用与之相适应的评价方法进行分析和判断，以获得所需评价结果和评价结论。物流绩效评价系统各要素之间的逻辑关系如图 4—2 所示。

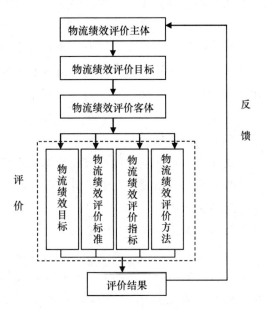

图 4—2 　企业物流绩效评价系统

3. 物流系统与物流绩效评价系统之间的关系

作为企业这一大系统中的两个子系统，物流系统和物流绩效评价系统之间存在着相互关联。明确它们之间的内在联系是进行物流绩效评价的基础。总体而言，物流系统属于企业运作层面，而物流绩效评价系统则属于企业管理控制层面。二者之间的关系是：通过物流绩效评价系统的运行所得到的评价结果要能够充分体现物流系统运行过程和运行结果的效率与效果。所以，在构建物流绩效评价系统，进行物流绩效评价的过程中，要充分考虑物流系统的特点。

具体而言，作为一个相对独立的系统，物流系统除了具备系统的一般特性，如整体性、相关性、目的性、环境适应性之外，还具有目标众多、规模庞大、结构复杂等特征。首先，物流系统是一个多目标系统，并且各系统要素在要素之间、要素内部和要素外部存在着目标冲突，[①] 而这种多层次的目标冲突很难在"要素"这一层次得到协调，必须在比"要素"高一个层次的系统才能解决（何明珂，2001）。这在客观上要求对物流目标进行系统化，即根据物流系统整体最优化原则，对物流系统内部要素相互冲突或虽然不冲突但却需要互相配合的目标进行权衡、选择和协调，最后确定能够实现整体最优的物流系统整体目标和系统要素目标（何明珂，2004）。相应地，物流绩效评价系统中评价目标的设定也应当基于系统化和最优化之后的物流目标，以充分发挥评价系统的导向作用，引导物流活动向着整体最优的方向发展。其次，物流系统的运行是一个较为复杂的过程，这种过程的复杂性体现为各项物流功能之间衔接、协调、配合的复杂关系和对贯穿其间的大量物流信息所进行的收集、分析、处理和应用。这就要求对物流绩效的评价要能够涵盖这些复杂的过程，体现这种复杂运作结果的绩效水平。因此，在构建评价指标体系时，所选择的指标要尽可能地覆盖物流系统的各项构成要素。最后，物流系统是一个动态的

---

① 要素之间的目标冲突在本节有关"效益悖反"的部分中已作讨论，要素内部的目标冲突是指类似要素之间目标冲突的情况也存在于某一物流功能要素内部，而要素外部的目标冲突则体现为物流系统与企业其他子系统，如营销子系统、生产子系统、财务子系统之间可能存在的目标冲突。

系统。通常情况下，物流系统联结着多个企业和用户。随需求、供应、渠道、价格的变化，系统内的要素以及系统的运行也会相应地发生变化，也就是说，为了适应内外部环境的变化，企业必须对物流系统的各部分进行适时的调整、完善，甚至重新设计。与此相适应，物流绩效评价系统也要进行适时地调整和完善，以确保评价结果的客观性和及时性。

基于以上分析，笔者认为，在物流绩效评价中，要始终以系统的观念来看待物流系统、评价系统以及两者之间的关系。哈灵顿（1991）等学者对绩效领先企业的研究发现，通过成功地奉行整合物流管理的理念，企业可以大大提高获利的可能性，因为物流整合使管理者得以权衡物流系统各要素之间的"效益悖反"，从而提高整个物流系统的绩效。因此，在评价物流绩效时，简单明确但缺乏包含性的单一评价无法全面地反映物流系统的各个方面，只有构建一套能够涵盖大部分关键内容的综合物流绩效评价系统，才能满足企业改善物流绩效，进而提高整体绩效的要求。

二 权变观念

任何组织都是在特定的内外部环境中生存和发展的。零售企业如果不能与其所处环境相适应并及时对环境变化做出反应，就有可能在竞争中被淘汰。不存在广泛适用于所有环境、所有企业的、所谓"最好"的绩效评价系统。在通常情况下，企业所处的环境一旦发生改变，其绩效评价系统也可能相应发生如下变化：关键绩效因素的变化导致关键绩效指标发生变化，从而使整个绩效评价指标体系发生变化；绩效目标的调整导致评价标准发生变化；各个指标的权重发生变化；或者上述几种变化的组合。而不同的权变因素的变化对企业的评价需求、评价目的、评价系统的构成和复杂程度等方面会产生不同影响。作为零售企业绩效评价系统中一个相对独立的子系统，物流绩效评价系统的构建也应该以权变观念为指导，根据所处环境的特点，在充分考虑各权变因素的基础上进行。

具体而言，对物流绩效评价系统产生影响的权变因素至少有以下几个方面。

1. 竞争状况

零售企业所处市场的竞争状况在一定程度上会影响其评价物流绩效的迫切性，进而影响其构建评价系统、实施绩效评价的动机强弱。当企业所处的市场竞争状况良好，或企业处于比较有利的竞争地位时，竞争压力小，对绩效改进的需求不迫切，对于物流绩效评价的实施及评价系统构建的动机也相应较弱，并且评价目的多为日常监控。如果零售企业所处市场竞争状况不佳，或在竞争中处于劣势，竞争压力较大，其对物流绩效的改进的需求迫切程度会相应增加，从而产生比较强烈的评价动机，评价目的也以分析当前绩效状况、发现改进机会为主。20 世纪 70 年代后期，北美和欧洲企业对物流绩效评价的高度关注就是源于卖方市场向买方市场的转变，企业所面临的市场竞争日益激烈，迫切需要提高物流绩效，从中获取竞争优势（NEVEM working group，1989）。

2. 企业战略

零售企业的物流活动在根本上是为实现企业战略目标服务的。企业战略目标不同，对物流系统运行效率和效果的要求就有差别。例如，奉行低成本战略的零售企业，要求其物流系统尽可能地实现高效率，以服务于企业的战略目标；而奉行差异化战略的企业，则要求物流系统的运行达到最佳效果，最大限度满足顾客对物流的要求，以确保其竞争优势。从这个角度而言，企业战略对物流绩效评价的影响主要体现于绩效目标的设定，即在不同战略指导下，物流绩效目标的设置存在差异。企业战略对物流绩效目标的影响将在本书第五章第一节中详细论述。需要注意的是，多数企业的战略重点会随着市场变化和竞争动态而改变，鉴于这种情况，企业和管理者必须能够对绩效评价系统进行修正甚至重构，以保持其与组织战略重点的一致性（格里菲斯等，2007）。

3. 企业所处的发展阶段

处于不同发展阶段的零售企业，其物流系统的构成和复杂程度不同，对物流绩效评价的需求和要求也存在差异，这种差异直接影响评价的完备性和评价系统的复杂性。具体而言，处于初创期的企业所拥有的可能是最简单的评价流程和评价系统，甚至根本没有通常意义上所说的"评价"，其对于物流绩效的评价可能仅仅是随机的、依靠经验做出的判断。处于成长期的企业，由于快速发展的需要，对所要达到的物流绩效水平有一定要求，因而有可能会实施各种绩效改进计划，且相应地要求比较完备的评价系统，尤其是比较完备的指标体系来收集实现改进所需要的详细信息，此时，绩效评价结果多用于分析企业物流绩效状况，以发现物流绩效问题。对于成长期的企业而言，对评价的完备性和评价系统的灵活性要求较高，并且评价是一种经常性工作。而对处于成熟期的企业而言，其物流绩效已达到一定水平，在经营中需要在保持这种水平稳定性的同时稳步地提高，因此，物流绩效评价更多地用于日常监控。此时，经过长期的发展，企业形成了较为规范的物流评价流程和比较完备的评价系统，评价成为一种常规性工作。处于衰退期的企业，对绩效改进的需求再一次增加，物流绩效评价除了发挥日常监控作用外，还要帮助企业发现新的改进机会，因此，对评价系统的完备性要求也较高，并且以分析绩效改进机会为目的的评价活动的频率相应增加。

4. 物流的重要程度

在理论上，物流对于零售企业的成功和发展是至关重要的，但在实践中，对于不同的企业而言，物流活动的重要性会有所差别。这种重要性可界定为"物流活动在企业价值增值活动中所占的比重"（杰曼，1989）。如果物流成本在总成本中的比重较大，物流绩效的提高对总成本的降低和企业价值增值的贡献也相应比较大，那么企业制定决策时，对物流方面的因素会考虑得比较多，评价物流绩效的动机也较强。相反，如果物流活动只占企业价值增值活动的一小部分，那么物流方面的因素在企业制定决策时被赋予的权重相应较小，企业评价物流绩效的动机也较弱。此外，零售企业管理人员，尤其是高层管理者对于物流重要程度的认识在很大程度上也会影响企业对物流绩效评价的关注。对于一个企业而言，即使在客观上物流绩效的改进对其整体绩效的改进及未来发展意义重大，但如果管理者意识不到这一点，仍然不会产生物流绩效评价的强烈动机。

5. 信息技术和信息系统

绩效评价需要信息的支撑。在理论上，用于绩效评价的信息越完备，评价结果的准确性和评价的精确度就越高。信息技术的发展能促使企业同时实现信息处理能力的提高和信息处理成本的下降，完备且高效运转的信息系统可以提供绩效评价所需的各类数据和信息。因此，零售企业所采用的物流信息技术水平和所拥有的信息系统完备程度会对物流绩效评价的实施效率、评价方法的选择、评价效果反馈的速度和评价结果的应用产生影响。信息技术水平越高、信息系统越完备，实施物流绩效评价的效率就越高，评价结果反馈的速度也就越快，同时，企业还可以选择那些精度高同时对数据完备性的要求较高且计算过程比较复杂的评价方法，以获得较为精确的评价结果。此外，信息系统对历次评价结果的完整保存可供企业随时对物流绩效的状况进行时间上的纵向分析和企业间乃至行业间的横向比较，以满足管理和决策的需要。

6．物流模式

如前所述，在零售企业的经营实践中，由于所处的内外部环境不同，物流作业和物流管理的组织也相应地形成不同的模式，这种模式决定了零售企业物流活动的各个方面。从这个意义上讲，一方面，物流模式是各种权变因素作用于零售物流组织和物流运作的结果；另一方面，物流模式又是影响物流绩效评价的重要权变因素之一。物流模式不同，物流活动的组织和运作方式也会存在差别，这种差别对零售企业物流绩效评价系统的具体构成会产生直接影响，从而形成不同物流模式下的物流绩效评价系统。有关物流模式对零售企业物流绩效评价的影响，将在本书第五章第五节做详细论述。

第二节　零售企业物流绩效评价模式

模式是指"某种事物的标准形式或使人可以照着做的标准

样式"①。从这个意义上说，绩效评价模式是进行绩效评价实践的某种参照样式，这种参照样式在一定程度上反映了评价实践所奉行的哲学，或者说反映了指导评价实践的观念。评价模式一经确定，便会对评价系统的所有构成要素产生影响。在构建物流绩效评价系统之前，有必要选定合适（但不一定是最好）的评价模式。

一 企业绩效评价的三种典型模式

企业绩效评价理论与企业管理实践相伴相生，无论现实的企业管理实践形态如何发展变迁，绩效评价系统都始终发挥着一种导向作用。越是表现优异的企业，越需要出色的绩效评估系统对运行状况进行监测，以便管理者充分挖掘企业潜力，防范企业风险（丁君凤、田建芳，2005）。现代意义上的企业绩效评价起源于19世纪初至20世纪初的"成本绩效评价"。19世纪初期，资本主义经济处于自由经济阶段，由于企业生产规模扩大，规模经济的优势促使企业仅仅关注同类产品的生产效率（杨红丽，2007）。各种单一的产出指标，如每码成本（纺织业）、每吨公里成本（铁路业），成为评价企业经营绩效的典型指标。19世纪中期，金属制造业的出现对单一绩效评价指标提出了挑战。为了对企业的生产效率进行系统分析，金属制造业机械工程师首先发起了科学管理运动，1903年，泰罗（Taylor）提出了科学管理理论，他所倡导的"一切工作标准化"制度为标准成本制度的建立奠定了理论基础。1911年，

---

① 中国社会科学院语言研究所词典编辑室：《现代汉语词典》，商务印书馆2005年版，第894页。

美国会计工作者哈瑞设计了最早的标准成本制度，标志着人们的观念由被动的事后系统反应分析转变为积极主动的事前预算和事中控制（潘和平，2006），成本控制状况，即标准成本的执行情况和差异分析结果成为评价企业经营业绩的主要指标。

20世纪初，资本主义经济进入稳步发展时期，从自由竞争过渡到垄断竞争。这一时期，从事多种经营的综合性企业的产生和发展为企业绩效评价系统的进一步发展提供了机会。自此之后的100多年间，企业绩效评价经历了不断完善和创新发展两大阶段（蔡莉、郑美群，2003；李海琳等，2007），其间，具有代表性的评价模式有三种：财务模式、价值模式和平衡模式。

1. 财务模式

财务模式产生于20世纪初的生产管理阶段，当时巨大的市场空间使规模经济成为企业制胜的"法宝"。企业的目标主要是通过提高生产效率来追求利润最大化。由于不断地通过外部融资来扩大生产规模，所以，企业最为关心的是以投资报酬率为核心的财务指标（王化成、刘俊勇，2004）。

财务模式较为典型的代表方法是"杜邦分析系统"。1903年，由多个各自独立的单一经营公司合并创立的杜邦公司，为当时的新型企业组织结构提供了原型。面对需要协调的垂直式综合性企业的多种经营、市场组织以及如何将资本投向利润最大的经济活动等问题，杜邦公司的最高管理者设计了多个重要的经营和预算指标。其中，持续时间最长的，也最为重要的指标就是投资回报率（ROI），投资回报率为企业整体及其各部门的经营业绩提供了评价的依据（张蕊，2002）。杜邦公司的财务主管唐纳森·布朗（Donaldson Brown）说明了如何将投资报酬率分解为两个重要的财务指标——净销售利润率和资产周转率，建立了杜邦公式，即投资报酬率＝资产周转率×销售利润率，并发明了至今仍广泛应用的"杜邦系统图"，从而将投资报酬率法发展成为一种评价和激励各个部门业绩的重要手段。运用杜邦分析系统，企业能够清晰地反映引起财务指标变动的原因，准确地把握经营状况，解决实际问题。杜邦分析系统在企业管理中发挥的巨大作用奠定了财务指标作为企业绩效评价指标的统治地位。

对于财务评价模式最常用的指标，麦尔尼斯（Melnnes）通过对 30 家美国跨国公司 1971 年的绩效进行评价分析后指出：排名第一的是投资报酬率，其次为预算比较和历史比较；泊森（Persen）和莱西格（Lezzig）通过对 400 家跨国公司 1979 年经营状况的问卷调查发现，企业在此时期使用的主要绩效评价指标为销售净利率、每股收益、现金流量和内部收益率等。财务指标在企业绩效评价中占主导地位的状况一直持续到 20 世纪 80 年代。

财务模式中所使用的评价指标主要是从会计报表中直接获取数据或根据其中的数据计算的有关财务比率。这些数据的获取严格遵循会计准则，最大限度地减少数据的人为调整，具有较高的可比性，因而使企业的业绩评价也更具可操作性（王化成、刘俊勇，2004）。但是，1929—1933 年的经济危机之后，来自企业外部的会计准则和各种规范越来越多，从而使企业将越来越多的注意力集中在编制对外财务报告上。同时，信息收集、处理及编报的高成本，使得企业把向外部利益集团报告的信息也用于指导企业的内部经营，忽视了用于改善企业内部管理决策的信息系统建设，不同评价主体之间的信息不对称对绩效评价的影响开始彰显，以财务指标为主的财务评价模式的缺陷也日益明显：首先，容易导致经营者行为的片面化、短期化。使用财务指标来衡量企业管理层绩效，管理层理所当然要不断提高财务指标，但这极有可能建立在损害企业长远价值的基础之上［伯恩等，2000］，例如，为获取短期利益往往以牺牲研发投入等为代价。甚至一些最为优秀的企业都不能免除以财务结果为导向的短期行为（黄尾香，2007）。其次，缺乏战略性考虑，鼓励局部最优而不是全局最优。由于会计准则从谨慎的角度反映了外部利益相关者的要求，并且按照历史成本原则进行计算，所以财务评价系统无法从战略角度反映企业决策的要求。在预算执行过程中，如果某个部门的财务指标被修改了，企业整体目标分解的逻辑性、系统性也将丧失。并且，许多企业将财务指标（如利润）与激励机制相联系，导致许多部门经理对财务数据进行操纵，或者就部门预算目标与总部进行讨价还价，最终可能造成为追求部门利益而损害整体利益的结果（王化成，2004）。再次，只能提供历史绩效信息，无法预测未来绩效发展状况。查克拉瓦蒂（Chakravarthy，1986）指出，传统的利润指标评价的是企业过去的绩效，其数据是基于会计假设和会计惯例的事后数据，只反映了过去业务的结果，无法反映产生结果的动因，也不能反映当前进行的价值创造活动并对业务流程进行实时监控，从而很难为预测未来绩效、进行绩效改进提供明确线索。因此，只注重财务指标，可能忽视改善基础性的管理工作。并且，为了取得这些数据，并计算出相应的评价指标，企业管理者往往需要耗费大量的精力。最后，没有考虑所有者权益的机会成本。资本投资于某个企业是有机会成本的，用一般的利润指标无法衡量其机会成本，这就很容易导致以下情况：虽然表面上企业是盈利的，但权益资本的机会成本比企业的净利润还要大，企业股东的财富实际上是在不断减少（王宗军等，2006）。

2. 价值模式

针对单一财务指标评价的诸多缺陷，理论界和实务界提出了新的评价模式，力图从不同角度对财务模式进行修正。这些修正大致可分为两种思路：第一种思路是"调整"，即通过对财务指标的调整，设计出更接近于企业经营现实并能反映企业未来价值创造的指标。第二种思路是"补充"，即以非财务评价指标来补充财务评价指标的不足。其中，对应第一种修正思路所提出的新绩效评价模式即为价值模式。

价值模式适应资本市场和股东的要求，以股东财富最大化为导向，其所使用的指标主要是经过调整的财务指标，或根据未来现金流量得到的贴现类指标。价值模式最具代表性的方法当属经济增加值 EVA（economic value added）。

1991 年，通过对传统财务指标的调整，斯特恩 & 斯图尔特公司（Stern & Stewart）提出了经济增加值指标 EVA。EVA 也称为经济利润，是指扣除了股东所投入的资本成本之后的企业真实利润，这一指标实际上是营业净利润减去权益资本成本后的余额，是企业在绩效评价期内增加的价值［斯特恩 & 斯图尔特、丘（Stern&Stewart，Chew），1996］。在计算 EVA 的过程中，斯特恩 & 斯图尔特公司站在经济学的角度对财务数据进行了一系列调整（最多可达 160 多项），使 EVA 比会计利润更加接近企业的经济现实。企业 EVA 的持续增长意味着公司市场价值的不断增加和股东财富的增长（王化成、刘俊勇，2004）。

1997 年，杰弗里（Jeffery）等人提出修正的经济增加值指标 REVA（refined economic value added）。该指标对 EVA 的修正体现为以公司市场价值为基数计算经济增加值。之所以如此，是因为公司用于创造利润的资本价值总额既不是公司资产的账面价值，也不是公司资产的经济价值，而是其市场价值。在任何一个给定的时期内，如果一个公司真正为其投资者创造了利润，那么该公司的期末利润必须超过以期初资本的市场价值计算的资本成本，而不是仅仅超过以公司期初资产的经济价值为基础计算的资本成本。因为投资者投资到该公司的资本的实际价值（可变现价值）是当时的市场价值，而不是经济价值（刘力、宋志毅，1999）。与 EVA 相比，REVA 采用了交易评价法（前者采用的是经营评价法），因而能够反映市场对公司整个未来经营收益预测的修正（而经营评价法仅仅关注企业当期的经营状况）。该指标不仅对企业当前的经营收益状况做出评价，同时也评价了公司未来的经营收益能力。如果股票市场是有效率的，并且从一个较长的时间跨度来检验的话，EVA 与 REVA 应该吻合，但由于企业绩效评价的跨度通常都比较短，因而 EVA 与 REVA 往往存在差异。

EVA 是一个综合的财务管理度量系统，能够用于资本预算、财务计划、目标设定、业绩度量、股东交流和业绩报酬等方面（许庆瑞等，2002）。与传统的财务绩效评价指标相比，其突出的优点是将企业的会计数据与公司市值联系起来，并且考虑了资本的机会成本，有效地避免了对企业利润的高估，真实地反映了股东财富的增加，体现了股东价值最大化的目标，有利于维护股东的正当权益。此外，该指标在使用时可以根据需求作出适度调整而不受公认会计准则的限制，可获取相对准确的数据；能够引导经理人员从过去只重视会计利润转向重视持续价值增值；使经营者的业绩与股东利益趋于一致，在一定程度上防止了利润操纵行为的发生，从而有利于企业战略目标的更好实现（吉宏等，2004）。

EVA虽然克服了传统财务指标没有考虑机会成本的缺陷，实现了企业绩效评价从会计利润到经济利润的转变，但仍是一种以财务指标为核心的绩效评价方法，具有一定的局限性（王光映，2005），具体体现在：第一，在企业内部条件方面，EVA没有考虑影响企业长期利益的非财务资本，如商誉、知识资本，等等，而这些非财务资本在企业价值增值过程中发挥着极其关键的作用。并且，由于对非财务指标的考虑不足，经济增加值指标无法用于控制企业的日常业务流程。第二，在企业外部环境方面，它忽略了其他利益相关者的利益，如顾客、供应商、社区、政府，等等。这些群体的利益正日益受到企业经营绩效的影响，而他们的态度和行为也在一定程度上影响着企业的长远绩效。因此，在提高EVA的同时，企业的非财务方面及其他利益相关者的利益常常被忽略，从而可能损害企业的长期利益。

3. 平衡模式

平衡模式是对财务模式进行修正的第二种思路，即以非财务指标来补充财务指标的不足。进入20世纪70年代以后，随着高科技的迅猛发展，企业的竞争优势越来越取决于无形资产的开发和利用，财务指标的短期性使员工的日常行动常常与企业的长期战略目标相脱节，单纯地以财务指标作为绩效评价指标受到越来越多的批评，非财务指标的作用日益得到重视。20世纪80年后期，随着外部竞争的加剧和顾客需求的复杂多变，企业所面临的外部环境愈加不稳定，实施以提高企业核心竞争力和增强企业灵活性为目标的战略管理成为时势对企业的要求。并且，企业理论中出现了利益相关者（stakeholder）的概念。利益相关者理论认为，任何一个企业都有许多利益相关者，如投资者、管理人员、供应商、分销商、员工、顾客、政府部门、社区，等等，他们都对企业进行了专用性投资并承担由此所带来的风险（贾生华等，2003）。企业不单纯是为资本所有者谋利益，而是要为利益相关者谋利益。按照这种逻辑所构建的绩效评价体系，评价主体应扩展到包括股东、债权人、管理者、员工、供应商、消费者、政府在内的众多利益相关者。在这种多元主体观念的指导下，企业绩效评价开始追求不同利益相关者之间的平衡以及企业长期目标和短期目标之间的平衡（丁君凤、田建芳，2005）。

20 世纪 80 年代末，王安电脑公司提出了业绩金字塔模型[①]，以弥补传统绩效评价指标的不足（克罗斯、林奇，1989）。该模型强调了企业总体战略与绩效指标之间的联系，根本目的是借助于界定成功领域的绩效指标来设计企业的管理控制系统。业绩金字塔阐释了一个从战略层面到操作层面的纵向绩效指标体系（如图 4—3 所示）。在金字塔的第一层级，管理层规划出企业的战略或远景，根据战略或远景产生的具体目标以及实现目标所需的资源被分配给各事业部。在第二个层级，分配给每一个事业部的目标都以更为具体的市场和财务术语加以表述，并且这些目标再进一步向下传递到第三个层级，即经营运作单位。在第三层级，分解到每一个经营运作单位的目标被表述为更明确和具体的指标：顾客满意度、灵活性和生产率。这一层级的目标实际上是市场目标和财务目标的业绩驱动指标。从第

---

① 即"战略评价分析和报告技术系统"或"SMART 系统"（Strategic measurement analysis and reporting technique system, SMART system）。参见 K. F. Cross, R. L. Lynch, The SMART Way to Define and Sustain Success, *National Productivity Review*, 1989, Vol. 8, No. 1。本书为了与提取关键绩效指标的"SMART"原则相区别，故使用中国学者常用的名称"业绩金字塔"。

三层级的目标可以衍生出第四个层级，即部门和工作中心的操作性指标：质量、交货、周转时间和成本。作为业绩金字塔的基础，这些操作性指标是实现高层级绩效结果并确保企业战略得以实施的关键。

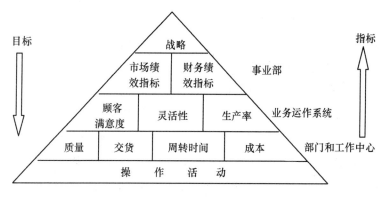

图 4—3　业绩金字塔

资料来源：K. F. Cross，R. L. Lynch，The SMART Way to Define and Sustain Success，*National Productivity Review*，1988－1989，Vol. 8 No. 1.

业绩金字塔最大的优点在于它试图以操作性的绩效指标对企业目标加以整合〔格拉伊尼、诺布尔（Ghalayini，Noble），1996〕。通过多级瀑布式的传递方式，企业的战略目标被从上至下层层分解传递，直至作业中心。有了合理的战略目标，作业中心就可以开始建立合理的绩效指标，以满足战略目标的要求。同时，运用这些指标进行评价后产生的绩效信息又由下而上逐级汇总，作为企业高层管理人员制定企业未来战略目标的基础。尽管业绩金字塔从战略管理角度揭示出绩效指标体系之间的因果关系，对指标体系的设计具有启发性，但其过于简化了绩效评价活动，未能提供一种机制用以识别质量、周转时间、成本和交货方面的关键绩效指标［辛克莱、扎伊里（Sin-clair, Zairi），1995；格拉伊尼、诺布尔，1996］，未能形成可操作性的绩效评价系统，并且该模型没有考虑企业的学习和创造能力。而在竞争日益激烈的今天，对企业学习和创造能力的正确评价尤为重要。尽管这个模型在理论上比较成型，但实际工作中却较少被采用（王化成等，2004）。

与业绩金字塔相比，另一种从战略管理角度强调绩效指标之间因果关系的方法——平衡记分卡（Balance Score Card，BSC）对企业业务活动的描述更为广泛，也更具操作性。该方法由罗伯特·S. 卡普兰和戴维·P. 诺顿提出。卡普兰和诺顿于 1992、1993 和 1996 年发表于《哈佛商业评论》的三篇论文[①]构建了平衡记分卡的基本框架。他们（1992）认为："可以把平衡记分卡看作是飞机座舱中的标度盘和指示器。为了操纵和驾驶飞机，驾驶员需要掌握关于飞行众多方面的详细信息，诸如燃料、飞行速度、高度、方向、目的地，以及其他能说明当前和未来环境的指标。只依赖一种仪器，可能是致命的。同样道理，管理一个组织的复杂性，要求管理者能同时从几个方面来考察绩效。"作为一种综合性的绩效评价方法，平衡记分卡围绕着企业竞争优势的获得，建立起了一个包括财务、客户、内部流程、学习和成长四个方面的绩效评价指标体系，使管理者得以从这四个方面来观察企业，并为以下问题提供了答案：我们怎样满足企业的所有者？顾客如何看我们？我们必须擅长什么？我们能否继续提高并创造价值？

---

① 发表于《哈佛商业评论》的有关平衡记分卡的三篇里程碑式的文章分别是：《平衡记分卡：良好的绩效测评体系》（1992），《战略平衡记分卡的应用》（1993），《将战略平衡记分卡用于战略管理系统》（1996）。

尽管平衡记分卡从四个相对独立的角度对企业的绩效进行系统评价，但是，从这四个角度出发设计的各项评价指标之间并非毫无关联，而是在逻辑上紧密相承，具有一定的因果关系。实际上，因果链布满了平衡记分卡的各个方面（杨臻黛，1999）。具体而言，企业在财务方面所关注的是股东利益，即是否为股东创造了价值。而财务方面的成功则取决于两个方面的要素：一是为顾客创造价值。但顾客价值的创造有赖于有效的内部关键流程，只有在内部关键流程各部分表现良好的基础上，才有可能使为顾客创造的价值转化为股东的价值。二是使企业的股东价值能够持久。要确保企业在未来仍然能够得到顾客的认可并保持资源利用的有效性，组织及其员工必须不断地学习和发展。因此，学习和成长角度指标的提高，可以实现内部运作的改善和效率的提高，从而更好、更快地满足顾客需求，使顾客满意度上升，进而导致市场份额的增加，并体现为财务指标的增长（周建立等，2003）。BSC 中各大类指标之间的这种因果关系清晰地体现于卡普兰和诺顿（2004）所绘制的企业"战略地图"中（如图 4—4 所示）。

平衡记分卡是一个以企业战略为基础，以因果链为分析手段而层层展开的战略性综合评价系统。其整个指标体系从战略目标出发，形成一个层次分明的网状结构，而贯穿这一网状结构的内在逻辑是一系列因果链条，从而使整个体系目标明确，逻辑清晰，易于贯彻和执行（李春瑜、刘玉琳，2005）。此外，BSC 将看似相互独立但却都与企业增强竞争力相关的要素浓缩在同一份管理报告中，使管理者一目了然，并且通过迫使管理者同时考虑所有的运营指标而在很大程度上避免了次优化行为（格拉伊尼、诺布尔，1996）。当然，平衡记分卡也存在不足之处，对该方法的主要批评是财务、顾客、内部流程、学习和发

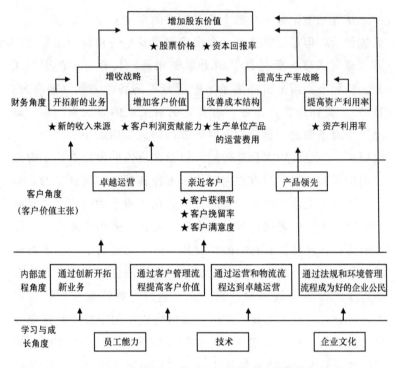

图4—4 平衡记分卡四大指标体系的因果关系

资料来源：罗伯特·S.卡普兰、戴维·P.诺顿：《战略困扰你？把它绘成图》，《哈佛商业评论》（中文版）2004年第4期。

展四大类指标不足以概括所有利益相关者对企业的影响。例如，有学者认为，BSC没有充分地体现员工、供应商对企业战略目标的实现所作出的贡献，没有明确作为企业主要生存环境的社区所发挥的影响作用，以及没有将绩效评价界定和设计为一个双向过程，一方面使管理层能够评价利益相关者对实现企业主要目标和次要目标的贡献，另一方面使利益相关者能够评价企业是否在当前和未来都能够履行对其的义务［阿特金森等（Atkinson et al.），1997］。

　　针对平衡记分卡的不足，阿特金森等基于利益相关者理论，于 1997 年提出了"战略绩效评价模型"。该模型认为，企业有两大类利益相关者，一类是环境利益相关者（environmental stakeholders），包括顾客、所有者和社区；另一类是过程利益相关者（process stakeholders），包括雇员和供应商。这些利益相关者对企业的长远绩效有着重要影响。企业必须满足利益相关者的要求以确保能够不断地得到他们的支持和帮助（各种投入）。绩效评价系统实质上是企业管理其与各利益相关者群体之间有形和无形契约关系的工具。在各利益相关者群体的要求中，所有者（股东）的要求是主要目标，决定着企业的战略选择。为了实现主要目标，企业需要其他利益相关者的帮助，但同时也要给予其回报。这种从其他利益相关者处获得的投入和为此付出的回报即为次要目标。次要目标的实现有助于企业主要目标的实现。可以说，次要目标是实现主要目标的绩效驱动因素，企业的成功实际上来源于对与次要目标有关的绩效所进行的控制和管理。所以，就企业绩效评价系统的设计而言，企业的战略和结构决定了评价系统的广度以及各利益相关者群体的作用，而每一利益相关者群体对企业的投入和所要求的回报以及每一经营过程对实现次要目标的贡献则决定了绩效评价系统的重点。

　　尽管基于利益相关者的战略绩效评价模型在绩效评价系统的设计思路方面较好地弥补了平衡记分卡的不足，但是，该方法实质上还是一种自上而下的目标分解法，并且假设财务资本是企业的主要资源而忽视了知识资本的地位。在实践中，如何通过组织的主要目标而衍生出次要目标是一个难点，这在一定程度上降低了战略绩效评价模型的可操作性。

　　相对于财务模式和价值模式，平衡模式的最大突破便是引入了非财务指标。非财务指标的计算数据来源广泛，且多为行为指标，因而较财务指标更具及时性且有利于实现对日常经营活动的控制。此外，非财务指标能够更为清晰地解释企业的战略规划以及对战略实施进行过程控制。同时，非财务指标也是最容易被操作者理解的评价指标。因此，由财务指标与非财务指标组成的评价指标体系就犹如企业的神经系统一样（王化成、刘俊勇，2004），能够适时地"感触"企业的健康状况、精确地"定位"企业的"病处"、正确地"预示"企业的发展趋势。而平衡模式对利益相关者利益要求的充分考虑，使得企业能够拥有良好的内外部经营环境。

二 零售企业物流绩效评价模式的选择——平衡模式

从上述企业绩效评价模式的演进可知，每一种评价模式的产生都有着深刻的背景，都是特定社会经济环境下，适应企业生存和发展要求的产物。零售企业物流绩效评价模式的选择也必然要考虑零售企业所处的竞争环境及其发展的客观要求。鉴于当前本土零售企业所面临的社会经济环境，本研究认为，以平衡模式作为零售企业物流绩效评价模式是较为适当的选择，并且，本研究将以平衡模式最具代表性的方法——平衡记分卡的基本思想为指导，构建物流绩效评价系统。

1. 以平衡模式作为零售企业物流绩效评价模式的合理性

通常认为，平衡模式最大的贡献在于其引入了非财务指标，从而使绩效评价能够更为全面、有效地反映企业的实际绩效状况。然而，这仅仅是一种表面认识。从更深的层次来看，平衡模式是一种以战略目标为导向，通过指标间的各种平衡关系以及战略指标或关键指标的提取来体现企业不同利益相关者的期望，从而实现企业价值最大化目标的绩效评价模式。具体体现在以下四个方面。

（1）以战略为起点

绩效评价系统在企业管理中具有导向作用。"合适"的绩效评价系统可以引导和控制企业战略的实行，确保战略目标的实现。以财务指标为主的绩效评价方法的固有缺陷导致企业绩效评价与其战略目标的实现之间缺少关联。过分强调短期财务指标，往往出现企业战略的制定与实施之间相脱节的情况。在平衡模式下，无论是林奇的业绩金字塔模型，还是卡普兰和诺顿的平衡记分卡，绩效评价均以企业战略为起点，通过对战略目标的层层分解而实现企业战略的显式化管理。通过评价指标体系自上而下地将企业战略目标转换成阶段性的、具体的战术目标，并落实到每一个部门、每一个管理者和每一个员工，从而使高级管理人员明确达到长期战略目标的关键因素，各部门和员工明确各自所完成的任务对实现企业总目标的影响，最终实现企业各部门和各层级在战略指导下的协调一致，进而实现整体利益最大化。平衡模式通过将绩效评价纳入企业战略管理的全过程，促进了企业战略制定与战略实施行动之间的平衡，使绩效评价的导向作用得以充分发挥。

企业进行物流战略管理时，也存在着战略制定与战略实施之间相脱节的风险。在平衡模式下实施物流绩效评价，可以将整个评价系统纳入企业的物流战略管理过程中，从而使物流绩效指标充分体现物流战略目标，进而确保绩效评价的结果能够反映物流战略的实施情况，为物流绩效的改进提供指导。

（2）兼顾主要利益相关者的要求，实现内部和外部的平衡

以财务指标为主的评价模式体现了委托代理理论关于"股东利益至上"的原则。随着经营环境的变化，企业价值增值的资源不仅仅是财务资本，许多非财务资源，如劳动者的技能、政府社区的支持、新闻媒体的正面宣传等也发挥着重要作用。社会、群体、个人的利益越来越受到企业经营绩效的影响，其对于企业绩效的影响作用也越来越明显。平衡模式的产生正是基于各利益相关者的要求和利益日益受到重视的大背景之下。无论是平衡记分卡还是阿特金森的绩效评价模型，都强调在绩效评价系统中体现不同利益相关者对企业的期望。这种对政府、社会公众、客户、供应商、员工利益相关群体要求的综合考虑，为企业创造和谐健康的生存环境提供了保障。

零售企业物流运作的利益相关群体至少包括所有者、顾客、员工、政府、环保组织。顾客需求的满足直接关系到零售企业的生存和发展，物流相关部门员工利益的满足则关系到其工作积极性与主动性的发挥，进而直接影响物流绩效，而政府、环保组织等监管机构对物流活动所产生的负面效应（如环境污染）所进行的监管和规制也会对企业的物流绩效产生影响。在平衡模式下，基于平衡记分卡思想所构建的指标体系能够将上述来自于外部和内部的各利益相关者的要求纳入同一系统，进行综合评价和分析，较好地兼顾了主要利益相关者的要求。

（3）兼顾结果和过程，保持结果与动因的平衡

以财务指标为主的绩效评价侧重于对企业经营活动的成果或结果进行评价，而忽视了企业经营活动过程本身的运行和发展趋势。结果评价的滞后性使其不能有效地对企业的经营活动进行及时的监督和调控（马璐，2004）。面对竞争加剧、客户

需求不断变化和经营风险加剧的不确定性环境，企业管理者需要更加及时和全面地掌握企业经营过程的绩效信息，以支持企业战略目标的制定、战略计划的实施和适时调整。在平衡模式下，通过多角度、综合性的指标体系，不仅能够系统地反映企业前一阶段的经营活动结果，而且能够反映企业产生结果的动因，并且在一定程度上反映企业经营的未来发展趋势，有助于管理者及时发现问题、实施过程控制，引导绩效结果。

零售企业的物流绩效评价既要反映物流活动的结果，即物流活动为企业带来的效益，同时又要监控物流活动过程，因为合理统筹、衔接良好的物流活动过程是产生良好结果的重要影响因素之一。平衡模式强调结果指标和过程指标的综合运用，因而能够较好地兼顾对物流活动过程绩效和结果绩效的评价。

（4）兼顾财务和非财务指标，体现长期绩效和短期绩效

如果绩效评价仅仅意味着对历史结果进行综合回顾，那么从管理的角度考虑，这种评价几乎没有任何价值（布雷德鲁普，1995），许多学者都曾经指出：通常情况下，企业所使用的指标，特别是一些会计指标，实际上是对过去状况的描述（查克拉瓦蒂，1986；埃克尔斯，1991），而一种有意义的绩效评价应该是面向未来的，应该更加关注绩效的改善（威廉姆斯，2002）。

因此，财务指标虽然是评价企业绩效的一个重要方面，但却无法涵盖所有的绩效内容。由于偏重于反映企业内部因素对经营绩效的影响，并且过于依赖会计报表而具滞后性，财务指标体系无法对外部环境做出评价，从而不利于企业分析自身优势和劣势、发现外部的机会和威胁。

适应动荡多变环境下企业生存发展要求的绩效评价指标体系应该是以财务指标为基点，以非财务指标为补充，能够从不

同角度反映企业的短期利润和长期利益的综合性指标体系。在平衡模式下，非财务指标是绩效评价指标体系的重要组成部分，适应不同企业的特点，这些指标分别从客户、员工、供应商、政府等方面体现了财务绩效的驱动因素，反映了企业通过经营管理系统而获得的内因、过程和无形资产方面的积累，能够比较有效地衡量企业持续发展的优势。

物流活动对零售企业的当前利益和长远利益都有贡献。从短期来看，高效的物流活动能够提高效率、降低成本；从长期来看，物流绩效的提高有利于顾客满意度的提高，可以增强零售企业竞争力。在平衡模式下，通过财务指标和非财务指标相结合，能够从不同角度反映物流活动对零售企业的当前贡献和长期贡献，并进一步辨析零售企业财务绩效和长远利益的物流驱动因素。

2. 平衡记分卡的核心思想

平衡记分卡是平衡模式最具代表性的一种评价方法，[①] 被《哈佛商业评论》誉为"75 年来最伟大的管理工具"。企业进入战略管理阶段后，管理一个企业的高度复杂性要求管理者同时从几个方面来考察企业绩效。通过把战略目标转化为一套相关的绩效指标，从财务、顾客、内部业务流程、学习和成长四个角度进行评价，平衡记分卡帮助企业实现了对绩效的综合测评，使得管理者能够从整体上把握和控制企业的运营，最终实现其战略目标。

---

① 自提出之日起的近 30 多年间，经过理论界和实务界的不断发展和完善，BSC 已被提升到战略管理高度，被视为一种战略管理方法。鉴于本书的特定研究目的，更多地从绩效评价的角度对其加以讨论。

从指标体系的构成来看，"标准"的平衡记分卡通常从以下四个维度来衡量企业绩效。

（1）财务角度（我们怎样满足企业的所有者？）。企业经营的直接目的和结果是为股东创造价值。尽管企业战略的不同，长期或短期对于利润的要求会有所差异，但毫无疑问，从长远角度来看，利润始终是企业追求的最终目标。平衡记分卡的财务绩效衡量方面能够显示企业的战略及其实施和执行是否正在为最终经营结果的改善作出贡献。典型的财务评价指标有资产负债率、流动比率、速动比率、应收账款周转率，等等。

（2）客户角度（顾客如何看我们？）。在客户至上的时代，如何向客户提供所需要的产品和服务，从而满足其需要，提高企业竞争力，是企业能否获得可持续性发展的关键。顾客角度的战略核心是对顾客价值的定义，这种定义使企业得以区别于其他竞争者，吸引顾客并且维持和加强与目标顾客的关系，提高顾客满意度，从而获得新顾客，保留原有顾客，增加市场份额，最终实现收益的增长。因此，对顾客价值的定义实际上从顾客角度把内部过程与财务结果相联结。一般情况下，顾客所关注的焦点集中在四个方面：时间、质量、性能和服务、成本。顾客维度的指标是将企业为顾客服务的承诺转化为具体的测评指标，这些指标反映了与顾客有关的因素。典型的指标包括顾客满意程度、客户维持率、新顾客的获得、顾客盈利能力、市场占有率、产品退货率、重要顾客的购买份额等。

（3）内部流程角度（我们必须擅长什么？）。这一角度所重视的是对客户满意程度和实现组织财务目标影响最大的那些企业内部过程。企业对外提供的是产品或服务，产品或服务的质量，完全取决于企业内部价值链的各个环节是否真正创造了价值。内部流程角度从满足投资者和客户需要的角度出发，基于价值链分析，反映关键的组织活动，这些关键活动一般包括以下四个过程：一是激发创造力，开发新产品和新服务，开发新的市场和顾客群体；二是通过扩展和增进与现有顾客的关系，来增加顾客价值；三是改进供应链管理、内部过程、资产使用、资源能力的管理和其他过程，以实现运作的优化；四是通过与外部利益相关者建立有效的关系，树立公司形象。这些流程能够创造未来企业的价值，推动未来企业的财务绩效。这一方面的评价指标通常包括新产品推出能力、设计能力、技术水平、制造效率、安全性、售后服务，等等（付亚和、许玉林，2003）。

（4）学习与发展角度（我们能否继续提高并创造价值）。创新、提高和学习的能力与企业价值直接相关。从长远角度来看，企业唯有不断学习与创新，才能实现长远的发展。组织的学习和成长有三个主要的来源：人才、信息系统和组织程序。由于产品和服务实质上是顾客购买力与企业知识的交换媒介，因而对于企业而言至关重要的是知识。但是，知识无法独立存在，必须依附于员工。所以，需要加强员工培训，改善企业内部的信息传导机制，激发员工的积极性，提高员工的满意度。学习与发展角度揭示了人才、信息系统和组织程序的现有能力与实现突破性绩效所必需能力之间的差距，指明改进方向，使企业得以通过员工培训与开发、提高信息技术和完善信息系统、改进企业程序和日常工作等措施来弥补或缩小这一差距。这一维度的评价指标通常包括员工能力、信息系统状况、员工满意度、平均培训费用等。

平衡记分卡四个维度及其相互关系如图4—5所示。

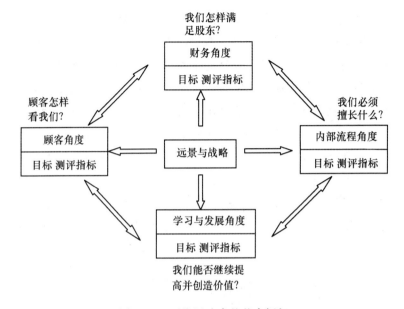

图 4—5 平衡记分卡的基本框架

资料来源:〔美〕罗伯特·S. 卡普兰、大卫·P. 诺顿:《平衡记分法:良好的测评体系》,《公司绩效测评》,中国人民大学出版社、哈佛商学院出版社 1999 年版。

需要注意的是,以上四个维度并非简单的指标体系的集合。各维度之间存在着内在的因果关系链,体现了动因和结果之间的关系。对于盈利性组织而言,其战略的最终目标是追求企业价值的最大化,即长期利润最大化。战略的落脚点还是长期财务指标的提高,也就是说,财务维度代表了企业的长期目标:从投资于业务单位的资本获得丰厚的回报,即实现股东价值。客户维度将企业的使命和战略转化为以客户和市场为基础的具体目标。内部流程维度则使管理者能够明确满足股东与客户的目标和需求所必需的“表现卓越的关键流程”。而学习与成长维度是为了保证财务、客户和内部业务流程的目标得以实现而提供的基础框架。通过因果关系链，这四个维度被整合为一个完整的体系，并最终在财务维度得以体现（祁顺生、肖鹏，2005）。同时，由于这种内部固有的因果联系，平衡记分卡体系内任何一个组成部分发生变化都会强化其他方面已经发生的变化。把所有方面的变化都汇合在一起，就能推动组织沿着既定的方向前进。从这个意义上说，平衡记分卡在为管理战略的实施提供了一个框架的同时，还使战略本身能够根据企业的竞争环境、市场环境和技术环境所发生的变化而不断变化（卡普兰、诺顿，1996）。

从具体运作来看，平衡记分卡通过说明远景、沟通与联系、业务规划、反馈与学习四个环节把企业的长期战略目标与短期行动联系起来发挥作用，如图 4—6 所示。

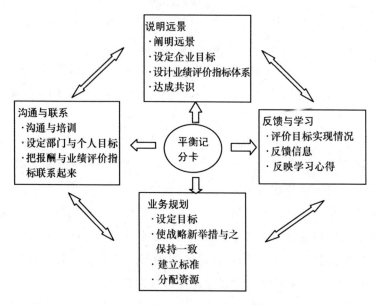

图 4—6 平衡记分卡实施的四个环节

资料来源：[美] 罗伯特·S. 卡普兰、大卫·P. 诺顿：《把平衡记分法作为战略管理体系的基石》，《公司绩效测评》，中国人民大学出版社、哈佛商学院出版社1999年版。

　　说明远景的过程实际是把企业的远景转化为一套所有高级管理者都认可的绩效评价指标。这一过程从企业的战略目标和对目标市场的价值定位出发，促使企业在对自身的使命、价值观和愿景进行检讨的基础上，通过内部条件和外部环境分析，确定企业战略目标。明晰了战略目标后，分析和确定实现战略目标的关键成功因素（KSF），并对目标逐层分解，提取衡量这些关键成功因素的关键绩效指标（KPI），形成绩效评价指标体系。

　　沟通和联系是管理者在企业中对战略上下沟通，使各部门及个人都能理解企业的战略目标，并且使部门及个人目标与之保持一致的过程。这一过程能够使企业的所有员工熟悉企业战略和高层目标，从而确定其局部行动方案以支持企业总的战略目标，并且，在此过程中，通常将激励机制与绩效评价指标体系联系起来。

　　业务规划环节是实现业务计划与财务计划一体化的过程。在此过程中，为了实现企业的战略目标，管理者必须针对各种关键绩效指标，在财务、客户、内部业务流程和学习与成长四个维度确定"挑战性目标值"，即绩效评价标准，并据此合理分配资源，进行全面而系统的管理。评价标准的设定有助于企业采取推动长期战略目标实现的改革措施，并注意各种措施之间的协调。

　　平衡记分卡的"反馈与学习"指的是一种"战略性学习"。平衡记分卡的创始人认为，以上三个环节（说明远景、沟通与联系、业务规划）对于企业战略的实施固然至关重要，但是，他们仅仅构成了一个单环学习过程。在这一单环中，由于目标保持不变，因而任何对计划的偏离都被看作是需要纠正的缺陷

（卡普兰、诺顿，1996）。也就是说，以上三个环节构成的单环没有提供一个机制对企业所实施的战略是否适应当前环境进行检验。而面对充满不确定性的外部环境，新的机会和威胁不断涌现，企业必须能够做到克里斯·阿格里斯（Chris Argris）所称的"双环学习"①。反馈与学习的环节能够帮助企业管理者了解战略实施是否按计划执行，检验战略所依存的假设前提，并在必要时对战略进行根本性的改变。这样，平衡记分卡即实现了企业总体战略与各经营单位局部行动方案的连接，并形成一个整体网络，促使企业上下齐心实施战略。

3. 零售企业物流绩效平衡记分卡的基本结构

卡普兰和诺顿对平衡记分卡的研究是以制造企业作为对象。但是，随着 BSC 在各种类型的企业甚至在各种职能部门中的应用，管理者和研究者们发现，不同的企业或者部门由于其使命不同，所选择的利益相关者也不相同，因此导致平衡记分卡对战略进行分解的角度也存在差异，从而产生了不同的平衡记分卡结构（魏琴、方强，2005）。此外，平衡记分卡将焦点集中在四个方面来研究企业战略和绩效评价，为组织提供了更为平衡的视点，兼顾了各方利益相关者的要求，有利于企业的持续发展［爱泼斯坦、曼佐尼（Epstein，Manzoni），1998］。然而，仅仅将关注焦点集中于四个维度，在一定程度上限定了关键成功因素的识别范围，某些重要的关键成功因素有可能超出这四个维度（赵莹、秦青，2003）。实际上，平衡记分卡的

---

① 根据阿格里斯的观点，这种"双环学习"会导致人们对因果关系的假设和理论的改变。参见《教会聪明的人如何学习》，载《哈佛商业评论》1991 年 5/6 月号。

四个方面应被看作是一个模型而不是一种约束，在实践中，企业对它的使用很少低于四个方面，根据产业环境和一个经营单位的策略，有可能需要增加一个或多个方面（卡普兰、阿特金森，1999）。因此，在构建平衡记分卡、识别关键成功因素时，可以根据企业、经营单位或部门的特征和具体情况，在 BSC 结构中酌情增加一个或多个必要的维度。

基于企业物流系统的特点，除了财务、内部流程、顾客、创新与成长四个维度外，还应在物流绩效评价的平衡记分卡模型中加入一个维度，即"社会责任维度"。企业的社会责任是一个较为宽泛的概念，通常是指企业通过企业制度和企业行为所体现的对员工、商务伙伴、客户（消费者）、社区、国家履行的各种积极义务和责任，是企业对市场和利益相关者群体的一种良性反应，也是企业经营目标的综合指标，它既有法律、行政等方面的强制性义务，也有道德方面的自愿行为（屈晓华，2003）。对于企业的物流活动而言，是否重视并承担社会责任主要体现在环保和生态方面。物流系统运行的结果除了服务、效益等正面产出之外，还有可能产生环境污染这一负面产出，而政府、环保组织等监管机构日益关注企业物流系统对环境的影响，所以，它们是企业物流活动不容忽视的利益相关者，重视其要求有利于企业的长期发展。麦金太尔（Mcintyre）等学者（1998）指出，尽管物流绩效是一个日益受到关注的研究领域，并且很多企业迫于外部压力重新审视了其以顾客为导向的评价系统，但是，已有的研究并没有给予一个新的外部压力——环境足够的重视。所以，在构建物流绩效评价系统时，除了建立有关物流功能的评价指标之外，来自于环保方面的压力要求企业能够建立与生态和环境相关的评价指标。环保指标的这种重要性主要源于利益相关者对环境改善的要求，并且希望能够看到这种改善确实发生［阿佐内等（Azzone et al.），1996]。

　　针对本书研究对象所构建的平衡记分卡是一个以物流战略为起点，包括财务、流程、顾客、学习与成长、社会责任（主要是环保和生态方面）五个维度的基本结构如图4—7所示。

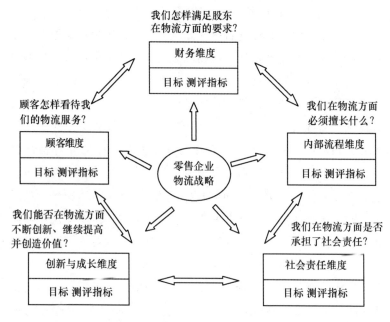

图4—7　零售企业物流绩效评价的平衡记分卡基本结构

　　（1）财务维度

　　经济效益是经营效果的深化，是企业投资者追求的目标，也是债权人及社会所期望的结果。零售企业属于典型的盈利性组织，无论其使命如何，追求利润最大化是其最终目标。物流活动对零售企业竞争优势和核心能力的影响最终将体现为财务绩效的增长，也就是说，物流绩效的提高最终会通过企业的财务绩效反映出来。财务维度指标设置的一个重要目的正是为了监控物流活动对财务方面的绩效贡献。同时，物流设施、设备、存货等是企业资产的重要部分，投资人在物流资产方面的投入必然期望获得一定的回报，因此，评价存货等流动资产如何能够快速周转以及固定资产如何能够产生投资报酬的指标应该包括在财务维度中。此外，物流作为"第三利润源泉"的作用是相对于"第一利润源泉"和"第二利润源泉"而言的，按照政治经济学的观点，流通环节并不产生价值（李文利，2004）。在企业销售收入一定的情况下，物流成本的节约实际上变相增加了企业的利润。因此，有关成本控制方面的指标也应包括在财务维度内。具体而言，财务维度包括与物流资产利用、盈利或收益、成本控制等方面有关的指标。

（2）顾客维度

顾客是零售企业生存和发展的基础。企业物流是连接产品供应与消费需求之间的桥梁，只有了解顾客，并不断满足其不同层次的需求，产品价值才能得以实现，企业才能获得持续增长的经济源泉。物流本身实为一个服务过程，无论是存储、装卸、搬运，还是包装、流通加工甚至配送，都是通过物流服务为顾客提供价值增值的。在买方市场条件下，令顾客满意的物流服务水平已经成为其采取购买行为的重要考虑因素。零售企业是否能够为顾客提供全面、高效甚至个性化的物流服务，以获得较高的顾客满意度和忠诚度，是其物流绩效的重要方面。顾客维度评价指标的设置正是为了监控零售企业物流系统对外界顾客需求变化的反应能力。因此，平衡记分卡的顾客维度包括与物流服务质量和顾客满意度有关的评价指标。

（3）内部流程维度

零售企业物流业务流程的效率和效果在很大程度上决定了

其在物流方面的核心竞争力。内部流程维度指标的设置是为了评价物流业务流程的运作绩效，尤其是那些对客户满意度具有较大影响的物流业务过程的运作绩效。评价的重点是构成物流系统的各个功能子系统的运行状况。此外，几乎每一项物流活动都需要有信息作为支撑。物流活动涉及大量的销售、库存状态和运输状态等方面的信息共享［拉隆德、马斯特（La Londe，Masters），1994］，尽管信息系统本身并不能增进物流绩效，但良好的物流信息管理系统能够改善物流管理活动，从而降低物流成本、增加价值（宋华，2007）。从这个角度而言，物流信息系统的水平以及企业对其进行运用的能力对物流流程的运作效率和效果有着重要影响。因此，内部流程维度除了包括与包装、装卸、运输、保管、流通加工等物流功能子系统的运行绩效有关的指标之外，还包括评价物流信息系统水平和运作绩效的指标。

（4）创新与成长维度

尽管顾客维度和内部流程维度已经着眼于企业发展的物流战略层次，但都是将评价重点置于企业物流的现有竞争能力上。零售企业短期竞争的成功固然重要，但要想在激烈的竞争中立于不败之地，就必须在客户满意和内部业务过程方面进行持续的改善，并提高开发和完善新的物流服务、新的物流流程整合思路和方法的能力，这种改善、创新和学习的能力直接关系到企业的长期价值。创新与成长维度指标的设置正是为了评价企业在物流方面不断创新，不断发展，以增强企业在物流方面的长期竞争优势。但是，企业在物流创新与成长方面的能力有赖于从事物流活动的员工，即物流人员的能力和素质。这就要求企业关注能够提高物流人员学习能力、创新能力和实践能力的投入，注重团队建设，增强团队合作与团队学习能力，增育学习型组织，为企业的不断成长做好物流人才储备。因此，创新与成长维度具体包括与物流人员的能力素质、内部学习环境、物流创新能力等方面相关的评价指标。

（5）社会责任维度

企业在赚取利润的同时必须主动承担各种社会责任，以保持与社区及政府等利益相关者的良好关系。其中，改善生态环境和减少污染是企业从事物流活动时不可忽视的问题。要做到这一点，就要求零售企业在物流运作过程中，尽可能地避免和减少废弃物的排放，提高能源和资源的利用效率，尽可能地提高物流活动的绿色程度，以争取得到社区、环保组织、政府等机构对企业在环保方面所作努力的认同，为企业的长远发展创造良好的外部环境。社会责任维度指标的设置就是为了评价企业与社区及政府等利益相关者之间的关系，主要包括评价诸如环境保护、资源利用、能源消耗等物流绿色程度的指标。

在评价物流绩效的平衡记分卡基本结构中，以上五个维度并非简单的指标体系集合。各个维度之间存在着内在因果关系链，体现了物流绩效驱动因素和最终结果之间的关系。对于零售企业这一盈利性组织而言，其战略的最终目标是追求企业价值的最大化，即长期利润最大化。作为企业子系统的物流系统，其管理和运营最终也要服务于这一目标。因此，物流战略的落脚点仍然是长期财务绩效的提高，也就是说，财务维度代表了企业物流战略的长期目标：从投资于物流系统的资本获得回报。顾客维度将企业的物流战略转化为以顾客和市场为基础的具体目标，顾客满意度和忠诚度提高可能导致的重复购买行为所带来的收益，将会最终体现为财务绩效。内部流程维度关注的是为了满足股东与顾客的目标和需求所必需的"表现卓越的关键物流流程"，高效的物流运作流程除了通过降低物流成本、提高物流投资回报直接提高财务绩效之外，还可以通过为顾客提供更多的价值而提高其满意度，进而间接地贡献于财务绩效。创新与成长维度、社会责任维度则是保证财务、顾客和内部业务流程的目标得以实现的基础框架。持续的学习、创新与成长为改进和优化内部流程、更好地满足顾客需求提供保障；承担社会责任，与社区、政府等利益相关者保持良好的关系，可以为企业的长期发展创造良好的外部环境。因此，后两个维度为前三个维度提供支持，是这三个方面的推动力量。通过因果关系链，以上五个维度被整合为一个完整的、相互关联的系统，如图4—8所示。

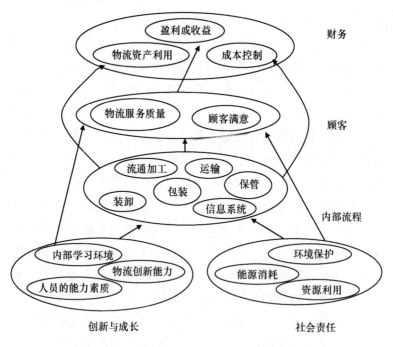

图4—8 物流绩效评价平衡记分卡的因果关系链

第三节　零售企业物流绩效评价框架

如前所述，企业物流绩效评价是一项复杂的系统工程，一个完整的绩效评价系统由多个关键要素组成。要使该系统的作用得以充分发挥，必须有一种运行机制和一个合理的体系架构，使构成系统的各个要素之间实现有机衔接和动态关联，进而使物流绩效评价系统实现与企业绩效评价系统的无缝"嵌入"。并且，这种运行机制和架构还应该能够明确指出物流绩效评价的主要环节及各个环节之间的有机联系，以指导企业物流绩效评价的具体运作。

对于如何实施物流绩效评价，门泽尔和康拉德（1991）通过对诺瓦克所提出的用于制定运输预算的十二个诊断性问题进行转化，构建了一个评价和分析物流绩效的指导模型，具体包括从目标界定到成本收益分析等十三个步骤。综合这一模型和企业绩效评价的一般实施要点，本部分提出在平衡模式下进行物流绩效评价的基本框架（如图4—9所示）。

物流绩效的评价应以企业的物流战略为起点，将企业在物流方面的远景转换为清晰的目的，以建立起物流绩效目标体系；然后对影响物流绩效的各关键因素进分析，并据此提取 KPI 指标，形成具有内在逻辑联系评价指标体系；结合各层次绩效目标和各项评价指标选择评价标准；根据评价指标的性质和特点选择具体的评价方法；最后，组织实施绩效评价，并对评价结果进行评估，根据评估结果对评价系统进行持续改进。

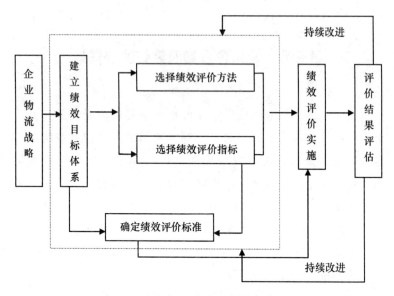

图4—9　零售企业物流绩效评价框架

一　建立物流绩效目标体系

绩效目标体系的建立是绩效评价的第一步。目标的明确性会对管理控制系统的成功产生影响。缺乏明确性的目标会因结果的不确定性和模糊性而给绩效评价带来困难［欧斯克（Euske，1984）］，而明确、具体的绩效目标则会提高绩效评价的准确性和效果［福斯隆德（Forslund），2007］，还可以为评价指标的选定、评价标准的设定和评价方法的选择提供指导。通常情况下，绩效目标的来源有三：企业战略、岗位说明书和业务流程。其中，企业战略是最为主要的目标来源，这种"来源于企业战略的目标"能够充分体现出对企业绩效的支撑，也能保证每个员工都按照企业要求的方向努力，使整体战略目标得以真正实现。

　　无论是何种类型的目标，都具备两个方面的要素：一是表明未来所要达到的某种状态，二是表明对当前努力或承诺的分配形式（霍尔，1975），它提供了一种绩效标准，为组织成员的活动指明方向［穆林斯（Mullins），1996］。但是，过于具体的目标容易产生短期性［布罗姆利、欧斯克（Bromley，Euske），1983］，有可能导致以下情况的发生：短期目标实现的同时，长期目标却被忽略。此外，不同部门或工作团队的成员也可能从各自的角度出发，按照自身的利益设定目标。因此，保持短期目标与长期目标的一致性、低层次目标与高层次目标的一致性对于企业绩效评价而言至关重要。这种一致性被称为"绩效逻辑"［拉姆勒、布拉奇（Rummler，Brache），1995］。

　　确保"绩效逻辑"的一个有效方法是提高参与和投入，遵循目标管理的思想，对企业的目标进行分解。目标管理理论认为，企业的目的和任务都必须转化为目标，而企业目标只有通过分解变成更小的目标后才能够实现。并不是有了工作才有目标，而是有了目标之后根据目标确定每个人的工作。

　　在本研究选定的评价模式下，物流绩效目标体系的建立是从企业的战略出发——确切地说，是从企业的物流战略出发，从财务、顾客、内部流程、创新和成长、社会责任五个方面对其进行分解，并清晰界定企业所要创造的物流战略成果，以及促成该成果的绩效驱动因素，并把这些因素串成具有逻辑关系的目标体系。目标分解的结果是形成一个"瀑布状的目标体系"［摩尔斯（Moores），1994］。这一目标体系实质上是企业物流战略目标自上而下的延伸。根据目标管理计划的典型步骤，物流绩效目标体系的设置，至少涉及四个流程：依据企业既定的物流战略，对下属单位和部门分配主要目标；下级部门管理人员与上级一起议定本部门的目标；部门的所有成员设定自己的具体目标；上级与下级共商实现目标的行动方案。从企业物流战略到员工个人绩效目标的分解过程和分解后的目标体系如图4—10、图4—11所示。

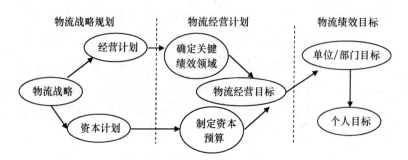

图4—10 从组织战略到员工个人绩效目标的分解过程

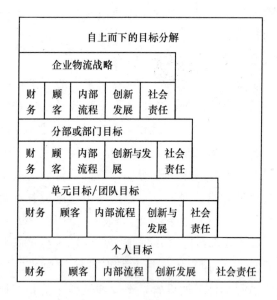

图4—11 瀑布型目标体系

通过对平衡记分卡的这种延伸，可以将物流战略传达至每个物流管理人员；这些管理人员还可以利用平衡记分卡的五个方面，组织自己的目标并将这些目标定位到组织更大单元的战略框架之中（赵莹、秦青，2003）。

二　选择评价指标

在绩效评价中，评价指标回答的是"评价什么"的问题，是对评价内容的反映。如前所述，基于平衡记分卡的物流绩效评价指标体系应该是一个既包括财务指标又包括非财务指标的体系。但是，如果各大类中所包含的单项指标过多，且各指标又被用于反映不同的决策目标，反而容易在增加指标体系复杂性的同时，淡化关键目标的重要性，从而使企业（管理者）难以专注于最重要的战略目标。[①] 因此，在某一时期，某一特定（物流）战略指导下所构建的物流绩效评价指标体系所包含的应该是那些能够反映与物流有关的关键成功因素（Key Successful Factors，KSFs）的指标，即关键绩效指标（Key Performance Indicators KPIs）[②]。并且，由多个单项指标组成的物流绩效评价指标体系应当被视为一个"单一决策的工具"[③]，即

---

① 平衡记分卡的创始人认为，一个"标准"平衡记分卡的单项指标数量控制在 20 个左右较为合适。

② KPI 是通过对组织内部某一流程的输入端、输出端的关键参数进行设置、取样、计算、分析，衡量流程绩效的一种目标式量化管理指标，是企业宏观战略目标决策经过层层分解产生的可操作性的战术目标，其目的是建立一种机制，将企业战略转化为内部过程和活动，以不断增强企业的核心竞争力和持续地取得高效益，使考核体系不仅成为激励约束手段，更成为战略实施工具。

③ 参见王化成、刘俊勇、孙薇《企业绩效评价》，中国人民大学出版社 2004 年版。

不能将各个大类指标割裂开来，要以（从战略目标分解而来的）绩效目标为指导，在指标体系与企业战略之间建立起紧密的联系，或者说，用一个具有因果关系的指标体系来阐述和传达企业的物流战略。

要形成具有因果关系的指标体系，一个重要的前提是能够找出对平衡记分卡各个维度产生真正影响的因素，即影响绩效的基本驱动因素。不能确定影响物流绩效的基本驱动因素，至少会使物流绩效评价面临以下两个方面的问题：一是由于力求绩效评价能够做到面面俱到，没有一点遗漏，最终导致评价内容过多，使整个评价系统中充斥大量的细枝末节；二是如果无法证实基本的因果关系，就难以确定所选择指标的权重，而如果指标权重无法确定，就很难实现资源的有效配置［伊特纳、拉切尔（Ittner，Larcher），2003］。提取关键物流绩效指标之前，企业可以通过构建因果模型（causal model）①，以图示的方法直观地显示令企业物流战略取得成功的驱动因素与物流绩效之间可能存在的因果关系。

在构建因果模型，明确了因果关系之后，即可以据之提取关键绩效指标（KPI）。把通过因果模型确定的关键成功因素（KSFs）体现为具体的、可行为化的指标，形成企业级的关键物流绩效评价指标（Key Logistics Performance Indicator，KLPI）。然后，各相关部门、团队的管理者需要依据企业级的 KLPI 建立部门、团队级的 KLPI，分析绩效驱动因素（技术、组织、人力/人员），确定实现目标的工作流程。最后，各级管理者与员工一起再进一步将 KLPI 细分，分解为各职位的绩效评价指标，这些指标即为考评员工绩效的指标。

---

① 也称为价值驱动因素图（value driver map）。

可见，KLPI 体系的构建过程实质上就是统一相关员工朝着实现企业物流战略目标努力的过程。

　　关键物流绩效指标的提取可以借助鱼刺图①来完成。如图 4—12 所示，鱼刺图中的"鱼头"部分表示"企业物流战略目标"，大的"鱼刺"表示"主关键成功因素"，小的鱼刺表示"次关键成功因素"，而"次关键成功因素"是对"主关键成功因素"的进一步分解。这样，每一个战略目标重点都可以形成一个逻辑型的、体现了因果关系链的鱼刺图（李雪松，2007），从而协助企业清晰地界定其所要创造的物流战略成果。通常情况下，为了更好地表示分解所得的各层次关键绩效指标，可以将鱼刺图的内容转换为表格形式，如表 4—1 所示。

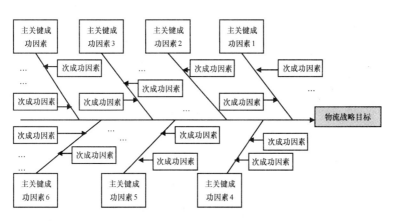

图 4—12　提取关键物流绩效指标的鱼刺图工具

---

　　① 即"特性要因图"，也称石川图，由日本学者石川馨提出。它是通过头脑风暴法找出影响问题的因素，并将它们与特性值一起，按相互关联性加以整理而形成的层次分明、条理清楚，并标出重要因素的图形。因其形状如鱼骨，所以又叫鱼骨图、鱼刺图。鱼刺图通常有三种类型：整理问题型鱼刺图、原因型鱼刺图和对策型鱼刺图。原因型鱼刺图是提取成功关键因素的重要辅助工具。

表 4—1 关键物流绩效指标体系

BSC 维度	主关键成功因素	次关键成功因素	关键绩效指标
财务维度	关键成功因素 1	次关键成功因素 ……	关键绩效指标 ……
客户维度	关键成功因素 2	次关键成功因素 ……	关键绩效指标 ……
	关键成功因素 3	次关键成功因素 ……	关键绩效指标 ……
内部流程维度	关键成功因素 4	次关键成功因素 ……	关键绩效指标 ……
创新与发展维度	关键成功因素 5	次关键成功因素 ……	关键绩效指标 ……
社会责任维度	关键成功因素 6	次关键成功因素 ……	关键绩效指标 ……

需要注意的是，在构建关键物流绩效指标体系时，需要遵循 KPI 提取的基本原则，即 SMART 原则。所谓 SMART 原则，是指指标体系中的各个单项指标要符合以下要求：具体的（specific），即绩效指标要切中特定的工作目标，不是笼统的，而是应该适度细化，指标的内涵和外延都应界定清楚，避免产生歧义；可度量的（measurable），即绩效指标或者是数量化的，或者是行为化的，验证这些绩效指标的数据或信息是可以获得的；可以实现的（attainable），即所制定的目标难易适中，在付出努力的情况下可以实现；现实的（realistic），即目标结果可观察或证明，而并非假设的；有时限的（time-based），即在绩效指标中要使用一定的时间单位，设定完成这些绩效指标

的期限。

三　确定评价标准

评价标准指的是被评价对象在各个指标上分别应该达到什么样的水平。它代表了一种对绩效水平的度量，这种度量是进行绩效满意度细分所必需的。在本质上，它是分配评价主体绩效满意度的基本指导原则［凯恩、弗里曼（Kane, Freeman），1997］。简而言之，评价标准是评判评价对象绩效优劣的基准，通过将计算所得的评价指标实际值与一定的标准值进行对比，才能够判断企业物流绩效的好坏。

物流绩效评价标准是物流战略实施后成绩的规范，它用于确定战略措施或计划是否达到战略目标（贺勇、刘从九，2006）。从这一角度看，确定适当的评价标准，是零售企业物流绩效评价的又一个重要环节。在绩效评价实践中，评价标准的确定需要解决两个方面的问题：一是"什么样的评价标准才是有效的"，二是"如何确定评价标准的类型"。本部分主要解决的是第一个问题，有关如何在充分考虑不同类型评价标准利弊的基础上，确定零售企业的物流绩效评价标准的内容将在第五章中做详细讨论。

对于"什么是有效的评价标准"，布朗（1987）认为，好的评价标准必须满足以下七项要求：（1）评价标准必须是现实的（realistic），即所确定的标准必须是可以达到的，而不是不切实际的过高预期；（2）评价标准必须是具体的（specific），即评价标准应该明确组织的绩效预期是什么；（3）评价标准必须是可测量的（measurable），这种可测量包括定性方面，也包括定量方面；（4）评价标准必须与组织目标保持一致（consistent with agency goals）；（5）评价标准必须具有一定的挑战性（challenging）；（6）评价标准必须是动态的（dynamic），技术、流程等组织要素会随着目标的改变而改变，评价标准也必须随之改变；（7）评价标准必须是可理解的（understandable），被评价者必须理解用以评价他们的标准是什么，因此要尽可能使用通用语言表述标准。

阿尔滕克（Altink）等学者（1997）认为，良好的绩效标准应该符合以下要求：可靠的衡量（应该以客观的方式衡量行为和结果）；内容的有效性（应与工作绩效活动合理地联系起来）；定义的具体性（包括所有可识别的行为和结果）；独立性（一个全面的标准应该包括所有重要的行为和结果）；非重叠性（各种标准不能相互重叠）；全面性（不应该忽略任何重要的行为或结果）；易于理解（应以一种易于理解的方法对标准加以表述和命名）；兼容性（标准应适合于组织的目标和文化）；即时更新（应根据组织的变化定期对标准进行审查）。①

杜胜利（1999）认为，有效的绩效标准通常需要具备下列几个要点：（1）标准应该具有挑战性；（2）标准经过努力应该可以实现；（3）标准应该透明且广为人知；（4）标准最好经被评价者认可；（5）标准能量化则量化，不能量化则必须具体明确。

综合以上观点，笔者认为，针对企业物流系统的特点以及物流绩效评价的目标，零售企业所确定的物流绩效评价标准至少要符合以下几个方面的要求：

第一，评价标准应该与企业战略目标、物流战略目标和物

---

① ［英］理查德·威廉姆斯：《组织绩效管理》，蓝天星翻译公司译，清华大学出版社 2002 年版，第 140 页。

流战略规划保持一致。

第二，评价标准是具体并且可测量的，对于定量指标而言，评价标准应该量化；对于无法量化的定性指标，评价标准要尽可能地具体、明确。

第三，评价标准应该具有一定挑战性。

第四，评价标准应能够作为一种共同观念和共同语言，便于组织各层级之间进行评价和改进方面的沟通。

第五，评价标准应该具有一定的灵活性，不是一经确定就绝对不能改变，随着企业内外部环境的变化，应对标准做相应调整。

四 选择评价方法

评价方法所解决问题是"如何进行绩效评价"。在明确了物流绩效目标、构建了 KLPI 体系并且设定了具体而明确的物流绩效标准之后，需要考虑的是选择何种方法运用评价指标和评价标准得到最终的评价结果。目前在实践中应用较为广泛的评价方法有两大类：单一评价方法和综合评价方法（池国华，2005）。单一评价方法是选择单一指标，计算其实际值，并将该实际值与预先设定的评价标准进行对比，从而对评价客体的绩效做出判断。例如，价值模式的代表方法 EVA 即为一种单一评价方法。综合评价方法是以多元指标体系为基础，在评价指标、评价标准和评价结果之间建立起一种函数关系，计算出每个评价指标的实际值，然后根据所建立的函数关系得出综合的评价结论。本书第五章中涉及的功效系数法即为一种较典型的综合评价方法。

评价方法的选择必须考虑评价指标体系的构成，因为不同类型评价指标，其指标值的确定方式存在较大差异。在本研究所选定的评价模式下，所构建的物流绩效评价指标体系是一个综合性的指标集合，既包括定量指标，也包括定性指标。单一评价方法无法覆盖评价客体的各个方面，故而在评价方法的选择上，需要兼顾不同类型指标的特点，运用综合评价方法。

五 实施绩效评价

物流绩效评价的实施环节，是运用所选定的评价方法，根据所收集的绩效信息，对各评价指标值进行计算，并与评价标准进行对比，得出评价结果的具体过程。这一环节涉及诸多的细节性工作，其中最为重要也是最核心的部分是绩效信息的收集与分析。

信息是进行评价的基础，只有收集到必要的信息之后，企业才能使用有效的评价方法评价物流绩效。因此，绩效信息的质量在很大程度上决定着评价结果的质量。在理论上，绩效信息越完备，所得到的评价结果就越准确。但在实践中，不同类型信息的可得性不同，其收集成本（包括时间成本和金钱成本）也有差异。所以，信息收集的基本原则是：在财力和时间允许的情况下，尽可能利用专门的物流信息系统和数据库所产生的专用数据；如果财力和时间不允许，则尽量运用其他部门，如会计、财务等部门已经收集到的数据，在使用前要分析其信度、效度以及对物流绩效评价是否具有实际意义。

绩效信息的分析实质上是对特定评价方法的具体运用过程。在这一过程中，绩效评价的具体执行者或机构需要根据所选定方法的操作原理，遵循操作步骤，对所收集到的各类绩效信息进行处理、计算和分析，以得到最终的评价结果，并在对结果进行校验后根据评价主体的要求撰写评价报告。绩效信息分析的过程需要注意把计算误差控制在合理范围内,以尽可能保证评价结果的准确性。而企业的物流绩效评价报告则是绩效评价系统所输出的信息,也是绩效评价系统的结论性文件,通常包括评价结果、评价分析、评价结论及相关附件等内容。评价报告将作为零售企业物流绩效改进和制定其他相关决策的指导性文件,因而在具体撰写过程中需要根据阅读和使用者的需求与特点进行材料的组织和表述,使其便于理解,从而最大限度地发挥物流绩效评价的效用。

六 评价结果评估

评价结果评估这一环节是对绩效评价系统自身的运行绩效所进行的评估,是对物流绩效评价目标实现程度做出的判断。其目的是为了发现现有评价系统各要素的不足和评价系统运行过程中存在的偏差,明确"是否需要改进","需要何种改进",以及何时需要进行改进。从而为各个构成要素具体内容的完善和修正、评价系统运行方式和运行流程的改进与优化指明方向。

在这一环节,首先要判断评价结果对于绩效改进的指导作用,然后可以根据物流绩效评价结果和物流绩效改进效果,对评价系统的各个要素和评价运作流程与方式进行检视和分析。具体包括:绩效目标的设定是否合理;评价指标体系是否覆盖了关键绩效驱动因素;评价标准的选择和设定是否适当;评价方法的选择是否与指标特征和评价要求相符,计算过程是否正确;整个系统要素的衔接配合以及运作的效率和效果如何。此外,还要对绩效评价的经济性做出评估,判断评价结果对于绩效改进的指导作用发挥得如何，即计算物流绩效改进所带来的收益是否大于在评价方面所投入的人力、物力、财力和时间。这一环节的评估结果将用于指导对评价系统的持续改进。

七 评价系统的持续改进

系统所具有的演化性特征决定了企业物流绩效评价系统必须适应系统内外部环境变化的要求。也就是说，物流绩效评价系统应该是一个不断演进的动态系统。瓦格纳（Waggoner）等人（1999）的研究表明，推动绩效评价系统演进和变化的因素主要来自四个方面：内部影响因素、外部影响因素、过程因素和转换因素[①]。这四个方面的因素归结起来仍然是内部和外部两大类动因。外部动因主要通过两种机制发挥作用：一是外部环境的变化影响到评价主体和评价目的，从而间接影响绩效评价的其他要素；二是外部环境的变化直接作用于某一方面的评价要素。内部动因则主要体现为现有绩效评价系统的评价要素不能满足评价主体实现其评价目的的要求（安中涛、崔援民，2005）。

零售企业作为存在于社会经济这一复杂大系统中的一个开放子系统，必然与外部环境产生物质、能量和信息的交换，又必然被社会经济环境所制约，企业系统必须适应外部环境的变化才能生存和发展。这种相互影响作用同样适用于物流绩效评价系统。因此，物流绩效评价系统的构建并非一劳永逸的工

---

① 此处的转换因素主要包括高层管理者的支持程度、因变革导致的损益风险和组织文化的影响三个方面。

作，无论外部因素的变化，还是内部因素的变化，都会对该系统提出改进要求。管理者需要对物流绩效评价系统进行实时监控，并根据实际情况适时进行完善，以尽可能确保该系统对内外部环境变化的适应性。

第五章

零售企业物流绩效评价系统的构建

　　如前所述，一个完整的物流绩效评价系统至少应该包括评价主体、评价目标、评价客体、绩效目标、评价指标、评价标准、评价方法和评价结论八个要素。在本研究中，物流绩效评价的主体为零售企业的经营管理者，评价客体为零售企业的物流系统，评价目标是改进物流绩效以提高零售企业的整体绩效。在上述三个要素确定的情况下，物流绩效的评价即为零售企业的经营管理者为了实现物流绩效改进，根据事先设定的绩效目标，运用一定的评价指标和评价方法，对照评价标准，进行绩效评价，得到评价结果的过程。因此，物流绩效目标的设定、物流绩效评价指标体系的构建、物流绩效评价标准的确定和物流绩效评价方法的选择成为获得评价结果的关键环节，也成为企业建立物流绩效评价系统的核心内容。

第一节 零售企业物流绩效
目标的设定

一 设定零售企业物流绩效目标的依据——物流战略

在任何行业中，如果企业管理层在做出有关物流设施和物流作业的重大决策时缺乏预见性，就有可能导致企业因缺少应对未来变化所需的"柔性"而使效益受损（格普费特，1968），所以，制定相应战略并设定协调性的目标变得日益重要。对物流战略的制定使得企业能够考虑协调效应和某些不可量化的因素，也使得通过总目标支持操作层面的活动成为可能（安德森等，1989）。

具体而言，企业的物流战略是针对企业内部物流的目标、任务和方向制定的政策和措施，是为了适应经营环境的变化制定的一种具有指导性的经营规划，是企业为了更好地开展供应物流、生产物流及销售物流等物流活动而制定的更为具体、操作性更强的行动指南，它服从于企业战略的要求，是企业战略的重要组成部分（兰洪杰，2006；王瑞卿，2007）。作为一个整体性概念，成功的物流战略能够协调企业内部有可能相互冲突的活动、功能和目标（拉隆德、马斯特，1994）。

有了物流战略的指导，在对物流活动进行组织、管理和控制时，就有可能考虑到所有"效益悖反"的情况，并锁定一些重要方面,如运作效率、客户服务水平,等等,将其纳入物流战略目标体系。而一套连贯的目标体系则可能意味着更好的指导方针和更充分的授权,从而使得对更高层次的细节性控制手段的需求大为减少(安德森等,1989)。

此外,物流战略的选择是在考虑企业所处外部环境因素和条件的基础上,在企业战略目标、能力和资源条件指导下进行的。可以说,物流战略是企业总体战略在物流方面的具体体现。从这个意义上说,以企业的物流战略指导物流绩效评价,并据之设定物流绩效目标,有助于对物流战略实施的过程进行控制,确保评价结果最大限度地反映物流战略目标的实现程度及其对企业战略目标实现所作出的贡献。

1. 物流战略与零售企业战略的关系

作为一种将物流活动整合到企业战略中的手段〔麦金尼斯、科恩(McGinnis, Kohn),1990〕,价值链模型为理解物流战略与企业整体战略之间的关系提供了一个理论框架。

根据迈克尔·波特的价值链理论,价值是评价企业竞争优势的基础。如果一个企业所创造的价值超过为之所付出的成本,就能够盈利。而价值又是通过许多相互独立的活动创造出来的(麦金尼斯、科恩,1990)。因此,将企业作为一个整体来看待就无法认识其竞争优势。通过确定价值链,可以把一个企业分解为战略性相关的许多活动,而企业正是通过比其竞争对手更廉价或更出色地开展这些重要的战略活动来赢得竞争优势(迈克尔·波特,1997b)。

无论何种企业,其价值链都是由以独特方式连接在一起的九类基本的活动类别构成。其中,内部物流、生产经营、外部物流、营销、服务这五类活动是涉及产品的物质创造及其销售、转移给买方和售后服务的活动，它们对企业的价值创造具有直接贡献，被称为"基本活动"；采购、技术开发、人力资源管理、企业基础设施这四类活动与各项基本活动相互联系，为其提供支持，以促进企业的价值创造，它们被称为"辅助活动"。

对于零售企业而言，由于不存在生产经营活动，且其主要功能是"在适当的时间和适当的地点，把适当的产品以适当的方式送达适当的消费者"，因此，店铺选址、营销组合、店铺运营、物流管理以及相应的各项服务即成为价值创造的基本活动。这些基本活动之间相互联系，共同形成企业的竞争优势。零售企业的价值链如图 5—1 所示。

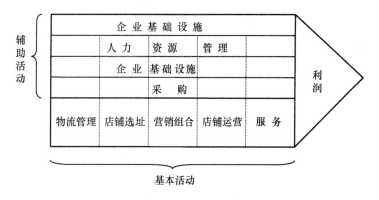

图 5—1　零售企业的价值链

从以上分析可知，物流战略并不是孤立地存在于企业物流管理之中，它是企业战略的一个有机组成部分。按照企业战略的层次理论，物流战略属于职能层战略。它的制定是将企业的总体战略转化为职能部门具体行动计划的过程。在零售企业中，物流战略与运营战略①、营销战略、财务战略、人力资源战略一起，共同支持企业战略的实现，同时，物流战略与其他职能战略之间也存在着相互影响（如图5—2所示）。

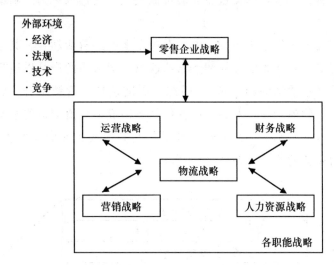

图5—2　物流战略与零售企业战略及其他职能战略的关系

2. 主要的企业物流战略类型

理论界对企业物流战略的关注起始于20世纪70年代后期。1977年，赫斯克特讨论了物流对于企业战略的重要性。②此后，关于物流战略的研究开始发展起来。1986年，密歇根州立大学对《财富》500强企业或其业务部门的物流战略进行

---

① 此处的运营战略包括店铺选址、商店运营等零售活动。限于篇幅以及本书的研究视角，不对此类活动作深入讨论。为了便于表述，将与此类活动相关的战略统称为"运营战略"。

② L. Heskett, Logistics—Essential to Strategy, *Harvard Business Review*, 1977, Vol. 55, No. 6.

了研究。基于该研究，鲍尔索克斯和多尔蒂（1987）提出了三类物流战略：过程战略、市场战略和信息战略（也称渠道战略）。此分类框架为今后对企业物流战略所进行的实证研究奠定了理论基础。实践中，企业具体推行的物流战略也大都可以被归类到上述三种类型之中。

（1）过程战略（Process Strategy）

在奉行此类战略的企业中，大量的传统物流功能被当作一个增值系统来进行管理。管理重点集中于通过加强采购、生产、调度、分销来实现物流效率最大化。对于实施此类物流战略的企业而言，物流的主要目标是通过对实物流的管理来控制有可能增加成本的物流活动，以控制物流成本（麦金尼斯、科恩，1993）。此类战略的重点在于将复杂的物流活动合理化为一个有效的价值增值系统。将企业内部的包装、装卸、运输、储存、配送、流通加工、物流信息等这些之前分开管理的物流活动作为一个总体系统来构造、组织和管理的内部一体化物流战略即可归为此类。就零售企业而言，在过程战略导向下，较有可能选择自营物流模式。自营物流模式使企业拥有对物流活动的绝对控制权，因而更容易对各项活动进行整合，以实现控制成本，提高物流效率的战略目标。

（2）市场战略（Market Strategy）

与过程导向相反，市场战略主要涉及对有限的传统物流活动进行跨部门管理（麦金尼斯、科恩，2002）。奉行市场战略导向的企业的战略重点是客户服务。企业致力于为来自于不同业务部门的同类客户提供服务，通过协调物流活动在客户服务方面获得协同效率。在实施市场战略的企业中，物流活动的组织与管理主要以便利销售和整合物流为核心。此类企业运用物流来获取跨业务部门的协同效应，同时保持物流作为利润中心的独立地位。市场战略导向指导下的企业对于物流竞争能力较为敏感,整合物流管理为其提供了一个途径,以降低服务对象与母公司(上级公司)业务往来过程中所面临的复杂性。从顾客需求出发,根据销售信息安排各项物流活动,以迅速满足顾客需求的有效客户反应战略和快速响应战略均可归于此类。实施市场战略的零售企业,较有可能选择自营物流模式及物流商主导的物流模式,从而有利于增强物流系统的柔性,提高物流服务质量。

(3)信息战略(Information Strategy)

也称渠道战略(Channel Strategy)。实施信息战略的物流组织不仅包括各种不同的传统物流活动,还包括了多种以渠道为基础的物流管理活动。与过程导向和市场导向相反,信息导向更关注跨企业边界对物流活动进行管理(鲍尔索克斯、多尔蒂,1987),并且极其重视外部控制。信息导向的企业对于跨组织合作非常敏感,并且运用物流实现合作与协调,其战略重点是对整个渠道的职能职责、绩效和稳定性进行协调。对于此类企业而言,物流和信息管理代表着一种控制机制。从渠道结构的视角来看,实施信息战略的组织代表了一种垂直营销体系(VMS)。旨在解决流通渠道中企业间的对立或企业规模与实际需要之间矛盾的外部一体化物流战略即可归为此类,外部一体化战略打破了单个企业的绩效界限,通过相互协调建立最适宜的物流运行结构,具体又可分为横向一体化、纵向一体化和通过第三方物流实现的一体化。在信息(或渠道)战略指导下,零售企业通常采用供应商主导、物流商主导或者共同主导的物流模式,从而有利于其整合渠道资源,获取协作效益。

二　基于不同战略的零售企业物流绩效目标

企业物流战略的基本目标是在保证服务水平的前提下，实现物流成本的最小化（吴昀、黄志建，2007；蒋长兵、王珊珊，2009）。其直接目标通常有三个：（1）降低成本，包括仓储、运输、包装等在内的物流成本在产品成本中所占比重较大，物流战略的直接目标之一是将与运输、仓储等相关的可变成本降到最低。物流成本是企业总成本构成中具有财务杠杆作用的成本之一，物流成本的降低有可能带来利润的数倍增加（王瑞卿，2007）。（2）减少投资，即在确保企业利润不变的情况下，使物流系统的投资最小化。该目标的根本出发点是使对物流系统的投资回报最大化（宋建阳、张良卫，2006）。（3）改进服务，即通过提高商品传递的及时性、可靠性和经济性来提高顾客的感知价值。通常认为，服务质量的增加必然带来成本的相应增加。但是，如果服务改进所带来的收益增长幅度大于成本增加的幅度，企业仍然能够获利。

如前所述，作为职能层战略，物流战略是在企业整体战略的指导下制定的。实施不同竞争战略的零售企业在物流战略类型的选择上会存在差异，从而导致物流战略目标的差别，相应地，物流绩效目标也会不同。而任何企业要获得成功，其物流战略都必须与企业的竞争战略相吻合。这种战略吻合意味着物流战略和竞争战略具有相同的目标，并且，物流战略所要建立的物流能力与竞争战略所要满足的市场需求之间要保持一致（张宇航，2007）。

1. 成本领先战略指导下的物流绩效目标

成本领先战略指通过采用一系列具体措施使企业在本行业

中赢得总成本领先的地位。与采取其他竞争战略的零售企业相比，贯穿于此类企业整个战略实施中的主题是使其成本低于竞争对手。奉行成本领先战略的零售企业常常被描述为"寻找更注重价格而不是形象和创新的顾客"的企业（肯特、奥马尔，2004）。为了实现成本领先这一战略目标，企业需要通过运营程序标准化、商店布置、规模和经营商品的标准化等措施来提高店铺运营效率，并且严格控制商品购、存、销等流转过程的成本和费用。具体到物流方面，要求零售企业选择以整合物流环节、优化物流系统（包括内部物流活动和与供应链各成员之间的物流活动）、减少物流浪费、提高物流效率为目标的物流战略。相应地，企业的物流绩效目标也将以降低成本、提高物流投资回报率为核心。

2. 差异化战略指导下的物流绩效目标

差异化战略是指在一定的行业范围内，企业向顾客提供的商品或服务与其他竞争者相比独具特色，从而使企业建立起独特的竞争优势。就零售企业而言，差异化战略主要体现在通过不同于大众零售企业的商品组合与服务使顾客获得超额价值，并支付溢价（李诚，2007）。需要注意的是，实施差异化战略并不是说企业可以忽略成本因素。相反，"独特性"的额外价格必须超过由此而产生的额外成本，同时，也要考虑到与竞争者对等的问题。不过，对于奉行差异化战略的零售企业而言，其主要的战略目标不是成本。零售企业的差异化战略可以通过营销组合差异化和服务差异化来实现。与此相适应，该竞争战略指导下的物流战略选择通常以有效客户反应、快速响应等战略为主，从而使各环节的物流活动尽可能地满足顾客的特定需求。相应地，物流绩效目标以改进物流服务质量为核心。

3. 集中化战略指导下的物流绩效目标

与总成本领先战略和差异化战略不同的是，集中化战略不是谋求在整个行业范围内取得竞争优势，而是要求零售企业着眼于本行业内一个相对狭小的市场空间，为该市场空间内的顾客提供定制化服务。此战略的核心是企业要能够比竞争对手更有效地为较窄范围的目标顾客群服务。集中化战略有两种形式：一是成本集聚战略，即企业寻求在特定目标市场上的成本优势；二是差异化集聚战略，即企业追求在目标市场上的差异化优势。通常情况下，实施集中化战略的零售企业将依据自身特点和市场需求选择聚焦于成本优势，还是聚焦于差异化优势，并据此确定相应的物流战略。此时，物流绩效目标将视零售企业所选择的聚焦领域而以降低成本、提高投资回报率为核心，或以改进服务为核心。

第二节　零售企业物流绩效评价
指标体系的构建

评价指标是对评价内容的具体反映，回答的是"对评价客体的哪些方面进行评价"，即"评价什么"的问题。评价指标是绩效评价的依据，是绩效评价系统的核心要素。

根据权变管理理论，由于组织所处环境及组织系统自身的复杂性和动态性，不可能存在某种适用于所有情况和所有组织的普遍管理原则和方法，只能依据具体情况选择适宜的管理方式。实践中也不存在一成不变的、普遍适用的、"最好"的物流绩效评价指标，这就要求企业在充分考虑内外部环境的基础上"随机制宜"地构建物流绩效评价指标体系。但是，这种"随机制宜"并不等于否定在同类企业中存在较为通用的物流绩效评价指标，因为同类企业，尤其是具有相同物流模式的同类企业，在物流运作方面可能具有许多共同的特征。基于此，本研究将遵循系统观念和权变观念，提出构建零售企业物流绩效评价指标体系的基本思路，并在此思路指导下，提出基本的物流绩效评价指标。

一 构建零售企业物流绩效评价指标体系的基本思路

评价指标的选择要依据评价客体的特性和系统目标并按照系统设计的原则进行（王化成，2004）。根据所研究的评价客体（物流系统）的特性和评价主体（零售企业经营管理者）的评价目标，本书所构建的物流绩效评价指标体系从构成或性质上看，是一个包括财务指标和非财务指标、定量指标和定性指标在内的综合指标体系；而从结构上看，则是一个兼顾平衡记分卡各个维度、物流系统各功能要素和企业组织层级的三维立体结构。

如前所述，无论是定量评价还是定性评价都有其固有的优势和不足。只关注财务指标状况，容易造成企业的短期行为，影响其长远发展；而过分注重非财务指标，企业又很可能因为在财务上缺乏弹性而导致经营失败（孟建民，2002）。并且，从克服传统绩效评价指标体系单一性、增加指标体系权变性特征的角度来看，符合权变要求的指标体系必定是复合式的。根据权变管理理论的观点，在一个开放的、多变的环境中，没有一个统一的、不变的管理控制方法和标准，只有一种复合式的评价指标体系，才可能满足"随机制宜"的要求（贺颖奇，1998）。物流系统作为一个处在开放环境中的复杂系统，其绩效状况也很难通过某种单一的指标体系来反映。所以，零售企业物流绩效评价的指标体系应当是复合式的（或者说综合性的），这种复合性体现为：在整个指标体系中，既包括财务指标，又包括非财务指标；既包括定量指标，也包括定性指标。

　　笔者认为，评价物流绩效的指标体系应该是一个兼顾企业组织层级、物流活动流程，并以前述平衡记分卡五大类指标为支撑的三维立体评价指标体系（如图5—3所示）。首先，本研究是在平衡模式下构建物流绩效评价系统，确切地说，是在前述改进的平衡记分卡基础上构建评价系统，指标体系必然要包括前述五个具有内在联系的指标大类。其次，企业物流绩效评价的对象是物流系统，作为评价内容具体体现的评价指标必然要涵盖评价对象的主要方面，也就是物流系统的各功能子系统。再次，物流绩效评价的起点是对物流战略目标的分解，而战略目标层层分解的结果是形成自高层到基层的指标体系。这种三维立体结构，在组织层级的角度可以确保评价指标之间自上而下的纵向有机联系，在物流系统的角度可以确保指标体系覆盖主要的物流功能及各功能的整合，从平衡模式的角度可以确保评价指标能够兼顾短期绩效和长期绩效。

　　这种复合式的三维立体指标体系能够弥补现有研究成果多侧重于财务指标或流程性指标的不足，为零售企业评价物流绩效提供相对全面的备选指标集合。

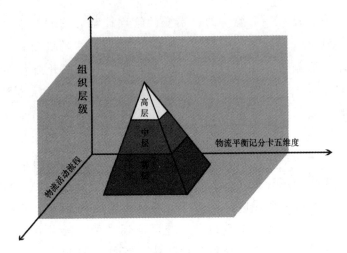

图 5—3 零售企业物流绩效评价指标体系的三维立体结构

二 零售企业物流绩效评价的基本指标

基于本研究所构建的平衡记分卡结构，本部分尝试性地提出五大维度的物流绩效评价指标,[①] 构成一个备选指标集合，企业可以根据其物流绩效评价实践的具体需求加以选择并进一步细分，最终形成自上而下、具有内在联系的评价指标体系。

1. 财务维度的基本评价指标

财务维度的指标与物流资产利用、盈利或收益、成本控制等方面有关。在理论上，任何物流活动都可以通过企业的财务

---

① 典型的零售物流是零售企业自营物流模式，因此，本部分提出的基本指标是基于自营物流模式的。在实践中，还存在着不同的零售企业物流模式。不同物流模式下的物流组织和管理活动的内容、方式存在差异。在自营物流模式指标体系的基础上可以衍生出供应商主导、物流商主导和共同主导模式下的物流绩效评价指标体系。这部分内容将在本章的最后一节讨论。

报表反映出来。但由于物流活动的各项费用散布在多个会计科目中，仅仅通过财务报表很难实现对物流活动财务绩效的评价。因此，还需要其他指标进行补充。

（1）物流净资产收益率。是指零售企业在一定时期内的净利润与平均物流净资产的比率，它体现了投资者投入物流方面的自有资本获取净收益的能力，反映了物流方面的投资与报酬的关系。其计算公式为：

$$物流净资产收益率 = \frac{净利润}{平均物流净资产} \times 100\%$$

通常情况下，物流净资产收益率越高，零售企业自有物流资本获取收益的能力越强，物流方面的运营效益越好，对企业投资者及债权人的保证程度也就越高。

（2）物流资产报酬率。是指零售企业在一定时期内获得的报酬总额与物流资产总额的比率，在无法获得精确财务数据的情况下，也可以简单地用企业利润除以物流资产价值。该指标表示企业包括物流净资产和负债在内的全部物流资产的总体获利能力，是评价企业物流资产运营效益的重要指标。其计算公式为：

$$
\begin{aligned}
物流资产报酬率 &= \frac{息税前利润}{平均物流资产总额} \\
&= \frac{净利润 + 所得税 + 利息费用}{(期初物流资产 + 期末物流资产) / 2}
\end{aligned}
$$

通常情况下，物流资产报酬率越高，物流系统投入产出的水平越好，企业的物流资产运营越有效。

（3）物流资产周转率。是指零售企业在一定时期内营业收入总额与物流资产总额的比值。它是综合评价企业全部物流资产经营质量和利用效率的重要指标。其计算公式如下：

$$物流资产周转率（次）= \frac{营业收入总额}{物流资产总额}$$

或

$$物流资产周转率（次）= \frac{营业收入净额}{平均物流资产总额}$$

企业投资于物流系统时，该指标可适时地反映出该项物流投资的投资效益。一般情况下，总资产周转率越高，周转速度越快，企业全部物流资产的管理质量和利用效率越高。该指标不但能够反映出零售企业本年度及以前年度总物流资产的运营效率及其变化，而且可以发现与同类企业在物流资产利用方面存在的差距，促进企业提高物流资产利用效率。

（4）物流流动资产周转率。物流流动资产周转率是指零售企业在一定时期内营业收入净额与平均物流流动资产总额的比值。该指标也是评价企业物流资产利用效率的主要指标。其计算公式如下：

$$物流流动资产周转率（次）= \frac{营业收入净额}{平均物流流动资产总额}$$

式中，平均物流流动资产总额＝（物流流动资产年初数＋物流流动资产年末数）/2。

通常，这一指标越高，表明企业物流流动资产周转速度越快，利用率越高。流动资产相对节约，可以起到增强物流企业盈利能力的作用。

（5）库存周转率。是一定时期内销售成本与平均库存的比率，用时间表示库存周转率就是库存周转天数。其计算公式如下：

$$库存周转率（次）＝\frac{销售成本}{平均库存}$$

$$库存周转天数＝\frac{360}{库存周转率}＝\frac{平均库存×360}{销售成本}$$

式中，平均库存＝（库存年初数＋库存年末数）/2。

库存周转率是评价零售企业购入存货、入库保管、销售发货等环节管理状况的综合性指标，该指标在反映库存周转速度及库存占用水平的同时，也反映了零售企业的运营状况。一般情况下，该指标越高，表示企业的运营状况良好，有较高的流动性，库存转换为现金或应收账款的速度快，变现能力强。

（6）不良物流资产比率。是指零售企业年末不良物流资产总额占年末资产总额的比重，是从企业资产管理的角度对物流资产运营状况进行的修正。计算公式如下：

$$不良物流资产比率＝\frac{年末不良物流资产总额}{年末资产总额}×100\%$$

式中，年末不良资产总额是指企业物流资产中难以参加正常经营运转的部分，包括三年以上应收账款、积压商品物资和不良投资等。年末资产总额是指企业资产总额的年末数。

不良物流资产比率主要反映零售企业资产的质量。一般情况下，该指标越高，表明企业用于物流方面的不能参加正常经营运转的资金越多，资金利用率越差。物流不良资产率等于 0 是最佳水平。

（7）物流资产增长率。是指零售企业本年总物流资产增产额与年初物流资产总额的比率。其计算公式为：

$$物流资产增长率 = \frac{本年总物流资产增长额}{年初物流资产总额} \times 100\%$$

式中，本年总物流资产增长额＝年末物流资产总额－年初物流资产总额，如果是负数则用"－"表示。

物流资产增长率是评价企业本期物流资产增长情况的指标。这一指标越高，表明零售企业在一个经营周期内物流资产经营规模扩张的速度越快。

（8）总物流成本。是指零售企业在经营过程中，消耗在物流业务方面的显性成本与隐性成本之和，包括物流活动成本和物流管理成本。与企业其他成本相对应，物流成本也可以分为直接成本、间接成本与日常费用。直接成本是那些为了完成物流功能所发生的专门费用，这类成本的确认比较容易，可以通过相关的费用单据进行计算或者从企业的日常会计账目中提取。间接成本一般不是为某项功能或作业单独发生的，在会计处理上通常会按照固定的比率进行分摊。但是在评价物流绩效时，如果需要对物流总成本指标进一步地细分，这种按照固定比率分摊的处理方式就很难清楚地揭示产生成本的原因和具体项目。所以，在细分指标时，可以考虑根据具体的物流功能或作业流程来进行分摊，以确定间接成本。日常费用是与具体物流活动和流程关联最不密切的一部分成本，在评价时，企业对这部分成本的处理可以酌情通过以下两种方式之一进行：一是确定一个较为合理的统一标准，将其分配到各项物流功能上，二是在日常费用占总物流成本的比例非常小的情况下，可以考虑不把这部分成本计算在内。

可以通过两种方法来计算这一指标。方法一，对评价周期内发生的各部分物流成本进行加总（包括仓储、运输、装卸搬运、包装、配送、流通加工等物流活动的总成本和设备、材料、人工等软硬件设施的购买、维修费用等），得到本期发生的总物流成本。这种方法的优点在于操作简单，缺点是无法对跨期发生的物流成本做精确计算，所得的结果误差较大。方法二，对每笔发生的订单进行跟踪，并以订单为单位计算各部分的物流成本。此方法的优点就是基于物流活动来计算成本，所得结果较为精确，但是对企业的信息系统要求较高。

用总物流成本除以本期销售的产品数量即可得到单位产品的物流成本。

2. 顾客维度的基本评价指标

顾客维度的基本评价指标体现了物流在顾客价值创造方面的绩效，具体包括与顾客满意和物流服务质量有关的评价指标。

（1）顾客满意度。顾客满意度指标是一个定性指标，但却是顾客维度中最重要的指标。它用于评价顾客对企业的物流服务是否满意以及在多大程度上满意，是零售企业赢得客户、留住客户、提高市场份额的关键因素之一。在具体评价实践中，通常需要对该指标做进一步分解，使其覆盖物流服务的各个方面，并且通过设计问卷和量表，对顾客进行调查，得到一定的指标值。

（2）一致性。一致性也是定性指标，是指零售企业的物流服务在时间和速度方面与顾客预期或要求之间的差异，或者是零售企业的物流服务在时间和速度方面的实际水平与承诺水平之间的差异。这一指标比单纯的时间和速度类指标更能够反映物流服务满足顾客需求、使顾客满意的程度。"基本的物流服务水平必须建立在达到客户期望和满足客户需求的基础之上"[①]，但在很多情况下，企业所面对的是具有不同物流服务需求的顾客，并不是所有的顾客都需要或者希望最快的速度、最短的时间周期，所以，尽可能地满足顾客的要求、兑现企业的承诺比一味地加快速度或缩短周期更重要，也更有意义。

（3）缺货频率。是指缺货发生的概率，可以将全部产品所发生的缺货次数加以汇总，或者根据商品类别进行统计。当需求超过货品可得性时就会发生缺货，缺货频率用于反映需求超过可得性的概率。对于零售企业而言，缺货会影响顾客的购买，有可能使其转向其他零售商完成购买行为。此外，较高的缺货频率高还有可能影响店铺形象。

（4）灵活性。灵活性也属于定性指标，是指零售物流应对特殊顾客服务需求和处理突发性事件的能力，可以用成功满足顾客特殊需求的次数占顾客特殊需求总量的比例和成功处理突发事件的次数占突发事件总数的比例来衡量。灵活性指标反映了物流系统的随机应变能力和为顾客提供真正高质量物流服务的能力。

3. 内部流程维度的基本评价指标

内部流程维度的指标是用以评价物流运作的效率和效果的

---

① 参见［美］唐纳德·J. 鲍尔索克斯、戴维·J. 克劳斯、M. 比克斯比·库珀《供应链物流管理》，李习文、王增东译，机械工业出版社 2006 年版。

指标，除了包括与物流系统的各个功能子系统运行绩效有关的指标外，还包括评价物流信息系统水平和运作绩效的指标。这一维度的指标因为涉及多个子系统，因而又可以分为以下几大类。

第一类，评价物流运作流程总体绩效的指标，具体包括：

（1）物流计划实施效果。该指标为一定性指标，是指物流活动实际实施效果与计划实施效果的相符程度，一般用百分数表示。这一指标反映了零售企业物流计划实施的总体绩效，可以通过企业的专业物流人员根据以往经验和实际情况进行判断得出。

（2）作业差错事故率。是指绩效评价周期内，企业物流运作过程中发生的差错事故项数与已经执行的业务总项数之比。尽管导致事故的原因可能是多方面的，但该指标仍然可以在很大程度上反映物流作业的质量，并且该指标可以细化到每一个物流作业功能或作业流程。

（3）物流人员劳动效率。是指在一定时期内，零售企业实际完成的物流业务总额与物流人员人数之比。物流运作的完成有赖于物流人员的日常工作，该指标反映了物流运作过程中对人力资源的利用情况。

第二类，评价运输活动绩效的指标，具体包括：

（1）运输工具满载率。是运输工具实际装载吨数与额定装载吨数之比，计算公式如下：

$$运输工具满载率 = \frac{运输工具实际装载吨数}{运输工具额定装载吨数} \times 100\%$$

这一指标反映了运输工具的容积和载重得到充分合理利用

的程度。较高的运输工具满载率，意味着能以较少的运输工具装载更多的货物，能在为企业带来经济效益的同时，为社会带来一定的环保效益。

（2）准时运输率。是准时运输作业次数与运输作业总次数的比值，计算公式如下：

$$准时运输率 = \frac{准时运送次数}{运输总次数} \times 100\%$$

该指标反映了商品实际运达时间符合预定运达时间的运输作业次数，是评价物流作业质量的指标。准时运输率越高，表明运输作业在时间方面满足顾客需求或实现对顾客承诺的能力越强。

（3）商品运输量。是评价周期内，运输作业所运送的商品数量。这一指标从数量上反映了企业的运输能力，其计算可以以实物重量为计量基础，也可以以运送商品金额为计量基础。其计算公式如下：

以实物重量为计量单位

$$商品运输量（吨） = \frac{商品件数 \times 每件商品毛重（公斤）}{1000}$$

以金额为计量单位

$$商品运输量（元） = \frac{运输商品总金额}{该数商品每吨的平均金额}$$

（4）运输作业事故频率。是绩效评价周期内运输过程中出现事故的次数与运输工具行驶总里程数之比。该指标反映了运输活动的安全作业绩效，指标值越小，表明企业运输作业的安全程度越高。

$$运输作业事故频率（次/万公里）=\frac{评价周期内事故次数}{评价周期内总行驶公里/10000}$$

（5）运输工具完好率。是评价周期内参与运营的运输工具完好天数与评价周期内运输系统运营天数之比。该指标反映了运输工具正常运营的情况，也从一个侧面反映了运输工具维护保养方面的绩效。

$$运输工具完好率=\frac{评价周期内运营运输工具完好天数}{评价周期内运输系统运营总天数}\times100\%$$

（6）运输工具利用率。是绩效评价周期内投入运营的运输工具运营总天数与评价周期内运输系统运营天数之比。这一指标从运营时间方面反映了运输工具的利用情况，常用于评价运输活动的效益。

$$运输工具利用率=\frac{评价周期内运输工具运营总天数}{评价周期内运输系统运营总天数}\times100\%$$

（7）吨位产量。是评价周期内运输子系统完成的商品周转量与平均运力的比值。该指标反映了每吨位运力的产出，也从数量上反映了企业运力的利用情况，是评价运输系统效益的指标。每吨位产量越高，说明企业的运输能力发挥得越好。

$$吨位产量 = \frac{评价期内完成的周转量}{评价期内平均运力}$$

第三类，评价仓储作业绩效的指标，具体包括：

（1）仓库面积利用率。是仓库的可利用面积与仓库建筑面积的比值。该指标反映了仓库资源的平面利用程度，可以比较粗略地反映仓库资源的利用情况。

$$仓库面积利用率 = \frac{仓库可利用面积}{仓库建筑面积} \times 100\%$$

（2）仓容利用率。是评价周期内库存商品的实际数量或容积与仓库额定数量或容积之比。该指标反映了仓库资源的空间利用程度，能够比较准确地反映仓库资源的实际利用情况。

$$仓容利用率 = \frac{库存商品实际数量或容积}{仓库额定数量或容积} \times 100\%$$

（3）仓储设备完好率。是评价周期内仓储作业设备完好台数与同期投入使用的仓储作业设备总数之比。该指标反映了仓储作业设备正常运营的情况，也从一个侧面反映了仓储作业设备维护保养方面的绩效。

$$仓储设备完好率 = \frac{仓储作业设备完好台数}{投入使用的仓储作业设备总数} \times 100\%$$

（4）仓储设备利用率。是评价周期内，投入运营的仓储作业设备的实际工作时数与额定工作总时数（能力）之比。该指标反映了仓储作业设备的利用效率，指标值越大，说明对仓储作业设备的利用程度越高。

$$仓储设备利用率 = \frac{投入运营仓储设备的实际工作时数}{投入运营仓储设备的额定工作时数} \times 100\%$$

（5）仓库吞吐能力实现率。是评价周期内仓库实际吞吐量与设计吞吐量之比。该指标动态地反映了物流系统的仓储能力和质量水平。

$$仓库吞吐能力实现率 = \frac{评价周期内仓库实际吞吐量}{仓库设计吞吐量} \times 100\%$$

（6）进发货准确率。是评价周期内仓库准确进出货总量与仓库吞吐总量之比。这一指标反映了仓储作业，尤其是进发货作业的准确程度。

$$进发货准确率 = \frac{评价周期内总吞吐量 - 出现差错总量}{评价周期内仓库总吞吐量} \times 100\%$$

（7）库存周转率。是反映企业库存商品的周转速度和仓储作业效率的重要指标。该指标对于分析和评价仓储绩效有重要意义。该指标值越大，说明库存商品的流通越快，物流效率越高。在实践中，评价仓储绩效时，该指标的计算公式如下：

$$库存周转率 = \frac{使用数量}{库存数量} \times 100\%$$

需要注意的是，使用数量并不等于出库数量，因为出库数量中包括一部分备用数量。

此外，也可以以金额来计算库存周转率：

$$库存周转率 = \frac{使用金额}{库存金额} \times 100\%$$

同样道理，式中的使用金额也不等于出库金额。

当需要计算特定期限之内的库存周转率时，需要使用下列公式：

$$库存周转率 = \frac{某期间的出库总金额}{(期初库存金额 + 期末库存金额) / 2} \times 100\%$$

第四类，评价配送作业绩效的指标。对于那些实行跨区域发展的零售企业来说，商品的配送是物流活动的重要环节，主要包括两个方面，一是由区域配送中心向各个连锁分店进行的商品配送，二是由连锁分店向最终顾客进行商品配送的过程。在考评实践中，存在着共同的关键绩效指标。具体包括：

（1）单位时间处理订单数。是评价周期内每一单位时间（小时或工时）处理订单的数量。该指标反映了配送作业的效率。指标值越大，说明单位时间内处理订单的数量越多，速度越快，配送作业的效率越高。计算公式如下：

$$单位时间处理订单数 = \frac{订单数量}{每日分拣时数 \times 工作天数}$$

（2）单位时间分拣货品项目数。是评价周期内每一单位时间（小时或工时）分拣货品的数量。该指标也是用于评价配送作业效率的指标。指标值越大，说明单位时间内分拣的货品的数量越多，配送作业的效率越高。

$$单位时间分拣货品项目数 = \frac{订单数 \times 每张订单平均品项数}{每日分拣时数 \times 工作天数}$$

（3）分拣错误率。是评价周期内处理失误的订单数与处理订单总数的比值。该指标反映了配送作业的质量。指标值越小，说明配送业务的正确程度越高，作业质量也越高。

$$分拣错误率 = \frac{分拣错误订单数}{订单总数}$$

（4）配送延迟率。即评价周期内所配送货品到达目的地的时间与预定时间产生偏差的频度。

$$配送延迟率 = \frac{评价周期内配送延迟次数}{评价周期内配送总次数}$$

该指标反映了配送作业满足顾客时间要求或兑现企业时间承诺的能力。配送延迟率高会带来两个方面的危害：一是导致交货延迟，损害顾客满意度；二是打乱运输计划表，在回程车辆已有载货安排的情况下，到达时间的误差就有可能导致回程空载的发生。

（5）平均配送延迟时间。是评价周期内配送延迟时间累计与配送延迟次数之比。

$$平均配送延迟时间 = \frac{评价周期内配送延迟累计时间}{评价周期内配送延迟次数}$$

该指标是对配送延迟率指标的补充。配送延迟率只反映了配送延迟发生的频率，但是延迟时间的长短不同所导致的危害程度也是不同的。因而，平均配送延迟时间能够更为准确地反映配送业务的延迟情况。

第五类，评价物流信息系统运行绩效的指标，具体包括：

（1）物流信息系统水平。为定性指标，是指硬件的配备水平、软件的先进程度、信息流量以及信息系统的适应性（即系统是否与企业现有的技术资源、竞争环境、发展战略等相匹配）。该指标是用于评价信息系统的先进程度和适用程度的综合性指标。

（2）信息准确率。是绩效评价周期内，物流信息系统运作过程中信息活动的准确次数与信息活动总次数之比。该指标用于评价信息流程的准确程度，其计算公式如下：

$$信息准确率 = \frac{信息活动的准确次数}{信息活动总次数} \times 100\%$$

（3）信息及时率。是绩效评价周期内，物流信息系统运作过程中信息活动的及时次数与信息活动总次数之比。该指标用于评价信息流程的及时程度，其计算公式如下：

$$信息及时率 = \frac{信息活动的及时次数}{信息活动总次数} \times 100\%$$

（4）信息共享水平。为定性指标，是指物流信息共享的级别和范围。该指标反映了对物流信息的利用情况。

4. 创新与成长维度的基本评价指标

创新与成长维度的基本评价指标与企业的长期物流绩效有关，具体包括物流人员的能力素质、内部学习环境、物流创新能力等方面的相关评价指标。

（1）物流人员的能力素质。该指标为定性指标，是指零售企业物流从业人员在学习、创新和团队合作等方面的能力。为了便于进行计算和对比，可以考虑以十分制或百分制对该指标进行量化。也可以考虑以各学历层次的员工人数占物流人员总数的比例、获得国家相关职业资格认定的员工人数占员工总数的比例作为参考指标或替代指标。

（2）员工培训率。是企业每年培训物流人员数量占物流人员总数的比例。该指标在一定程度上反映了零售企业对物流人员能力提高的重视程度，从一个侧面反映了企业的软性学习环境。

（3）员工培训时数增长率。是指一定时期内物流人员接受各种内外培训的总时数与上一个评价周期相比的增长率。定期培训不但可以提高员工迅速捕捉市场信息及提取有用信息的能力，而且还利于员工之间的相互交流，建立和谐的工作氛围。员工培训时数增长率指标可在一定程度上反映零售企业对经常性物流人员培训工作的重视程度。

（4）员工满意度。该指标为一个定性指标，用于反映物流人员对企业环境、管理者、企业福利及薪酬、激励政策等方面的满意程度。

（5）新技术开发数。是指评价周期内引进或改进的物流技术的总次数或总项数。这一指标从数量上反映了零售企业在物流技术创新方面的绩效。

（6）新技术应用成功率。是指一定时期内应用成功或改进成功的物流技术项数占引进或改进物流技术总项数的比例。该指标从质量上反映了零售企业在物流技术创新方面的绩效。

（7）流程改进次数。是指评价周期内物流流程再造和改造的次数。该指标从数量方面反映了物流流程改进的绩效。

（8）流程改进成功率。是一定时期内物流流程再造和改造成功的次数占流程再造和改造总次数的比例。这一指标从质量方面反映物流流程改进的绩效。

5. 社会责任维度的基本评价指标

在本研究中，社会责任维度的基本指标主要是与环境保护有关的指标。

（1）能源消耗率。是指一定时期内零售企业在物流运营过程中的总能源消耗额占该时期总收入的百分比。该指标反映了零售物流活动对能源的消耗情况。指标值越小，说明获得单位收入的能源消耗越少，也说明企业对能源的利用情况越好。

（2）绿色包装使用率。是指物流过程中使用的环保型和可循环型包装材料占所使用总包装材料的比率。包装是物流的主要功能之一，大部分包装属于耗材，是物流活动中产生环境污染的一个主要来源。使用环保型包装材料或者箱、包、桶等标准化、可循环利用的包装容器，一方面可以减少对环境的污染，另一方面还可以提高物流作业效率。

（3）清洁燃料使用率。是指物流过程中所使用的清洁型燃料数量占使用燃料总数量的比率。这一指标与运输排放方面的指标有一定的关联，反映了运输过程的环保程度。

（4）运输排放达标率。是指达到国家有关运输排放规定的运输工具占所有运输工具的比率。这一指标与清洁燃料使用率有一定关联，也反映了运输过程的环保程度。

（5）环保投资率。是企业在环保方面的投资占总投资的比率。物流环境基础设施、技术、设备水平等决定着物流活动降低环境污染的能力，因此，环保方面的投资从总体上提高零售物流的绿色程度。

（6）退货利用率。是被重新利用的退货数量占总退货数量的比率。为了更好地满足顾客需求，零售环节不可避免地会产生一定数量的退货。退回的货物虽然对于零售企业本身没有实际用处，但货品本身是有价值的，如果不能实现对退货的再利用，就会造成资源浪费。因此，退货利用率指标从另一个侧面反映了企业对资源再利用的情况。

第三节　零售企业物流绩效评价标准的确定

一　常用的绩效评价标准

绩效评价标准具有规划、控制、激励和考核等功能。绩效评价标准是否合理有效不仅影响资源的配置，还影响企业激励与约束机制的构建及运行效果（许瑛，2002）。在企业绩效评价实践中，常用的绩效评价标准有以下几种类型。

1. 历史标准

历史标准是以企业过去的绩效为基础制定的评价标准。此类标准在具体运用中有三种方式：将当前绩效评价期间的实际绩效与上年实际绩效相比较、与历史同期绩效相比较或与历史最高绩效水平相比较。历史标准反映了企业曾经达到的绩效水平，采用此类标准能够评判企业的绩效状况是否有所改善，具有可比性强的优势。但是，历史标准仅仅适用于企业自身的纵向比较，难以体现企业在行业中所处的实际地位和发展水平，有可能产生管理层的"内视"，不利于企业的市场竞争；并且，历史标准只反映了过去的绩效状况，而企业的经营环境是不断变化的，各个绩效期间的组织背景不可避免地存在差异，当这种差异较为显著时，以历史标准作为评价标准就有可能产生较大偏差。此外，过去的业绩中有可能含有某些不合理因素，以此为依据，实际上等于认可了公司过去的不足，并将其不足作为合理成分延续至今甚至今后。

2. 经验标准

经验标准是在长期实践中总结出来的、被实践证明比较合理的标准，也就是说，此类标准的形成经过了大量实践经验的检验。经验标准具体包括绝对标准和相对标准，例如，全部收入应该大于全部成本、资产总额大于负债总额等属于绝对标准；流动比率等于 2 最好，速动比率等于 1 最好则属于相对标准。经验标准具有一定的公允性和权威性，在企业绩效评价中具有一定的适用价值，尤其对于那些难以通过其他方法设置评价标准的指标而言（如某些非财务指标）。但是，经验标准最大的缺点在于其体现了一种普遍情况，不能区分不同行业、不同企业及其组织背景，没有反映特定组织背景存在的特殊性（池国华，2005）。

3. 行业标准

行业标准是以企业所处行业的同类指标的特定数值作为绩

效评价标准。实践中的具体形式有以下三种：一是以同行业公认的指标值作为评价标准；二是以同行业的先进水平指标值作为评价标准；三是以同行业平均水平的指标值作为评价标准。行业标准有利于企业进行横向的绩效比较，可以在一定程度上揭示本企业与同行业其他企业的差距，反映企业竞争地位的变化，并且可以激发管理者关注企业竞争地位的动机。霍姆斯特姆（Holmstrom，1982）建立的相对业绩评价（RPE）理论即倡导以行业平均水平为基础来进行绩效评价。该理论认为，以本行业中其他企业的平均业绩作为评价标准，可以过滤行业中的系统风险和共同风险，尤其当行业中企业数量较多时，有效性更高。但是，霍姆斯特姆也指出，在应用行业标准时，很难找到一个在各方面都非常相似的横向比较对象。此外，采用行业标准时还会面临信息的可得性问题，除非行业信息的披露比较完备，否则企业或者无法获得确定标准所需的信息，或者在不完全信息基础上确定评价标准，无论哪一种情况都会对评价结果的有效性产生影响。

4. 预测标准

预测标准即预先确定好的标准或预算标准，是企业力争要达到的业绩标准，企业事先确定的目标、计划、预算、定额等都可以看作是预测标准。如果准备得仔细充分的话，此类标准应该是最好的正式标准（许瑛，2002）。预测标准可以将行业标准和历史标准相结合，具有一定的合理性，能够较为全面地反映企业的状况（池国华，2005）。通过与预测标准的对比，可以发现实际业绩与目标业绩之间的差距。弗里德里克森（Fredrickson）等学者（1993）做了一项实验，对以产出为基础和以预算为基础的两种评价方法进行了分析，指出以产出基础评价会使决策者做出不正确的结论，原因在于：产出（利润、销售额、产量等）受其他因素的影响；而以预算手段为基础，将实际业绩与预算业绩比较可以更好地反映经营者的努力情况。但是，使用预测标准的基本前提是预测（或预算）是准确的。在变化莫测的经营环境下，预算很难做到面面俱到，而且往往不是对未来态势的最准确估计，而是预算制定者和预算执行者间讨价还价的结果（支晓强，2000）。此外，构建并维持一个良好的预算体系，成本是非常高昂的。

5. 竞争标准

竞争标准是企业基于竞争战略的需要而制定的评价标准。竞争标准与行业标准有许多相似之处，但是它强调的是与同行业中最优秀的公司比较，与本公司最主要的竞争对手比较。在企业绩效评价实践中，"标杆"成为竞争标准的代名词（王化成，2004）。

所谓标杆（Benchmark），最早是指工匠或测量员在测量时作为参考点的标记，泰勒在他的科学管理实践中采用了这个词，其含义是衡量一项工作的效率标准，后来这个词渐渐衍生为"基准"或"参考点"。此处代表竞争标准的"标杆"二字来源于以"追求卓越"为核心的标杆管理（Benchmarking）①。

标杆管理起源于 20 世纪 70 年代初美国学习日本的运动中，由美国施乐公司首先提出，是现代西方发达国家企业管理活动中支持企业不断改进和获得竞争优势的最重要的管理方式之一，与企业再造、战略联盟一起并称为 20 世纪 90 年代三大

---

① Benchmarking 被译为定标比超、基准管理、定点超越、标杆瞄准、竞争基准、标杆制度、标杆管理等。本书采用目前较为通行的称谓"标杆管理"。

管理方法（邓爱民，2006）。标杆管理的核心思想是不断寻找和研究业内外一流企业的最佳实践，以此为基准，将本企业的产品、服务和管理等方面的实际情况与这些基准进行定量化评价和比较，分析这些基准企业的绩效达到优秀水平的原因，结合自身实际加以创造性地学习、借鉴并选取改进的最优策略，从而赶超一流企业或创造优秀业绩。代表竞争标准的"标杆"实际上是一种"卓越标准"，阐释了同类业务或流程的最优绩效水平。

在实践中，标杆管理的操作有四种类型，与之相对应，用作评价标准的"标杆"也有四类：第一类是内部标杆，即以企业内部操作为基准，辨识企业内部最佳职能或流程及其实践，以这种内部的最佳绩效水平作为评价标准，将实现卓越绩效的实践经验推广到组织的其他部门。第二类是竞争标杆，竞争标杆以竞争对象为基准，是真正意义上的竞争标准。此类标杆的确定是分析与本企业有相同市场的企业在产品、服务和工作流程等方面的绩效与实践，以此作为比较基准，是一种直接面对竞争对手的标杆。第三类是功能标杆，功能标杆是以行业领先者或某些企业的优秀职能操作为基准，其理论基础是任何行业均存在一些相同或相似的功能或流程，都有可供借鉴的优秀之处。第四类是通用标杆，即以最佳工作流程为基准，确定此类标杆的分析对象是类似的工作流程，而不是某项业务与操作职能或实践，因此，可以跨不同类型的组织进行。其理论基础是即使完全不同的行业，功能、流程也会存在相同或相似的核心思想和共通之处，这些相同或相似方面的优秀经验也是可供借鉴的。

标杆管理背后的主要动机来自于对卓越表现的追求以增强企业在市场中的竞争能力。其核心思想是承认这样一个事实：

世界上某个地方的一些企业和组织能够以更高的效率、更优秀地完成相同的运营流程或提供相同的产品，这种"世界一流"的运营流程能够成为同类流程的"标杆"［罗杰斯等（Rogers et al.），1995］。作为绩效评价标准，这种代表卓越表现的"标杆"具有明显的优势。

首先，"标杆"的选择范围和应用范围比较广泛，可以针对不同类型的指标确定评价标准。从标杆管理的实践来看，作为比较基准的"标杆"可以来源于企业内部（内部标杆），也可以来源于企业外部（外部标杆）。这就意味着，零售企业既可以以内部各部门、分支机构、运营单位在物流运作和管理方面的优秀实践和卓越绩效为依据确定评价标准，又可以以外部其他企业（同行业或跨行业）在物流运作和管理方面的优秀实践和卓越绩效为依据确定评价标准，并且可以适用于包括物流资产计量、物流成本、物流作业效率、物流作业流程、物流服务的顾客满意度、物流作业方式（行为指标）、物流人力资源管理在内的各个方面，同时，这种内外部标杆既可以体现为财务标准，又可以体现为非财务标准，也就是说，标杆管理为公司经理们提供了一套可以用于任何评估标准的方法（杜胜利，1999）。

其次，确定标杆的过程为企业提供了加深自我认识的机会。标杆管理要求企业进行严格的自我评价，找到自己的不足（巴奇，1996）。在确定标杆之前，企业必须首先对本企业的内部运作情况进行详细而深入地分析，这种分析在客观上要求所有部门、所有员工都对各自的职责、业绩状况进行检视和盘点，对各部门和企业目前的状况有较为全面的把握。这意味着上至管理人员，下至普通员工都要参与到绩效评价中来，这种共同参与在一定程度上有利于绩效评价的顺利开展。而对本企业优劣势的充分了解，对于制定合理的评价标准也具有重要意义。罗杰斯等学者（1995）的研究表明，管理者和员工的充分参与、识别并理解公司自身的内部流程可以带来许多方面的绩效改善。

最后，也是最重要的一点，外部标杆可以引导企业保持外向视角，追求绩效的不断提高。之所以有越来越多的企业引入标杆管理，除了其有益于提高生产率和竞争地位的潜力之外，还因为这种从外部获取信息的方式可以使企业认识到"能够达到的最优绩效水平"，并识别实际绩效与最优绩效之间的差距（罗杰斯等，1995）。经过一段时间的运作，任何企业都有可能将注意力集中于寻求增长的内在潜力，形成固定的企业文化（张乐乐等，2006）。许多企业在达到一定的绩效水平后有可能因为自满而徘徊不前，但这样的企业未必会出问题，因为它们的确具备了一定程度的市场优势。但是，"自满"意味着企业的资源未能得到充分利用，采用预算标准或历史标准就有可能出现这种情况（许瑛，2002）。企业运营的绩效永远是动态变化的，持续追求最佳才能够持续地获得竞争优势。外部标杆的引入可以使企业认识到之前认为不可能实现的重大改进，迫使企业持续关注同行业或跨行业的最优实践，有助于克服企业内部经营的"近视症"。

尽管标杆标准有上述诸多优势，但在具体运用过程中，也会面临许多问题。与历史标准的采用类似，内部标杆容易导致企业的内向视野，产生封闭思维；竞争标杆的确定要求全方位地掌握竞争对手的大量信息，而除了公共领域的信息容易接近外，竞争对手一些核心信息很难获得；跨行业或跨组织类型选择标杆在一定程度上可以解决敏感信息不易获得的问题，但要求企业投入较多的资源对标杆对象的整个运作流程和具体操作进行全面而详细的了解。

二 确定零售企业物流绩效评价标准的思路

不同类型的绩效评价标准各有利弊，选择何种类型的评价标准是物流绩效评价实践中的基本问题之一。在现有的五类常用评价标准中，历史标准、预算标准属于内部标准；经验标准、行业标准和竞争标准属于外部标准。墨菲（2000）的研究表明，内部决定的评价标准受到当前或以前年度管理活动的直接影响，带有一定程度的主观性，而外部决定的评价标准却不易受到影响。并且，"企业在绩效评价中所用的主观标准越多，且强调单一结果的评价，或者行为和评价之间的时间拖得过长，则员工参与政治行为且蒙混过关的可能性越大"[①]。外部标准的客观性相对较高，并且能够通过与其他企业的比较不断学习提高，但在信息收集和分析方面的投入较大。

因此，对于本研究构建的多指标综合评价体系，某种单一的评价标准并不能完全满足零售企业的物流绩效评价要求，而是需要遵循权变观念，根据评价目标和不同类型指标的特点来确定评价标准组合。从零售企业改进物流绩效、提高核心竞争能力、实现持续发展的角度而言，笔者认为，以标杆管理的核心思想为基础，依具体情况进行多种标准的组合是一种较为适当的确定物流绩效评价标准的思路。

作为一种绩效评价标准，标杆的最大优势体现在它代表了一种"优秀标准"，符合企业追求卓越，获取并保持市场竞争

---

①　［美］斯蒂芬·P. 罗宾斯：《组织行为学精要》，郑晓明译，机械工业出版社 2000 年版，第 243 页。

优势的战略要求。这种基于对最佳实践的分析所确定的评价标准能够引导企业突破职能分工界限和企业性质与行业局限，重视实际经验，强调具体的环节、界面和流程，在全行业甚至更广阔的全球视野上寻找比较基准。以标杆管理的核心思想作为确定物流绩效评价标准的基础，可以使零售企业在充分认识自身物流运营状况的基础上，以行业内外一流的物流绩效为标准，追求物流绩效的持续改进。在确定物流绩效评价标准的具体实践中，不可避免地会面临竞争者的信息保护问题，难以在短时间内获得标杆企业的有关信息。这就要求零售企业遵循权变观念，以一定的程序，针对不同的指标类型确定评价标准值。

　　具体而言，首先要在收集内外部相关信息和数据的基础上分析企业的物流运作状况。这种分析包括两个方面：一是结合企业物流现状和历史数据所做的纵向分析，即自我分析；二是对来源于外部的信息和数据进行横向对比分析，这些外部信息包括其他零售企业的物流运营绩效信息（如果可以得到的话）和非零售行业企业的物流运营绩效信息。综合纵向、横向分析的结果，根据企业（物流）战略目标和其他组织背景变量，确定内外部评价标准。

　　一般情况下，对于某些行业通用的指标，如财务指标，其标准的设置可以采用行业标准或行业标杆。如果企业在某些通用指标上的历史绩效水平低于行业标准，应该考虑以行业标准作为绩效标准；如果高于行业标准，则可以考虑采用行业标杆作为绩效标准。对于某些特定的物流绩效指标，即那些具有企业自身特色的物流运作方式、流程等的指标，应该考虑历史标准和预测标准的结合运用，即在历史标准的基础上采用科学的预测方法确定评价标准值。对于那些具有竞争性的评价指标，如物流创新方面的指标，可以酌情选择竞争标杆、功能标杆或通用标杆，这样有利于企业物流运作和管理的长远发展。

需要注意的是，在理论上，外部标杆的确定以竞争对手，尤其是那些面对同样市场机会、具有相同或相似物流模式、物流运作流程的直接竞争对手为基础对企业物流绩效的改进最有意义。但是，也正是由于这种直接的竞争关系，信息具有高度的商业敏感性，不易获得真正有用或是准确的资料。因此，企业可以考虑选择通用标杆，即把视角转向不存在竞争关系甚至是具有合作关系的企业，如生产企业、批发企业、供货商、与本企业签约的第三方物流服务提供商，等等，只要该企业的物流运营与管理有卓越之处，即可成为标杆对象。在选择时仍需要注意标杆企业在物流运作方式、流程等方面与本企业的物流运作方式、流程是否具有相似的特点。否则，据之所设定评价标准不仅对企业的绩效改善无益，还有可能对企业的物流绩效产生负面影响。

第四节　零售企业物流绩效评价方法的选择

如前所述，本研究所构建的是一种多指标的综合绩效评价体系，因此，需要以综合评价方法来获得最终评价结果。然而，由于指标的多样性，在运用这些方法进行物流绩效评价的过程中，不可避免地会遇到一些影响评价结果的技术性问题，这些问题和相关的因素是企业在方法选择时需要考虑的。

一 常用的综合绩效评价方法

1. 专家评分法

专家评分法是一种定性与定量相结合的评价方法（裴学军，2000）。它的操作步骤通常是：根据评价对象的具体要求确定若干评价指标，参与评价的专家对照事先设定的标准为每个指标赋予一定的分值，最后以得分多少来判断评价对象的优劣。

专家评分法的记分方式有多种，具体包括：加法评分法（$S=\sum_{i=1}^{n}S_i \rightarrow$ 最大化），连乘评分法（$S=\prod_{i=1}^{n}S_i \rightarrow$ 最大化），加乘评分法（$S=\prod_{i=1}^{n}\sum_{j=1}^{n}S_{ij} \rightarrow$ 最大化），以及加权评分法（$S=\sum_{i=1}^{n}S_iW_i \rightarrow$ 最大化）。以上几种记分方法的使用视评价对象的具体情况而定：如果对灵敏度要求较高，可以选择连乘评分法；如果对灵敏度的要求不太高，且各个指标的重要程度差别不大，可以选择加法评分法；对于指标之间的重要程度差异较大的情况，则必须选择加权评分法。

与其他操作复杂的绩效评价方法相比，专家评分法最大的优点就在于操作简单、直观。但是，该方法主要依靠专家的主观经验对指标进行赋分，因而主观性也比较强。所以，在运用专家评分法进行绩效评价时，专家的选择是关键。总体而言，既要确保参与评价的专家有丰富的理论知识和实践经验，又要尽可能地保证其不受某些主观因素的干扰而影响评价的客观性（邓小红，2009）。具体而言，需要考虑以下几个方面：首先，所选择的专家应是绩效评价领域的权威，或者在该领域有较为丰富的工作经验，否则很难区分出各项指标之间的细微差别。其次，参与评价的专家必须熟悉零售行业、零售企业以及企业物流的特点，因为同一指标在不同行业的重要性不同，有时甚至存在很大差异。再次，所选择的专家应熟悉本企业的运营状况和经营战略，否则评价结果很难反映企业实际。

作为一种主要依赖于经验进行判断的评价方法，要完全避免主观性的影响是很困难的。在可能的情况下，可以借助一定的数理统计方法，对专家评价的结果进行修正。例如，可以引入修正加权（史本山、文忠平，1996）。修正加权是针对行为决策中，行为决策人所存在的非理性偏好，采用评分结果的趋同值对专家的权重进行修正，[①] 以加重评分中的理性偏好成分，减轻非理性偏好成分，使结果趋于公正合理。具体思路是：最初假定所有参与评价的专家意见具有同等重要性，即对每位专家的意见均赋初始权值1，然后以评分结果为依据，寻找修正权，通过修正专家意见权值的大小来抑制专家在评分中的非理性偏好。若某位专家在评价中具有较高的理性偏好，即其评分值接近于公众理性值，则加大其意见的权重；若某位专家在评价中具有较高的非理性偏好，即其评分值远离公众理性值，则减小其意见的权重，以使最终评分结果公正、合理，更接近于事实。修正加权法在应用中通常采取逐次加权修正，进行迭代计算，直至 $\overline{X}^{(n+1)} = \overline{X}^n$。

2. 综合判断法

综合判断法属于定性评价方法，是评价人员遵循独立、客观、公正的原则，利用已有的知识、经验和分析判断能力，参照一定的标准，从不同侧面对评价对象进行质的分析，描绘出评价对象的总体特征（王化成，2004）。

在零售企业物流绩效评价中应用综合判断法，需要由评价

---

① 这种趋同值实际上代表了一种"公众性"，即大多数人趋同的意见。

人员（通常是企业高管、物流部门或运营部门、采购部门的管理人员）根据企业物流活动运作的实际情况，按照评价工作制度的规定，充分发挥其在物流管理和绩效评价方面的知识和经验，综合考虑影响企业物流绩效的各种潜在因素或非计量因素，参照事先确定的评价标准，对企业物流绩效评价指标体系中定性指标所反映的内容及其他相关因素进行深入、广泛地研究和分析，以此形成评判意见，然后由评价活动的组织者对评价人员的意见进行综合，形成对企业物流绩效整体情况的总体判断。综合判断法简单方便，具有较大的灵活性，易于使用，但评价的主观性较强。

3. 综合指数法

综合指数法是根据指数分析的基本原理，计算各项评价指标的单项评价指数和加权评价指数，据之进行综合评价的方法。运用综合指数法进行绩效评价的基本公式为：综合评价指数＝∑（某单项指标实际值×指标权数/该项指标标准值）/总权数，具体步骤为：

第一，根据评价目的，选择用于各项评价指标对比的标准数值。该评价标准值可以是计划值、上期数值或同行业先进值。

第二，把各项指标的实际数值与标准数值进行对比，计算各项指标的评价指数。在计算指数时，要区分评价指标的类型。通常，评价指标按其性质不同，可分为正指标、逆指标和适度指标。正指标是指数值越大，绩效越好的指标；逆指标是指数值越小，绩效越好的指标；适度指标是指数值在某一范围内较为恰当的指标，过大或过小都不好。

对于正指标和逆指标，可分别按以下公式计算评价指数：

$$正指标评价指数 = \frac{某项评价指标实际数值}{某项评价指标标准数值} \times 100\%$$

$$逆指标评价指数 = \frac{某项评价指标标准数值}{某项评价指标实际数值} \times 100\%$$

对于适度指标，可以视具体情况，通过特定的处理方法，将其转换为正指标或逆指标。[①]

第三，根据各项评价指标在绩效评价中的重要程度确定相应的权数。

第四，用加权算术平均数指数公式计算综合评价指数，依据其数值大小对被评价对象绩效的高低进行综合评价。其计算公式为：

$$S = \frac{\sum_{i=1}^{n} S_i W_i}{\sum_{i=1}^{n} W_i}$$

上式中，S 为综合评价指数，S_i 为某项评价指标指数，W_i 为某项评价指标的权数，n 为评价指标项目数。当 $\sum_{i=1}^{n} W_i = 1$ 时，$S = \sum_{i=1}^{n} S_i W_i$

———————

① 对适度指标值 x_1，…，x_n，假定最合适的值是 a，离 a 偏差越大越不好，因此，$|a - x_i|$ 就反映了 x_i 不好的程度，它就相当于一个逆指标值，于是 $x'_i = \frac{1}{1 + |a - x_i|}$ （i=1，2，…，n）就是一个正指标。如果适度指标的偏差在正负方向的左右是不对称的，那么用 $|a - x_i|$ 来衡量就会有问题，可以用 $(a - x_i)$ 或 $|a - x_i|$ 乘以适当的系数来调整。

4. 功效系数法

功效系数法也称为功效函数法，是一种常见的定量评价方法。该方法根据多目标规划原理，对每一项评价指标确定一个满意值和不允许值，以满意值为上限，以不允许值为下限，计算各指标实现满意值的程度，并以此确定各指标的分数，再经过加权几何平均进行综合计算，从而对评价对象的综合绩效状况进行评价（徐永东，2004；池国华，2006；吕洪波，2009）。运用功效系数法进行绩效评价，通常要遵循以下几个步骤（李梅英、温素彬，2000；陈凤英、马成文，2003）：

第一，确定各项指标的满意值、不允许值和标准值。通常，满意值是指各项指标在评价对象中可能达到的最高水平，不允许值是指各项指标在评价对象中不应该出现的最低水平。在对不同企业间绩效进行横向比较时，各项评价指标的标准值可以采用全国或地区同行业该项指标的平均值；在对同一企业不同时期绩效进行纵向比较时，各项评价指标的标准值可以采用企业某一固定期该项指标的实际值。

第二，计算各指标单项评价分数。其基本计算公式为：某指标评价分数＝60＋该指标功效系数×40。需要注意的是，评价指标的性质不同，其功效系数的计算方法也有所不同。正指标和逆指标的功效系数计算公式如下[①]：

---

① 在正向指标功效系数的计算公式中，进行企业间绩效横向比较时，正指标的最好值采用所有参评企业该项指标的最大值；进行企业绩效纵向比较时，正指标的最好值采用企业该项指标的历史最大值。在逆指标功效系数的计算公式中，进行企业间绩效横向比较时，指标最好值采用所有参评企业该项指标的最小值，指标最差值采用所有参评企业该项指标的最大值；进行企业绩效纵向比较时，逆指标的最好值采用企业该项指标的历史最小值，逆指标的最差值采用企业该项指标的历史最大值。

$$正指标功效系数＝\frac{指标实际值－指标标准值}{指标最好值－指标标准值}$$

$$逆指标功效系数＝\frac{指标实际值－指标标准值}{指标最好值－指标标准值}$$

（当指标实际值小于指标标准值时）

$$逆指标功效系数＝\frac{指标实际值－指标标准值}{指标最差值－指标标准值}$$

（当指标实际值大于指标标准值时）

第三，根据各项指标在评价中的重要程度确定权数。采用加权几何平均法计算综合得分，公式如下：绩效综合评价分数＝$\sum$（各单项指标评价分数×该项指标权重）。绩效综合分数越高，表明企业绩效越好。

功效系数法是一种简便实用的评价和分析方法。由于建立在多目标规划的原理之上，因此能根据评价分析对象的特点，拟定多个侧面的评价目标，对多个变量进行分析判断，避免单一评价标准造成的评价结果偏差（王婉薇、袁加妍，2008）。此外，功效系数法采用加权几何平均法对各指标进行综合，较算术平均法更为合理。但是，基本的功效系数法计算公式存在两个方面的局限：第一，把百分制的 100 分划分为固定的 60 分和 40 分两个部分，这实际上是从"60 分及格"的一般意义上进行的人为设定，较为机械且缺乏科学性。第二，评价标准仅仅划分为满意值和不允许值两个档次，并且，不允许值的确定对评价结果的影响偏大，有可能影响评价的客观性和准确性（孟建民，2002）。

鉴于此，在零售企业的物流绩效评价实践中，可以根据具体情况，对功效系数法实施改进。例如，可以增加评价标准值的档次，把"满意值"和"不允许值"两个档次扩展为优秀值、良好值、平均值、较低值和较差值五个档次，甚至更多。相应地，将基本公式中的基础分 60 分和 40 分的固定分配改为动态分配，即指标的实际值达到哪一个档次，就得到该档次的基本得分，超过该档次标准的部分，则根据实际值所处上下两个档次的位置，通过功效函数进行调整。这样的改进可以从整体上提高评价的灵敏度和准确性。改进后的计算公式为：

单项指标评价分数＝本档基础分＋（该指标实际值－该指标不允许值）／（该指标满意值－该指标不允许值）×（上档基础分－本档基础分）

5. 数据包络分析法

数据包络分析（Data Envelopment Analysis，DEA）方法最初由查恩斯、库珀和罗德（Λ. Charnes，W. W. Cooper and Rhodes）提出[①]，在第一个 DEA 模型（C^2R 模型）被提出后，戈兰尼、塞福特、斯图兹（B. Golany，Seiford and J. Stutz）等人又相继提出了单纯评价技术有效性的 C^2GS^2 模型和用来研究具有无穷多个决策单元的 C^2W 模型，以及具有"偏好"的锥比率的 C^2WH 模型，从而使得 DEA 方法得到了进一步的扩展和完善（王建华、闻燕，2007）。

该方法是一种以相对效率为基础的综合评价方法。它建立在经济学家法雷尔（Farell）关于私人企业评价工作的基础上，以工程上的单输入和单输出有效率概念为基础，评价多输入和

---

① 代表性文章题为"Measuring the Effective of Decision Making Units"，发表于 *European Journal of Operations Research*，1978 年第 2 期。

多输出系统的相对有效性。具体而言，DEA 以某一生产系统中的实际决策单元①（Decision Making Unit，DMU）为基础，建立在 DMU 的"帕累托最优"概念之上。通过保持 DMU 的输入或输出不变，把每一个被评价单位作为一个 DMU，再由众多 DMU 构成被评价群体，通过对投入和产出比率的综合分析，以 DMU 的各个投入和产出指标的权重为变量进行评价运算，确定"有效生产前沿面"，并根据各 DMU 与有效生产前沿面的距离状况，确定各 DMU 是否 DEA 有效，同时还可用投影方法指出 DMU 非 DEA 有效或弱 DEA 有效的原因及相应的改进方向和程度（周莹莹，2007；尤建新、陈江宁，2007）。

针对企业物流活动的特点，将 DEA 运用于物流绩效评价是具有一定合理性的（何鸣祥、李冠，2003；李玉明、王海宏，2006）。首先，企业物流系统是一个多目标、多环节、多层次的复杂动态系统，输入和输出之间存在着比较复杂的关系。而 DEA 方法具有对多输入—多输出结构复杂系统的适应性，通过确定被评价对象在"有效前沿面"中的相对有效性，可以评价物流系统的经济效益。其次，在企业的物流活动中，物流成本与物流服务之间存在"效益悖反"现象，因而要求在

---

① DEA 分析法将一个经济系统或一个生产过程看作是一个实体（一个单元）在一定可能的范围内，通过投入一定数量的生产要素并产出一定数量的"产品"的活动，这样的实体（单元）被称为决策单元（decision making units，DMU）。具有相同目标和任务、相同的外部环境、相同的输入和输出指标的同类型 DMU 可以构成一个 DMU 集合。若某个 DMU 在一项经济（生产）活动中的投入向量 $X = (x_1, \cdots, x_i, \cdots, x_m)^T$，$x_i$ 表示第 i 种投入；产出（输出）向量 $Y = (y_1, \cdots, y_r, \cdots, y_s)$，$y_r$ 表示第 r 种产出（输出）；(X_j, Y_j) 对应第 j 个决策单元的投入、产出向量，(X_0, Y_0) 对应被评价决策单元的相应指标，于是可以用 (X, Y) 表示这个 DMU 的整个生产活动，n 个 DMU 的投入集就可以构成一个 $n \times m$ 阶的投入矩阵，其产出集可以构成一个 $n \times l$ 阶的产出矩阵。

进行绩效评价时要能够体现物流系统整体的规模收益，而 DEA 方法中的 C^2R 模型可以用来分析和反映物流系统的规模收益。此外，运用 DEA 方法对企业物流系统的绩效评价结果进行分析，可以了解影响企业物流技术有效及非有效的主要因素，为企业的物流组织和管理提供决策依据。

　　根据 DEA 方法的基本思想，零售企业运用该方法评价物流绩效时，需要遵循以下步骤（何鸣祥、李冠，2003；陈世宗等，2005）：

　　第一，确定比较对象，即选取适当的 DMU。在选择 DMU 时需要注意各个 DMU 之间要有相同的比较基础。通常，这种相同的比较基础体现在三个方面：有相同的目标和任务、有相同的外部环境、有相同的输入输出指标。一般意义上的 DEA 模型为一种静态模型，常用于各组织之间静态的绩效对比。而物流系统作为一个整体，需要从整体的角度进行系统化管理，并且，站在经营者的立场研究整个物流系统内部的动态绩效，对于物流组织和管理的改进有着重要意义。因此，可以将静态 DEA 模型中的"评价单元"改进为"评价时间"，这样即可得到一个动态的 DEA 模型，实现对整个物流系统绩效的跟踪评价。

　　第二，决定 DMU 的数目。通常情况下，如果增加 DMU 的数目，则囊括决定效率前缘的高绩效单位的机会将会更大，并且可以更清楚地确定投入和产出的关系。当 DMU 的数目增加时，还能够容纳更多的因素于模型之中。但是，分析集合中的 DMU 越多，它们的同构型越低，其分析结果可能会受到一些外在因素影响。DMU 数目的确定可以遵循经验法则：DMU 的数目至少需为投入与产出项目数总和的两倍。[①]

---

　　①　遵循阿里（Ali）1988 年提出的大略法则。

第三，界定投入与产出项。投入或产出因素可能是 DMU 完全或部分可控制的因素，或者是无法控制的环境因素，也可能是定量或定性因素。需要注意的是，引入大量的因素会模糊被评价的 DMU 之间大部分的差异，有可能导致过多的 DMU 被评为有效率，从而失去了评价的意义。因此，在界定投入与产出时，需要仔细筛选，挑出最关键的因素。

第四，应用 DEA 模型进行评价并分析结果。基本的 DEA 模型有[①] C^2R 模型（用于评价 DMU 的技术和规模的综合效率，即总体效率）、C^2GS^2 模型（用于评价 DMU 的纯技术效率）、投影定理（用于确定非 DEA 有效的 DMU 转变为 DEA 有效时的投入与产出变化的估计量，即目标改进值）。在物流绩效评价实践中，企业可以根据实际需要，选择模型进行计算。在得出计算结果后，即可针对非效率单位分析其改进的方向及幅度大小，并针对个别因素的分析结果，提出有关管理的各种决策参考信息。

6. 主成分分析

主成分分析（principal component analysis，PCA）也称主分量分析，由霍特林（Hotelling）于 1933 年首先提出，是利用降维的思想，把多个指标转化为少数几个综合指标的多元统计分析方法。该方法的目的是将多指标进行最佳综合简化，即在力求数据丢失最少的原则下，对高维变量空间进行降维处理（孙相文，2008）。

如前所述，在企业的物流绩效评价中，为了较为全面地评价物流系统的绩效，必然要选择多个评价指标，这些指标在多

[①] 限于本书的篇幅，DEA 各个基本模型的运算过程略。

元统计分析中也称为变量。由于评价指标之间存在一定的相关性，因而得到的统计数据所反映的信息在一定程度上会存在重叠。在评价指标的相关性比较高的情况下，运用主成分分析方法能够消除指标间信息的重叠：通过对原始变量相关矩阵内部结构关系的研究，找出影响评价对象的几个综合指标，使综合指标为原来变量的线性组合。这些综合指标不仅保留了原始变量的主要信息，彼此之间又不相关，且与原始变量相比，具有某些更优越的性质，因而可以使评价主体在分析评价对象的绩效时更容易抓住主要矛盾。此外，运用主成分分析还可以根据指标所提供的原始信息生成非人为的权重系数，在一定程度上提高了评价的客观性。

运用 PCA 方法评价物流绩效通常遵循以下步骤：[①]

第一，对评价指标的原始数据进行标准化处理。

第二，计算相关矩阵 R。

第三，计算相关矩阵 R 的特征值与特征向量。

第四，提取前 m 个主成分，并计算其累计贡献率。

第五，以方差贡献率为权重系数求和计算每个被评价对象的综合评价指标值。

7. 模糊综合评价法

模糊综合评价方法是以模糊数学为基础，应用模糊关系合成原理，将一些边界不清、不易定量的因素定量化，进行综合评价的一种方法。模糊数学是研究和处理模糊现象的数学分支，由美国自动控制专家扎德（Zadeh）于 20 世纪 60 年代提出。其基本思路是通过把普通集合论只取 0 或 1 两个值的特征

---

① 限于本书的篇幅，PCA 方法各个步骤的运算过程略。

函数，推广到在［0，1］区间上取值的隶属函数，使得某元素可以在一定程度上属于某集合，模糊变换是其理论基础（侯林丽、车路平，2007；曹冬清等，2008）。由于企业的经济活动分析和经营管理中存在着大量的不确定性，使得模糊数学广泛地应用于经济管理领域，而企业的物流绩效评价是一个典型的涉及多因素的综合评价问题，在实践中无法避免主观性和模糊性，模糊综合评价模型在一定程度上可以处理多因素、模糊性及主观判断等问题（申嫦娥、王晓强，2003）。

运用模糊综合评价进行零售企业物流绩效评价需要遵循以下步骤：

第一，确定绩效评价的因素集，即把进行绩效评价的因素构成一个集合。因素集通常表示为：U＝｜x_1，x_2，…，x_n｜，其中，x_i表示具体评价指标。如果评价时所考虑的因素较多，分配各个因素的权重出现困难时，可以采用多级模糊综合评价，根据某种属性将因素集划分为 s 个子因素集 U_1，U_2，…，U_s。

第二，确定模糊评判等级评语集，即绩效评价各种可能出现的结果所构成的集合。评语集通常表示为：V＝｜v_1，v_2，…，v_n｜，其中，v_i表示被评价对象的评价等级。

第三，确定权重集 A。权重反映了各种评价指标的重要程度。权重集 A 是指标集 U 相对应的模糊集合，表示为 A＝｜a_{i1}，a_{i2}，…，a_{in}｜。各个指标的权重向量可通过直接评分法、德尔菲法、层次分析等方法来确定。[①]

第四，进行单因素评价，建立模糊关系矩阵 R。模糊关系矩阵是模糊综合评价法的关键之一，它体现了多个评价因素与

---

① 有关指标权重的问题将在本节"选择零售企业物流绩效评价方法需考虑的问题"中论及。

评价等级之间的关系，即从 U 到 V 的模糊映射关系，因此也称为隶属度矩阵，表示为：R＝｜r$_{ij}$｜$_{n×m}$。

第五，选择合成算子①，进行（多级）综合评价。利用合适的算子将权重 A 与各评价对象的模糊关系矩阵 R 生成模糊评价结果向量 B＝｜b$_1$，b$_2$，…，b$_m$｜∈F（V），其中，b$_j$ 表示第 j 种评语在评价总体 V 中所占的地位。模糊综合评价计算公式为 B＝A·R，即评价向量＝权重向量·隶属矩阵（其中，"·"表示模糊关系的合成运算）。

二　选择零售企业物流绩效评价方法需考虑的问题

1. 方法适用性和实用性

在理论上，绩效评价结果的精确程度越高越好。从这个角度而言，数据包络分析、主成分分析等定量评价方法具有较大的优势，应当成为零售企业物流绩效评价的首选方法。但是，根据绩效评价的经济性原则，理想的评价方法应该是在企业可接受的时间、人力、财力和物力投入条件下，运用该方法进行绩效评价能够得到可接受的评价结果，实现企业的评价目标。也就是说，理想的绩效评价结果通常是一种"相对精确"，而这种"相对精确"的结果往往是通过"合适"但不一定"最好"的评价方法得到的。前述的各种综合评价方法各自的特点和所解决的问题不同，其适用条件和对组织环境的要求也有较大差别，因此，不同的零售企业在评价其物流绩效时，需要遵

---

① 算子是表示一种对函数的运算的符号。如同普通的运算符号作用于数后可以得到新的数那样，一个算子作用于一个函数后可以根据一定的规则生成一个新的函数。常见的算子有 D（微分算子）、∫（不定积分算子）。

循权变观念，根据企业规模的大小、奉行的战略（包括物流战略）、信息系统的完备程度、不同时期的评价目的，来选择评价方法或评价方法的组合。

具体而言，专家评分法和综合评判法是典型的定性评价方法，尽管这两种方法主要依赖于专家或有经验的管理者的相关知识和经验，评价结果易受其主观性的影响，但最大的优点简便易行、可操作性强、对数据和信息的要求不高，因而在下列情况下，此类方法是较为现实的选择：企业规模较小，物流活动较少，物流系统的结构和运作较为简单，所记录和掌握的相关信息、数据不够完备，或者具体评价目的仅仅为了做出简单判断、进行日常监督。

综合指数法和功效系数法是企业绩效评价的常用方法，中国财政部1995年颁布的《企业经济效益评价指标体系》和财政部、国家经济贸易委员会、人事部、国家计划委员会四部委1999年颁布的《国有资本金绩效评价体系》就分别是这两种方法的具体应用。综合指数法通过将一组相同或不同的指数值进行统计学处理，使不同计量单位、不同性质的指标值标准化，最后转化成一个综合指数，很好地解决了不同类型指标的量纲问题。但该方法采用的指标标准值实际上只是提供一个参照系，由于各指标实际值在数值分布区间上的差异，计算出的单项指标的指数之间缺乏可比性，通过比较单项指数或综合指数的高低固然可以判断绩效状况的好坏，但指数本身特别是综合指数的含义，不如功效系数法以百分制或五分制表示的结果那么明确，也难以进行评价等级的划分（孟建民，2002）。功效系数法为了减少单一标准评价造成的评价结果偏差，设置了在相同条件下评价某些指标所参照的指标值范围，并根据指标实际值在标准范围内所处位置计算评价得分，这种设计不但与企业绩效评价的多档次评价标准相适应，而且在各项指标值相差较大的情况下，能够在一定程度上减少误差，较为客观地反映企业的绩效状况。并且，用功效函数模型既可以进行手工计分，也可以利用计算机处理，有利于评价体系的推广应用。这两种方法在中国企业绩效评价中已经有了一定的实践基础，对于那些已经遵循或拟遵循《企业经济效益评价指标体系》或《国有资本金绩效评价体系》构建评价体系的零售企业而言，选择上述方法有利于物流绩效评价体系与企业整体绩效评价体系的匹配和对接。使用功效系数法时，需要特别注意评价标准值区间的取值问题。一般而言，单项指标得分的两个评价标准——满意值和不允许值的确定是有一定难度的，因为在理论上并没有明确的满意值和不允许值。在实际操作中一般可考虑做如下处理：可以以历史上最优值、最差值来分别替代满意值和不允许值，也可以在评价总体中分别取最优、最差的若干项数据之平均数来分别替代满意值和不允许值。不同的对比标准得到的单项评价值不同，从而有可能影响综合评价结果的稳定性和客观性。对于本研究而言，前一种取值方式更为符合零售企业实现物流绩效改进的评价目的。

数据包络分析、主成分分析和模糊综合分析是典型的定量评价方法，它们的共同特点是，以客观数据为基础，通过数理统计方法构建模型，计算单项指标评价值或综合评价值，以最大限度地降低人为因素的干扰。但是，此类方法操作过程比较复杂，对数据的完备性和操作人员的专业素质要求较高。当零售企业的规模较大、物流活动较多、物流系统的结构和运行较为复杂，且物流对于企业战略目标实现的意义重大时，通常对评价结果的详细程度和精确程度要求较高。这种情况下，可以依据其信息系统的完备程度、专业人员素质高低以及具体评价目标选择定量评价方法。在上述三种方法中，DEA 方法的基本功能是进行多个同类样本间的相对优劣性评价，应用该方法不需要事先确定指标权重，也不需要事先将输入—输出之间复杂的相互关系显式化，因而其具有"黑箱"类型研究方法的特色，对于结构复杂的多输入—多输出系统有较好的适应性。DEA 在零售企业物流绩效评价中的运用也比较灵活：在进行企业物流系统的纵向比较评价时，可以选择不同的年份或时间段作为 DMU；在使用标杆标准时，可以选取全国、全地区甚至全世界范围内的同类企业作为 DMU。主成分分析比较适合于评价指标众多的复杂样本的综合评价。其最大特点是将多指标进行降维处理，用较少的指标来代替原来较多的指标，削弱了指标间的多重相关性。这样，既可以解决信息重复的问题，又可以简化指标体系，降低评价的复杂程度。同时，应用该方法也容易发现影响物流绩效的关键因素，有利于促进企业改善物流管理，提高物流绩效，进而提升企业的核心竞争力。零售企业的物流绩效评价是一种典型的多指标问题，涉及的因素繁多，应用 PCA 进行评价既可以简化问题，又能够在一定程度上保证结果的客观性。PCA 的缺点在于，其评价结果跟样本量的规模有关，而且计算过程较数据包络分析和模糊综合分析更为烦琐。模糊综合分析可以比较好地解决判断的模糊性和不确定性问题，将一些边界不清、不易定量的因素定量化，在那些评价对象的属性比较模糊、不易量化的问题中可以最大限度地发挥它的优势。在应用模糊综合分析法评价企业的物流绩效时，既可以根据总体的综合绩效进行企业间的比较，也可以以评价对象的环节为基础，对照评价标准，进行环节之间的对比。对于那些设立外部标杆标准的零售企业而言，前一种比较可以使其明确本企业的物流绩效在同行业中所处的位置。对于那些物流系统的特征（属性）难以清晰界定、选择了较多不易量化的定性评价指标的零售企业而言，模糊综合分析也是一个较好的方法。但是，此方法不能解决评价指标间相关性所造成的信息重复问题，并且其权重的确定也带有一定的主观性。

2. 指标权重的确定

指标权重又称为指标权数，是以定量方式反映各项指标在综合评价中所起作用的大小或比重。在一个多元指标体系中，由于事物本身发展的不平衡性，有的评价指标重要程度高，有的评价指标重要程度低。为了表示不同评价指标对评价结果的影响程度，需要将所有评价指标进行加权处理，这样，评价指标的权重实际上就具备了一种导向作用，权重的大小反映出评价指标对评价结果的贡献程度（池国华，2005）。从这个意义上说，在指标体系一定的情况下，权重的变化将对评价结果产生直接影响。科学地确定指标权重可以使评价工作实现主次有别，使评价主体抓住主要矛盾，准确掌握评价的重点（任伟宏、黄鲁成，2008）。

可见，在绩效评价实践中，指标权重的确定是一个无法回避的关键问题，尤其对于本研究在平衡模式下，以平衡记分卡的基本思想为基础所构建的综合性多元评价指标体系而言，必然要涉及指标的赋权问题。

目前，确定指标权重的方法大致可分为三类（樊治平等，1998；任伟宏、黄鲁成，2008）：第一类称为主观赋权法，是基于评价者给出偏好信息的方法（也包括评价者直接给出指标的权重），最具代表性的是德尔菲法。第二类称为客观赋权法，是基于各个指标的原始数据信息，经过进行一定的数理推导计算出权重系数的方法。其基本思想是指标权重应该根据各个指标间的相互关系或各指标提供的信息量来确定。代表性的方法有相关系数法、熵值法，等等。前两类方法各有利弊，有研究者将主观赋权法和客观赋权法进行集成或综合，由此形成第三类方法，称为组合赋权法。组合赋权法的基本思想可以由公式 $V_t = \sum_{i=1}^{m} w_i S_i(x) \cdot x_i$ 来描述，其中，V_t 为综合评价值，w_t 为主观权重，$S_i(x)$ 为客观权重，它随着 x 取值的变化而变化。[①]

以上三类赋权方法中，主观赋权法的最大特点是比较简便、容易操作，而且体现了评价者的知识、经验等偏好信息，所确定的权重在一定程度上能够体现出指标对于评价者的价值[②]。其缺陷在于：首先，权重的确定与评价指标的数字特征无关，权重仅仅是对评价指标所反映内容的重要程度在主观上进行的判断，没有考虑到评价指标间的内在联系；其次，无法体现评价指标的重要程度随时间和环境而变化的动态性。客观赋权法作为一种定量方法，能够有效地传递评价指标的数据信息与重要程度差别，但因其仅仅以数据说话，忽略了评价者的知识、经验等主观偏好信息，把指标的重要性同等化（李因果、李新春，2007），甚至有可能出现客观赋权法确定的指标权重与评价主体对指标的价值判断完全不同的现象。此外，客观赋权法对指标数据的完整性和使用者的数理专业知识有很高的要求，操作起来也比较复杂，因此在应用上受到很大限制。

物流绩效评价指标的权重应该既是指标信息的客观反映，又是评价主体主观价值判断的反映。同时，根据代理理论，决定权

---

① 李因果、李新春：《综合评价模型权重确定方法研究》，《辽东学院学报·社会科学版》2007年第4期。

② 通常情况下，评价者是代表评价主体进行绩效评价的那部分人员（也有可能就是评价主体，如企业高管人员）。在理论上，评价者的偏好应该是评价主体偏好的体现，其对各（类）指标的价值判断也应该反映评价主体的价值判断。

重分配的一个重要因素是评价指标的质量特征，而各种指标的质量特征依不同的组织背景存在差别（池国华，2005）。例如，企业的规模大小、所奉行的战略类型、所处的发展阶段等因素均会对指标权重的分配产生影响。因此，在为各（类）指标赋权时，要遵循权变观念，根据具体情况灵活地选择赋权方法，并且指标权重在确定后并不意味着就此一成不变，一旦企业的组织背景发生了变化，就应对权重做出相应调整。

基于前述研究目的和研究对象的特点，在零售企业的物流绩效评价过程中，以下两种方法是较为切合实际的指标赋权方法：一是专家法；二是层次分析法。评价主体可以视具体情况加以灵活运用。

专家法根据其操作方式的复杂程度，又可分为以下几种：

（1）主观经验法。即评价者完全凭借自己以往的经验直接为评价指标赋权。这是最为简单但也是最有可能出现主观偏差的一种方式。在物流绩效评价的具体目的只是为了进行简单的日常监督、对评价结果的精度要求不高或者对评价的时限要求较高时，可以采用此方法。

（2）两两比较法。两两比较法是一种基于员工之间相互比较的常用绩效考评方法。该方法的实质是将全体被评价对象看作一个有机系统，对每一考评对象进行两两比较，其准确度较简单的排序考评方法高得多。在使用专家法时，可以通过设计权值因子比较表（如表5—1所示），将两两比较的思想应用于指标赋权。具体操作方法是：由零售企业的相关管理人员（有必要时可外请相关领域的专家）组成评估小组，每个成员对照表格，将行因子与列因子进行两两对比，相对重要的记"＋"号，相对不重要的记"－"号，然后，计算每一行各个指标所得的"＋"数目并据之进行排序得到指标权重。在评价指标数目较多时，可以对其重要程度进行赋分。例如，采用 5 分制时，行因子与列因子相比非常重要的指标记 5 分，比较重要的指标记 4 分，同样重要的指标记 3 分，不太重要的指标记 2 分，很不重要的指标记 1 分。然后，通过以下步骤得出各个指标的权重值：首先，计算每一行得分 $D_{ir} = \sum_{j=1}^{n} X_{ij}$ （$i = 1, 2, \cdots, n$），式中，n 为评价指标项数，X_{ij} 为评价指标 i 与评价指标 j 相比的得分值，r 为评价小组成员的序号；其次，求出评价指标平均值 $P_i = \sum_{r=1}^{L} \dfrac{D_{ir}}{L}$，式中，L 为评价小组人数；最后，计算出评价指标的权重 $w_i = \dfrac{P_i}{\sum_{i=1}^{n} P_i}$。

表 5—1　　　　　　　　　　指标权值因子比较

评价指标		评价指标				
		A_1	A_2	A_3	$\cdots$	A_5
评价指标	A_1					
	A_2					
	A_3					
	$\cdots$					
	A_1					

（3）德尔菲法。德尔菲法（Delphi）是 20 世纪 60 年代美国兰德公司和道格拉斯公司合作研究出的一种通过有控制的反馈收集专家意见的办法。该方法通过匿名和反复征求意见的形式，让专家背靠背地充分发表意见，然后对这些意见进行归类统计，经过反复征询、归纳、修改，当专家意见的分歧程度达到 5%—10% 时则停止调查，最后综合成专家基本一致的看法，作为决策依据（郭学能，2006）。德尔菲法之所以在系统评价中占有重要

地位，关键在于它能对大量非技术性的、无法定量分析的要素做出概率估算，并将估算结果告知专家，从而充分发挥信息反馈和信息控制的作用，使分散的评估意见逐次收敛，最后集中在协调一致的结果上，结果的可信度较高。

将德尔菲法应用于多指标综合评价的指标权重的确定中，可以避免团体评价时个人因素对决策的重大影响，弥补个人知识的欠缺对指标权重的影响，其具体做法是根据指标对评价结果的影响程度，由相关专家结合自身经验和分析判断来确定指标权数，通常是采取专家调查问卷的形式，对回收的问卷进行统计分类后，将每个指标进行中位数和上下四分位数的运算，将运算结果再次征求专家意见，最后确定出各指标的权重（孟建民，2002）。

（4）层次分析法。层次分析法（analytic hierarchy process，AHP）是一种定性与定量分析相结合的多目标决策分析方法。此方法吸收、利用行为科学的原理，将决策者的经验判断予以量化，在目标（因素）结构复杂而且缺乏必要数据的情况下，是一种较为实用的方法。AHP 的基本原理是把所要研究的复杂问题看作一个大系统，通过对系统的多个因素进行分析，划分出各因素间相互联系的有序层次，再请专家对每一层次的各因素进行较客观的判断之后，给出相对重要性的定量表示，进而建立数学模型，计算出每一层次全部因素的相对重要性的权值，加以排序，最后根据排序结果规划决策和选择解决问题的措施（李轶敏，2006）。

层次分析法实现了主观判断和客观定量方法相结合，在一定程度上可以满足同时兼顾评价主体的价值判断和评价指标客观信息的要求，因而被广泛地应用于对指标权重的确定。当企业的物流系统结构和运作较为复杂，对物流绩效评价结果的精确程度要求较高，且有可能给予评价工作较多投入的情况下，运用层次分析法，遵循以下基本步骤为评价指标赋权是一种较为现实的选择。①

首先，构建判断矩阵。在已有多层次指标体系的基础上，通过相关专业人员和专家的参与，两两比较低层次指标（因素）对上一层次指标（因素）的相对重要性，并以适当的数值表述比较结果，形成判断矩阵。

其次，求解判断矩阵，进行层次单排序。计算各判断矩阵的最大特征值，并求出与其相对应的特征向量，经过标准化之后，可得到同一层次中相应元素对于上一层次中某个因素相对重要性的排序权值。

最后，进行一致性检验，求出指标权重体系。由于评价问题的复杂程度不尽相同，所以不可能要求所有的判断都完全一致，但是至少要使其具有大体的一致性。因此，需要对判断矩阵进行一次性检验。如果判断矩阵不能通过检验，则需要对其进行一定的调整，使其具有满意的一致性；如果判断矩阵通过检验，则将层次单排序的结果进行转换即可得到评价指标的权重体系。

第五节 基于不同物流模式的物流绩效评价系统

一 物流模式对零售企业物流绩效评价系统的影响

对于物流模式，相关文献中的界定通常分为狭义和广义两种。持狭义观点的学者认为，企业的物流模式是因物流主体不同

---

① 限于本书的篇幅，关于层次分析法应用各个步骤的具体演算过程不在此详述。

而产生的商品实体的不同运动形态，划分标志是由"谁"运作和由"谁"来管理物流活动（后锐、张毕西，2005；贺勇、刘从九，2006；张华芹，2006）。持广义观点的学者通常将物流模式等同于物流系统，即认为企业物流模式是物流构成要素、物流功能、物流收益和支出有机组合而成的形态，是一个系统，包括确定服务区、服务对象、服务产品、服务手段和服务体系等（王伟，2004）。从物流系统的角度，李飞等学者（2007）对零售企业的物流模式进行了较为具体的界定：零售物流模式是零售企业为了形成自己的竞争优势，对零售物流各个要素进行有机组合而形成的物流运作和管理系统，并进一步提出零售企业物流模式的框架，包括确定零售企业竞争优势目标、选择零售企业物流的主体、设计零售企业物流的环节、规划零售企业物流的功能、应用零售企业物流的管理技术和评价零售企业物流的绩效。

本研究所探讨的零售企业物流模式，基本立足于李飞等（2007）所做的界定。但笔者认为，物流绩效的评价是企业绩效评价的有机组成部分，也是企业管理控制的重要环节，并且物流绩效评价系统有其自身的构成要素和运作机理，因此应该独立于企业的物流模式。此外，如何通过对物流活动的合理规划、管理和控制实现物流价值增值，获取竞争优势是企业物流战略的重要内容。所以，笔者认为，可将"确定零售企业竞争优势目标"具体化为"确定零售企业物流战略目标"。基于此，本书所研究的零售企业物流模式的概念框架为：零售企业为了实现其物流战略目标（进而实现其总体战略目标），对零售物流各个要素进行有机组合而形成的物流运作和管理系统。这一系统具体包括确定零售物流战略目标、选择零售物流主体、设计零售物流的环节、规划零售物流功能和应用零售物流技术。以上各项构成要素之间环环相扣，形成一个动态的有机整体：物流战略目标的确定依据是零售企业的整体战略；企业根据既定的物流战略目标来选择物流主体，即由谁来运作和管理各项物流活动（零售企业、供应商或者第三方物流企业）；物流主体不同，零售物流的环节会有差别，从而导致各项物流功能之间的组合、衔接存在差异；而物流技术这一要素则贯穿于物流环节的设计和物流功能的规划，确切地说，物流技术的应用有助于更加有效地衔接各个物流环节及整合各项物流功能（如图5—4所示）。

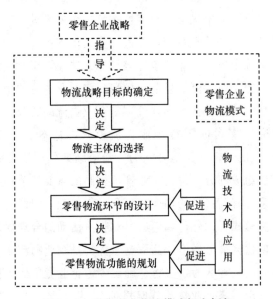

图5—4 零售企业物流模式概念框架

物流模式对物流绩效评价系统的影响体现在以下几个方面（李文静、夏春玉，2008）。

物流战略目标的确定影响物流绩效目标体系的构成。企业的物流战略是一个通过提高价值和客户服务而实现竞争优势的统一、综合和集成的计划过程（斯托克、兰伯特，2003）。具体而言，它是企业为了实现经营目标，通过对外部环境和内部资源的分析而制定的较长期的全局性的重大物流发展决策。它作为企业战略的组成部分，必须服从企业战略的要求，并与之一致（兰洪杰，2006）。可见，物流战略实为企业物流运作和物流管理的行动指南。在物流绩效评价中，首先需要对物流战略进行目标分解。物流战略的制定在层次上通常会涉及战略层面、战术层面和操作层面，在功能上则涉及仓储、运输、配送、信息等方面，因此对物流战略进行目标分解的最终结果是形成横向相互关联、纵向互为支撑的绩效目标体系。执行不同物流战略的零售企业，其战略目标不同，绩效目标体系的构成就会存在差异。此外，某一个或某几个目标在绩效目标体系中的重要程度将会影响到相应绩效指标权重的设定：与较为重要的绩效目标相对应的评价指标通常会被赋予较大的权重，反之亦然。

物流主体的选择影响零售企业物流绩效评价的具体目标。在本研究中，物流绩效的评价主体实为零售企业的经营管理者，其根本的评价目标有三：为与物流有关的决策制定提供信息；监控物流战略的执行情况，及时采取纠偏行动；提高物流绩效，进而改进企业整体绩效，增强核心竞争力。具体到某一个零售企业，不同的物流主体意味着不同的物流环节数量、不同的物流功能组合和衔接方式，以及不同的物流系统控制权。因此，对物流主体的选择会影响零售企业具体的物流绩效评价目标和物流绩效评价客体的范围。

物流环节的设计和物流功能的规划影响物流绩效评价指标体系的具体构成。一般来说，指标指的是从哪些方面对工作产出进行衡量或评估。物流环节的设计和物流功能的规划是零售企业物流作业和物流管理的核心内容，其效率和效果直接决定着零售企业的运营成本和服务质量，因此也是物流绩效评价的主要关注点。物流环节的多寡、衔接方式，以及各项物流功能的整合情况影响着物流绩效评价指标的"流程性指标"的构成。

物流技术的应用可能影响物流绩效评价系统的运作效率。零售物流技术通常分为两大类：一类是以物流环节整合为标志形成的技术，另一类则是以信息技术的应用为标志形成的技术（李飞等，2007）。无论是哪一类技术的应用，都有可能推动零售企业物流运作和物流管理效率的提高，尤其是信息技术的应用，信息技术改变了信息在零售企业内部及相关企业之间的传递方式，在很大程度上影响着零售企业的物流绩效评价体系。一方面，物流信息技术的应用能够提高物流绩效信息的可得性和评价的经济性。信息收集是进行绩效评价的第一步，信息技术的应用使收集与物流活动相关的各种即时信息变得容易和快捷，且所得信息的准确性也有所提高。同时，为了应用信息技术而搭建的技术平台也使电子化绩效评价系统的引入成为可能。一旦实现数据库的对接和信息共享，物流绩效评价体系的运行成本将有可能大幅降低，从而提高物流绩效评价的效率。另一方面，物流信息技术的应用会影响评价方法的选择和运用。在可供选择的物流绩效评价方法中，一些准确性较高的方法和技术对数据和信息的要求也比较高，如数据包络分析、主成分分析等。如果相关信息的可得性好，且比较完备，则选择此类评价方法的可能性也较大，运用效果也比较好。此外，物流信息技术的应用使信息在企业内部和相关企业之间的传递更为快捷和顺畅，使即时的信息共享成为可能。这就意味着绩效评价的结果有可能以更快的速度和更高的准确性被反馈给包括绩效评价主体在内的各相关组织和部门，从而使绩效评价结果的效用得以充分发挥。物流模式对零售企业物流绩效评价体系的影响机理如图5—5所示。

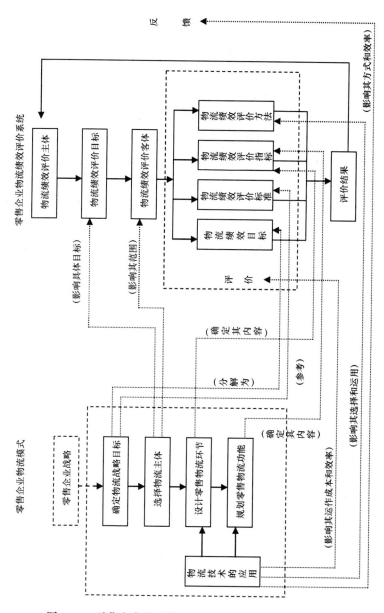

图 5—5 零售企业物流模式对物流绩效评价系统的影响

二 不同物流模式的物流绩效评价系统构成

如前所述，零售企业的物流模式是其为了实现物流战略目标，对零售物流各个要素进行有机组合而形成的物流运作和管理系统，这一运作和管理系统是零售物流系统在特定环境条件下的一种具体运行形式。采用不同物流模式的零售企业，其物流绩效评价系统的具体构成会有较大差别。

1. 供应商主导物流模式下的物流绩效评价系统构成

供应商主导的物流模式是由生产企业（供货企业）直接将零售企业采购的商品，在指定的时间范围内送到各个商店甚至送到货架。在这种模式下，供应商在整体上负责物流活动的运作和管理，因此，零售商对物流绩效的评价实际上是对供应商物流绩效的评价，其评价系统各要素的内容如表5—2所示。

表5—2　　供应商主导物流模式下的物流绩效评价系统

物流绩效评价体系各要素		具体内容
评价主体		零售企业经营管理者
具体评价目标		评价供应商的物流绩效是否符合零售企业对物流绩效的要求
评价客体		供应商的物流系统
绩效目标		视企业发展战略而定
评价指标	财务维度	总物流成本；供货延迟导致的缺货损失
	顾客维度	一致性；缺货频率；灵活性；顾客满意度（针对最终顾客）

续表

物流绩效评价体系各要素	具体内容	
评价指标	内部流程维度	作业差错事故率；准时运输率；进发货准确率；订单处理的质量（针对零售商的订单）；配送延迟率；平均配送延迟时间；信息准确率；信息及时率；信息共享水平
	创新和发展维度	物流人员的能力素质；新技术应用成功率；流程改进成功率
	社会责任维度	绿色包装使用率；退货利用率
评价标准	可考虑选用行业标准，但应该参考零售企业的物流战略目标	
评价方法	根据指标体系的构成及企业数据的完整情况加以选择	
指标权重	视企业战略、物流战略等具体情况运用适当方法确定	
评价结果	评价报告。把绩效评价结果反馈给评价主体，作为选择供应商和制定有关决策的参考。也可将评价结果同时反馈给供应商，协助其改进物流绩效	

2. 零售商主导物流模式下的物流绩效评价系统构成

从提高企业的绩效和便于管理的目的出发，实力较强的零售企业通常可能考虑采取自建物流系统的发展战略，即选择以零售商为主导的物流模式。在这种物流模式下，零售企业负责所有物流活动的运作和管理，其对物流绩效的评价主要是对自营物流系统的运营绩效进行评价。评价系统各要素的内容如表5—3所示。

表 5—3   零售商主导物流模式下的物流绩效评价系统

物流绩效评价体系各要素		具体内容
评价主体		零售企业经营管理者
具体评价目标		提高自营物流绩效，改进内部物流活动效率和效果
评价客体		零售企业的物流系统
绩效目标		视企业发展战略而定
评价指标	财务维度	物流资产收益率；物流资产报酬率；物流资产周转率；物流流动资产周转率；库存周转率；不良物流资产比率；物流资产增长率；总物流成本
	顾客维度	顾客满意度；一致性；灵活性；缺货频率
	内部流程维度	评价物流作业总体绩效指标（作业差错事故率等）；评价运输活动绩效指标（运输工具满载率等）；评价仓储活动绩效指标（仓容利用率等）；评价配送作业绩效指标（单位时间处理订单数等）；评价物流信息系统运行绩效指标（信息系统水平等）
	创新与发展维度	物流人员素质能力；员工培训率；员工培训时数增长率；员工满意度；新技术开发数；新技术应用成功率；流程改进次数；流程改进成功率
	社会责任维度	能源消耗率；绿色包装使用率；清洁燃料使用率；运输排放达标率；环保投资率；退货利用率
评价标准		根据企业整体绩效评价所选择的评价标准类型并参考企业物流战略加以选择
评价方法		视指标体系的构成及企业数据的完整情况而定
指标权重		视企业战略、物流战略等具体情况运用适当方法确定
评价结果		评价报告。把绩效评价结果反馈给评价主体，作为制定有关物流决策的参考，也作为对相关人员进行奖惩的参考

3. 物流商主导物流模式下的物流绩效评价系统构成

物流商主导的物流模式是指零售企业通过各种方式将物流业务外包给第三方物流企业，由其承担所有的物流工作。对于物流量相对较少、实力不是很强的零售企业，可以通过这种方式达到提高物流能力、加强企业绩效表现的目的。在这种物流模式下，物流绩效评价实际是对第三方物流企业所提供的物流服务绩效的评价。其评价系统各要素的内容如表5—4所示。

表5—4 物流商主导物流模式下的物流绩效评价系统

物流绩效评价 体系各要素		具体内容
评价主体		零售企业经营管理者
具体评价目标		评价第三方物流提供商提供的物流服务是否符合零售企业的要求
评价客体		第三方物流企业的物流系统
绩效目标		视企业发展战略而定
评价指标	财务维度	总物流成本；各项物流服务的价格或整体物流方案的价格
	顾客维度	一致性；灵活性；顾客满意度（针对最终消费者）
	内部流程维度	作业差错事故率；准时运输率；进发货准确率；订单处理的质量（针对零售商的订单）；配送延迟率；平均配送延迟时间；信息系统水平；信息准确率；信息及时率；信息共享水平
	创新和发展维度	物流人员能力素质；新技术应用成功率；新产品（物流服务方案）的开发能力；流程改进成功率
	社会责任维度	绿色包装使用率；清洁燃料使用率

物流绩效评价 体系各要素	具体内容
评价标准	可以考虑采用行业标准，但应参考零售企业的物流战略加以确定
评价方法	视指标体系的构成及企业数据完整情况而定
指标权重	视企业战略、物流战略等具体情况运用适当方法确定
评价结果	评价报告。把绩效评价结果反馈给评价主体，作为选择第三方物流供应商和制定有关决策的参考

4. 共同主导物流模式下的物流绩效评价系统构成

共同主导物流模式是指多家零售企业联合起来，组成物流联盟，为实现整体的物流配送合理化，在互惠互利原则指导下，共同出资建设或租用配送中心，制订共同的计划，共同对某一地区的用户进行配送，共同使用配送车辆，联盟各方通过契约形成优势互补、要素双向或多向流动、相互信任、共担风险、共享收益的物流伙伴关系（张华芹，2006）。在这种物流模式下，物流绩效评价是各零售企业对共建的配送中心或共同租用的配送中心的绩效进行评价。其评价系统要素的内容如表5—5所示。

表 5—5　　共同主导物流模式下的物流绩效评价系统

物流绩效评价 体系各要素	具体内容
评价主体	（多个）零售企业的经营管理者
具体评价目标	评价共同配送中心的物流绩效是否满足零售企业的要求
评价客体	共建的配送中心或共同租用的配送中心的物流系统

物流绩效评价体系各要素		具体内容
绩效目标		视各企业发展战略而定
评价指标	财务维度	物流资产收益率（适用于共建配送中心的情况）；物流资产报酬率（适用于共建配送中心的情况）；物流资产周转率（适用于共建配送中心的情况）；物流流动资产周转率（适用于共建配送中心的情况）；库存周转率（适用于共建配送中心的情况）；不良物流资产比率（适用于共建配送中心的情况）；物流资产增长率（适用于共建配送中心的情况）；总物流成本；各项物流服务的价格（适用于共同租用配送中心的情况）；配送延迟导致的缺货损失
	顾客维度	一致性；灵活性；顾客满意度（针对最终顾客）
	内部流程维度	物流计划实施效果（适用于共建配送中心的情况）；单位时间处理订单数（针对零售商的订单，适用于共建配送中心的情况）；单位时间分拣货品项目数（适用于共建配送中心的情况）；分拣错误率（适用于共建配送中心的情况）； 配送延迟率；平均配送延迟时间；信息系统水平；信息准确率；信息及时率；信息共享水平
	创新和发展指标	物流人员素质能力；员工培训时数增长率（适用于共建配送中心的情况）；员工满意度（适用于共建配送中心的情况）；新技术开发数（适用于共建配送中心的情况）；新技术应用成功率；流程改进次数（适用于共建配送中心的情况）；流程改进成功率

物流绩效评价 体系各要素		具体内容
	社会责任维度	能源消耗率（适用于共建配送中心的情况）；绿色包装使用率；清洁燃料使用率；运输排放达标率（适用于共建配送中心的情况）；环保投资率（适用于共建配送中心的情况）
评价标准		可以考虑采用行业标准，但应参考零售企业的物流战略加以确定
评价方法		视指标体系的构成及企业数据完整情况而定
指标权重		视企业战略、物流战略等具体情况运用适当方法确定
评价结果		评价报告。把绩效评价结果反馈给评价主体，作为制定有关物流决策的参考，作为对相关人员进行奖惩的参考（适用于共建配送中心的情况），也作为选择配送中心和制定有关决策的参考（适用于共同租用配送中心的情况）

参 考 文 献

[1] 安中涛、崔援民：《从系统论角度构建企业绩效评价的理论框架》，《哈尔滨工业大学学报·社会科学版》2005年第3期。

[2]［美］安德烈·德瓦尔：《成功实施绩效管理》，北京爱丁文化交流中心译，电子工业出版社2003年版。

[3]［英］安迪·尼利：《企业绩效评估》，李强译，中信出版社2004年版。

[4]［美］艾尔·巴比：《社会研究方法》，邱泽奇译，华夏出版社2000年版。

[5] 白长虹、陈晔：《中国零售企业管理》，李飞、王高：《中国零售业发展历程》，社会科学文献出版社2006年版。

[6]［美］巴里·伯曼、乔尔·R.埃文斯：《零售管理》，吕一林、韩笑译，中国人民大学出版社2007年版。

[7] 财政部统计评价司：《企业绩效评价问答》，经济科学出版社1999年版。

[8] 蔡莉、郑美群：《中美企业经营绩效评价的演进及比较研究》，《经济纵横》2003年第9期。

[9] 曹冬清、张喜、王英楠：《中国物流企业绩效评价的模糊综合评价方法研究》，《内蒙古科技与经济》2008年第

4 期。

　　[10] 曹熙、王晓琪、巩文波:《西方管理思想史概要》,经济管理出版社 1989 年版。

　　[11] 池国华:《内部管理业绩评价系统设计研究》,东北财经大学出版社 2005 年版。

　　[12] 储秋容:《从绩效测评视角看企业战略管理》,《山东行政学院山东经济管理干部学院学报》2007 年第 2 期。

　　[13] 陈凤英、马成文:《功效系数法在企业绩效评价中的应用》,《安徽工业大学学报》2003 年第 7 期。

　　[14] 陈世宗、赖邦传、陈晓红:《基于 DEA 的企业绩效评价方法》,《系统工程》2005 年第 6 期。

　　[15] 陈凌芹:《绩效管理》,中国纺织出版社 2004 年版。

　　[16] 陈共荣、曾峻:《企业绩效评价主体的演进及其对绩效评价的影响》,《会计研究》2005 年第 4 期。

　　[17] 陈焕江、吴延峰:《物流系统绩效综合评价方法的研究》,《交通标准化》2005 年第 12 期。

　　[18] 陈治亚、程清波、陈维亚:《平衡记分卡和层次分析法在中国物流配送绩效评估中的应用研究》,《物流科技》2007 年第 1 期。

　　[19] 陈志军、胡晓东、王宁:《管理控制理论评述》,《山东社会科学》2005 年第 12 期。

　　[20] 程国平、刘世斌:《基于服务质量的物流绩效模糊综合评价方法及应用》,《价值工程》2005 年第 7 期。

　　[21] 代坤:《企业物流绩效测度现状的实证研究》,《企业经济》2009 年第 2 期。

　　[22] 杜胜利:《企业经营业绩评价》,经济科学出版社 1999 年版。

[23] 杜胜利：《没有控制系统就没有执行能力——构建基于执行力的管理控制系统》，《管理世界》2004 年第 10 期。

[24] 邓珩：《简论基于企业战略的绩效管理》，《数量经济技术经济研究》2002 年第 12 期。

[25] 邓小红：《浅析专家评价法对物流企业供应链绩效的评价》，《科技信息》2009 年第 2 期。

[26] 邓爱民、王少梅、曾科：《标杆管理法在企业物流组织结构变革中的应用实践》，《湖南大学学报·社会科学版》2006 年第 2 期。

[27] 丁立言、张铎：《物流系统工程》，清华大学出版社 2000 年版。

[28] 丁君凤、田建芳：《企业绩效评价主体与方法的演进》，《现代经济探讨》2005 年第 11 期。

[29] 方振邦：《战略与战略性绩效管理》，经济科学出版社 2005 年版。

[30] 樊治平、张全、马建：《多属性决策中权重确定的一种集成方法》，《管理科学学报》1998 年第 3 期。

[31] [美] 菲利普·科特勒、凯文·莱恩·凯勒：《营销管理》，梅清豪译，格致出版社、上海人民出版社 2006 年版。

[32] 冯平：《评价论》，东方出版社 1995 年版。

[33] 付亚和、许玉林：《绩效管理》，复旦大学出版社 2003 年版。

[34] [美] 弗雷德里克·D. S. 乔伊、加利·K. 米克：《国际会计学》，方红星译，东北财经大学出版社 2007 年版。

[35] [美] 弗莱蒙特·E. 卡斯特、詹姆士·E. 罗森茨威克：《组织与管理——系统方法与权变方法》，李柱流、刘有锦等译，中国社会科学出版社 2000 年版。

[36] 高新梓、张川：《基于权变理论的物流企业业绩评价体系》，《中国水运》2008 年第 1 期。

[37] 郭学能：《经济研究中权重的确定方法》，《时代金融》2006 年第 7 期。

[38] 高艺林：《商业零售企业运用现代物流的策略》，《商场现代化》2001 年第 2 期。

[39] 桂良军：《基于 KPI 的中国零售企业供应链物流绩效评价研究》，《江苏商论》2007 年第 12 期。

[40] 郭大宁：《物流绩效的衡量方法》，《统计与决策》2006 年第 7 期。

[41] 韩瑞宾：《绩效评价、管理控制与物流企业战略计划》，《物流科技》2006 年第 7 期。

[42] 贺勇、刘从九：《中国企业的物流模式研究》，《物流技术》2006 年第 3 期。

[43] [法] 亨利·法约尔：《工业管理与一般管理》，周安华、林宗锦、展学仲、张玉琪译，中国社会科学出版社 1998 年版。

[44] 贺颖奇：《企业管理控制系统的基本框架》，《中国审计》2004 年第 2 期。

[45] 贺永方、朱春奎：《企业战略管理研究学派评述》，《武汉交通管理干部学院学报》2000 年第 3 期。

[46] 贺颖奇：《企业经营业绩评价的权变方法》，《财务与会计》1998 年第 12 期。

[47] 何明珂：《物流系统论》，中国审计出版社 2001 年版。

[48] 何明珂：《物流系统论》，高等教育出版社 2004 年版。

［49］何明珂、王浩雄：《零售物流技术》，李飞、王高：《中国零售业发展历程》，社会科学文献出版社 2006 年版。

［50］何鸣祥、李冠：《现代物流管理系统动态绩效评价》，《数学的实践与认识》2003 年第 8 期。

［51］何宝胜：《从系统论的角度看内部控制整体框架》，《当代经济》2007 年第 10 期。

［52］［德］汉斯·克里斯蒂安·波弗尔：《物流前沿：实践·创新·前景》，沈欣译，机械工业出版社 2006 年版。

［53］侯林丽、车路平：《模糊综合评判在供应商绩效评价中的应用》，《物流科技》2007 年第 10 期。

［54］后锐、张毕西：《企业物流模式及其动态选择机理与流程》，《物流技术》2005 年第 2 期。

［55］黄尾香：《浅谈企业绩效评价指标体系中非财务指标的应用》，《财经界》2007 年第 6 期。

［56］黄福华：《零售企业物流绩效的评价与管理》，《民族论坛》2002 年第 12 期。

［57］黄福华：《现代物流运作管理精要》，广东旅游出版社 2002 年版。

［58］黄福华、满孜孜：《供应链博弈下零售企业物流绩效动态测评实证研究》，《系统工程》2006 年第 10 期。

［59］黄福华：《供应链博弈与零售企业物流绩效测评》，《民族经济》2005 年第 12 期。

［60］吉宏、叶小兰、汪倩：《企业绩效评价理论与方法比较研究》，《科技进步与对策》2004 年第 12 期。

［61］贾生华、陈宏辉、田传浩：《基于利益相关者理论的企业绩效评价——一个分析框架和应用研究》，《科研管理》2003 年第 7 期。

［62］贾国军、孟永峰、贾海军：《权变理论在业绩评价中的应用》，《经济论坛》2003 年第 19 期。

［63］蒋长兵、王珊珊：《企业物流战略规划运营》，中国物资出版社 2009 年版。

［64］焦癀、孙晓东、胡劲松：《企业物流绩效评价的主成分分析方法》，《物流技术》2005 年第 6 期。

［65］［加］加里·P. 莱瑟姆：《绩效考评》，萧鸣政等译，中国人民大学出版社 2002 年版。

［66］兰洪杰：《物流战略管理》，清华大学出版社 2006 年版。

［67］蓝云飞、郭蓬舟：《第三方物流企业客户服务绩效考评指标体系研究》，《铁道货运》2009 年第 1 期。

［68］李飞、陶毅、汪旭晖：《零售物流模式创新》，李飞、王高等：《中国零售管理创新》，经济科学出版社 2007 年版。

［69］李旻暾：《物流绩效的模糊综合评价》，《价值工程》2006 年第 3 期。

［70］李文利：《物流行业客户满意度研究》，《物流技术》2004 年第 3 期。

［71］李文静、夏春玉：《物流模式对零售企业物流绩效评价的影响机理研究》，《商业经济与管理》2009 年第 11 期。

［72］李春瑜、刘玉琳：《战略绩效管理工具及其整合》，《会计之友》2005 年第 7 期。

［73］李雪松：《鱼刺图战略分解法在绩效管理方案设计中的应用》，《时代经贸》2007 年第 3 期。

［74］李海琳、赵国杰、郝清民：《国外企业绩效评价研究综述》，《山东财政学院学报》2007 年第 4 期。

［75］李因果、李新春：《综合评价模型权重确定方法研

究》，《辽东学院学报·社会科学版》2007 年第 4 期。

[76] 李轶敏：《基于层次分析法的营销风险预警指标权重确定方法》，《商场现代化》2006 年第 12 期。

[77] 李诚：《零售竞争战略选择与实施——基于价值链的分析》，《北京市财贸管理干部学院学报》2007 年第 2 期。

[78] 李梅英、温素彬：《功效系数法在财务综合分析中的运用》，《山西统计》2000 年第 6 期。

[79] 李玉明、王海宏：《基于 DEA 方法的企业物流系统绩效评价模型探讨》，《物流技术》2006 年第 8 期。

[80] 李晓英：《基于营销链的物流绩效 KPI 考核法》，《生产力研究》2006 年第 12 期。

[81] ［英］理查德·威廉姆斯：《组织绩效管理》，蓝天星翻译公司译，清华大学出版社 2002 年版。

[82] 陆庆平：《企业绩效评价论——基于利益相关者的视角》，中国财政经济出版社 2006 年版。

[83] 吕洪波：《功效系数法在企业绩效评价中的运用》，《内蒙古科技与经济》2009 年第 5 期。

[84] 吕延昌：《流通业的物流模式研究》，《商业研究》2006 年第 15 期。

[85] 刘力、宋志毅：《衡量企业业绩的新方法——经济增加值（REVA）与修正的经济增加值（REVA）指标》，《会计研究》1999 年第 1 期。

[86] 刘敏、许征文：《战略管理理论的历史演变和最新进展》，《东方企业文化》2007 年第 5 期。

[87] ［美］罗伯特·S. 卡普兰、戴维·P. 诺顿：《战略困扰你？把它绘成图》，《哈佛商业评论·战略前沿》，中国人民大学出版社 2004 年版。

[88]［美］罗伯特·S. 卡普兰、大卫·P. 诺顿：《平衡记分法：良好的测评体系》，《哈佛商业评论·公司绩效测评》，中国人民大学出版社、哈佛商学院出版社 1999 年版。

[89]［美］罗伯特·S. 卡普兰、大卫·P. 诺顿：《把平衡记分法作为战略管理体系的基石》，《哈佛商业评论·公司绩效测评》，中国人民大学出版社、哈佛商学院出版社 1999 年版。

[90]［美］罗伯特·S. 卡普兰、安东尼·A. 阿特金森：《高级管理会计》，吕长江主译，东北财经大学出版社 1999 年版。

[91]［美］罗伯特·A. 安东尼、维杰伊·戈文达拉杨：《管理控制系统》，赵玉涛等译，机械工业出版社 2004 年版。

[92]［奥］路德维希·冯·贝塔朗菲：《一般系统论的历史和现状》，王兴成编：《科学学译文集》，科学出版社 1981 年版。

[93] 马谦杰：《物流系统工作成果度量与物流效益分析》，《中国流通经济》1999 年第 5 期。

[94] 马璐：《现代企业绩效评价系统的演变与发展趋势》，《科技进步与对策》2004 年第 7 期。

[95]［美］迈克尔·利维、巴顿·韦茨：《零售学精要》，郭武文、王千红、刘瑞红译，机械工业出版社 2003 年版。

[96]［美］迈克尔·波特：《竞争优势》，陈小悦译，华夏出版社 1997 年版。

[97]［美］迈克尔·利维、巴顿·韦茨：《零售管理》，俞利军、王欣红译，人民邮电出版社 2004 年版。

[98] 马璐：《企业战略性绩效评价系统研究》，经济管理出版社 2004 年版。

[99] 孟建民：《企业经营业绩评估问题研究》，中国财政

经济出版社 2002 年版。

[100] 潘和平：《企业绩效评价指标体系研究》，《安徽农业大学学报·社会科学版》2006 年第 1 期。

[101] 潘文荣：《企业物流绩效评价指标体系的构建》，《统计与决策》2005 年第 11 期。

[102] 彭玲：《提升中国本土零售企业竞争能力的战略分析》，《商业经济文萃》2006 年第 3 期。

[103] 裴学军：《专家评分评价及应用》，《哈尔滨铁道科技》2000 年第 1 期。

[104] 祁顺生、肖鹏：《平衡计分卡战略管理体系评述》，《现代管理科学》2005 年第 11 期。

[105] 钱学森：《论系统工程》，湖南科学技术出版社 1982 年版。

[106] 屈晓华：《企业社会责任演进与企业良性行为反应的互动研究》，《管理现代化》2003 年第 5 期。

[107] 任锡源：《零售管理》，首都经贸大学出版社 2007 年版。

[108] 任伟宏、黄鲁成：《研发产业发展水平评价权重确定方法研究》，《科技管理研究》2008 年第 2 期。

[109] 任军号、李雪茹、李婉丽：《零售企业物流模式研究》，《西北工业大学学报·社会科学版》2004 年第 12 期。

[110] 任志新：《一般系统论在企业管理中的运用》，《商场现代化》2005 年第 2 期。

[111] 宋华：《物流成本管理体系及其效率——一个实证研究》，《经济管理》2007 年第 5 期。

[112] 宋华：《现代商业企业物流革新与发展》，《商业经济与管理》2000 年第 4 期。

［113］宋建阳、张良卫：《物流战略与规划》，华南理工大学出版社 2006 年版。

［114］宋峥嵘：《浅谈权变理论在现代企业管理中的运用》，《北方经贸》2006 年第 11 期。

［115］史本山、文忠平：《专家评分判断的修正加权法》，《技术经济》1996 年第 9 期。

［116］尚志强：《跨国公司业绩评价系统》，上海财经大学出版社 1998 年版。

［117］申嫦娥、王晓强：《企业绩效评价方法的改进：模糊综合绩效评价法》，《经济管理·新管理》2003 年第 22 期。

［118］孙相文：《物流绩效评价方法比较》，《中国市场》2008 年第 3 期。

［119］孙耀君：《西方管理思想史》，山西人民出版社 1987 年版。

［120］孙宏岭、戚世钧：《现代物流活动绩效分析》，中国物资出版社 2001 年版。

［121］孙晓东、田澎、焦玥、胡劲松：《类加权主成分分析在企业物流绩效评价中的应用》，《工业工程与管理》2007 年第 1 期。

［122］滕华、宋伟：《零售企业的物流关键绩效指标体系设计》，《科技管理研究》2006 年第 9 期。

［123］［美］唐纳德·J. 鲍尔索克斯、戴维·J. 克劳斯、比克斯比·库珀：《供应链物流管理》，李习文、王增东译，机械工业出版社 2006 年版。

［124］［美］托尼·肯特、欧基尼·奥马尔：《什么是零售》，爱丁等译，电子工业出版社 2004 年版。

［125］王瑞卿：《对企业物流模式变革的探讨》，《集团经

济研究》2007 年第 7 期。

[126] 王宗军、徐星、肖德云等：《企业绩效评价的研究进展及发展趋势》，《科技管理研究》2006 年第 3 期。

[127] 王光映：《企业绩效评估方法综述》，《科技和产业》2005 年第 1 期。

[128] 王化成：《企业绩效评价》，中国人民大学出版社2004 年版。

[129] 王化成、刘俊勇：《企业业绩评价模式研究——兼论中国企业业绩评价模式选择》，《管理世界》2004 年第 4 期。

[130] 王化成、刘俊勇、孙薇：《企业绩效评价》，中国人民大学出版社 2004 年版。

[131] 王建华、闻燕：《DEA 方法在绩效评价中的应用与扩展》，《科技管理研究》2007 年第 8 期。

[132] 王悦：《权变理论视角下的业绩计量系统》，《财会通讯·综合版》2006 年第 11 期。

[133] 王强、王鲁平、周小耀：《管理控制系统的概念框架》，《管理科学》2003 年第 10 期。

[134] 王方华：《战略管理》，机械工业出版社 2005 年版。

[135] 王娟、黄培清：《物流绩效的财务评价系统》，《物流技术与应用》2000 年第 3 期。

[136] 王生凤、唐晋、盛卫超：《灰色分析法在物流绩效评价中的应用研究》，《装甲兵工程学院学报》2006 年第 2 期。

[137] 王勇、杨文慧：《关于企业物流管理绩效评价体系的探讨》，《商业研究》2003 年第 4 期。

[138] 王瑛、孙林岩、陈宏：《基于两阶段的物流系统综合评价 DEA/AHP 法》，《长安大学学报》2003 年第 5 期。

[139] 王伟：《物流企业战略与模式》，中国物资出版社

2004 年版。

[140] 汪家常、魏立江：《业绩管理》，东北财经大学出版社 2001 年版。

[141] 王婉薇、袁加妍：《功效系数法在中国物流企业绩效分析中的应用》，《江苏商论》2008 年第 2 期。

[142] 吴义生、陈瑞彬、梁建：《基于集成和动态的企业物流绩效评价系统研究》，《商场现代化》2008 年第 5 期。

[143] 吴义生：《一种集成的企业物流绩效评价模型的构建与应用研究》，《价值工程》2008 年第 2 期。

[144] 吴聪：《中国连锁零售企业物流运作模式选择决策研究》，《物流技术》2005 年第 4 期。

[145] 吴昀、黄志建：《中国企业物流战略管理问题研究》，《科技情报开发与经济》2007 年第 11 期。

[146] 武欣：《绩效管理实务手册》，机械工业出版社 2001 年版。

[147] 魏新军：《模糊聚类方法在物流绩效衡量中的应用》，《物流技术》2003 年第 8 期。

[148] 魏琴、方强：《论使命与利益相关者对平衡记分卡结构的影响》，《经济与管理》2005 年第 2 期。

[149] 许庆瑞、王勇、郑刚：《业绩评价理论：进展与争论》，《科研管理》2002 年第 3 期。

[150] 许骏、陈守平、张北阳：《物流中心及其绩效评价分析》，《工业技术经济》2004 年第 12 期。

[151] 许敏娟：《企业物流的绩效评价》，《物流科技》2007 年第 4 期。

[152] 许瑛：《标杆瞄准：绩效评价标准新发展》，《科技进步与对策》2002 年第 6 期。

［153］夏春玉、杨旭：《中国零售环境》，李飞、王高：《中国零售业发展历程》，社会科学文献出版社 2006 年版。

［154］夏春玉：《物流与供应链管理》，东北财经大学出版社 2007 年版。

［155］夏春玉等：《流通概论》，东北财经大学出版社 2009 年版。

［156］徐永冬：《财务综合分析的功效系数法》，《经济师》2004 年第 7 期。

［157］邢芳：《DEA/AHP 模型在火电企业物理系统绩效评价中的应用》，《中国水运》2009 年第 1 期。

［158］薛鸣丽：《物流绩效的可拓评价法》，《商场现代化》2007 年第 6 期。

［159］项晓园：《基于灰色关联分析法生鲜加工配送中心的物流绩效评价》，《中国新技术新产品》2009 年第 7 期。

［160］严复海、张冉：《流通全球化背景下的中国零售业发展路径选择》，《对外经贸实务》2008 年第 7 期。

［161］杨红丽：《从企业绩效评价指标体系的历史演进看发展趋势》，《经济视角》2007 年第 2 期。

［162］杨克磊、高博、卢赫：《企业物流绩效评价的 DEA 分析》，《哈尔滨商业大学学报·社会科学版》2006 年第 3 期。

［163］杨明、艾小玲、郭洪涛、张立业：《中小型公路货运企业物流绩效的模糊综合评判》，《物流技术》2006 年第 2 期。

［164］杨臻黛：《业绩衡量系统的一次革新——平衡记分卡》，《外国经济与管理》1999 年第 9 期。

［165］尤建新、陈江宁：《基于 DEA 方法的零售企业经营效率的分析》，《上海管理科学》2007 年第 3 期。

［166］恽伶俐：《主成分分析法在物流绩效评价中的应

用》，《物流技术》2005 年第 6 期。

[167] 易海燕、叶怀珍：《连锁超市配送中心物流绩效的模糊综合评价》，《物流技术》2004 年第 11 期。

[168]［美］詹姆斯·R. 斯托克、道格拉斯·M. 兰伯特：《战略物流管理》，邵晓峰等译，中国财政经济出版社 2003 年版。

[169] 张乐乐、刘亚峰、曾玥琳：《标杆管理在物流企业中的应用》，《物流科技》2006 年第 5 期。

[170] 张铎、周建勤：《电子商务物流管理》，高等教育出版社 2002 年版。

[171] 张铎、柯新生编著：《现代物流信息系统建设》，首都经济贸易出版社 2004 年版。

[172] 张蕊：《企业战略管理业绩评价指标体系研究》，中国财政经济出版社 2002 年版。

[173] 张宇航：《浅论企业物流战略与竞争战略的吻合》，《交通企业管理》2007 年第 4 期。

[174] 张金萍：《物流管理——零售企业制胜之道》，《物流科技》2004 年第 27 期。

[175] 张华芹：《论商业企业物流模式的选择》，《商业经济与管理》2006 年第 6 期。

[176] 张书玲、张禾、曹建安：《基于战略的企业多层次绩效管理体系的研究》，《科技管理研究》2007 年第 9 期。

[177] 张洪潮、牛冲槐：《基于系统论的人才聚集效应再分析》，《工业技术经济》2007 年第 6 期。

[178] 张文焕、刘关霞、苏连义：《控制论信息论系统论与现代管理》，北京出版社 1990 年版。

[179] 张涛、文新三：《企业绩效评价研究》，经济科学出

版社 2002 年版。

[180] 张秀烨：《西方管理控制理论比较与启示》，《审计与经济研究》2006 年第 9 期。

[181] 张先治：《建立企业内部管理控制系统框架的探讨》，《财经问题研究》2003 年第 11 期。

[182] 张先治：《内部管理控制论》，中国财政经济出版社2004 年版。

[183] 张先治：《论内部管理控制系统十要素》，《财会月刊·理论》2005 年第 10 期。

[184] 张颖敏、朱福良、刘海金：《模糊综合评价方法在物流绩效评价中的应用》，《物流科技》2006 年第 11 期。

[185] 支晓强：《如何选择业绩评价标准》，《会计研究》2002 年第 11 期。

[186] 曾钟钟、江志斌、许淑君：《物流公司配送绩效评价模型研究》，《工业工程与管理》2003 年第 3 期。

[187] 周筱莲：《零售企业的物流模式及其影响因素研究》，《商业经济与管理》2006 年第 2 期。

[188] 周莹莹：《基于 DEA 模型的绩效评价》，《上海金融学院学报》2007 年第 2 期。

[189] 周建立、黄浦刚、赵敏：《基于发展战略的新型绩效管理系统》，《经济师》2003 年第 7 期。

[190] 周三多：《管理学》，高等教育出版社 2000 年版。

[191] 周三多、陈传民：《管理学原理》，南京大学出版社2006 年版。

[192] 赵莹、秦青：《多部门企业平衡记分卡的开发》，《软科学》2003 年第 2 期。

[193] 赵国杰：《西方企业经营战略研究的源流、学派与

比较》，《管理工程学报》1997 年第 3 期。

[194] D. L. Andersson, F. Britt and D. Favre, The Sever Principle of Supply Chain Management, *Supp ly Chain Management Review*, 1997, Vol. 1.

[195] Par Andersson, Hakan Aronsson, Nils G. Storhagen, Measuring Logistics Performance, *Engineering Costs and Production Economics*, 1989, Vol. 17.

[196] Mats Abrahamsson, Hâkan Aronsson, Measuring Logistics Structure, *International Journal of Logistics: Research & Applications*, 1999, Vol. 2, Issue 3, Nov.

[197] Anthony A. Atkinson, John H. Waterhouse, Robert B. Wells, A Stakeholder to Strategic Performance Measurement, *Sloan Management Review*, 1997, Vol. 38, Issue 3, Spring.

[198] A. T. Kearney Inc., *Measuring Productivity in Physical Distribution*, National Council of Physical Distribution Management, Chicago, IL. 1978.

[199] A. T. Kearney Inc., *Measuring and Improving Productivity in Physical Distribution*, National Council of Physical Distribution Management, Chicago, IL. 1984.

[200] A. T. Kearney Inc., *Customer Service Data for Food Industry*, London, 1995.

[201] Giovanni Azzone, Gianni Noci, Raffaella Manzini, Richard Welford, C. William Young, Defining Environmental Performance Indicators: A Integrated Framework, *Business Strategy and the Environment*, 1996, Vol. 5.

[202] Prabir K. Bagchi, Role of Benchmarking as a Competitive Strategy: the Logistics Experience, *International Journal of*

Physical Distribution & Logistics Management, 1996, Vol. 26, No. 2.

［203］Carol C. Bienstock, John T. Mentzer, Monroe Murphy Bird, Measuring Physical Distribution Service Quality, *Journal of the Academy of Marketing Science*, 1996, Vol. 25, Issue 1, Winter.

［204］H. Bredrup, Background for Performance Management, in A. Rolstandas (eds.) *Performance Management: A Business Process Benchmarking Approach*, London: Chapman & Hall, 1995.

［205］James A. Brimson, *Activity Accounting: An Activity-Based Approach*, New York: John Wiley & Sons, 1991.

［206］Mary R. Brooks, Performance Evaluation of Carriers by North American Logistics Service Firms, *Transport Reviews*, 1999, July, Vol. 19, Issue 3.

［207］M. Bourne, J. Mills, M. Wilcox, A. Neely, K. Plants, Designing, Implementing and Updating Performance Measurement Systems, *International Journal of Operations & Production Management*, 2000, Vol. 7.

［208］Philip Bromley, K. J. Euske, The Use of Rational Systems in Bounded Rationality Organizations: A Scilla and Charybdis for the Financial Manager, Unpublished manuscript, 1993, Naval Postgraduate School, February.

［209］Dan G. Brown, Development of Performance Standards: A Practical Guide, *Public Personnel Management*, 1987, Vol. 16, No. 2, Summer.

［210］D. J. Bowersox, D. J. Closs, O. K. Helferich, *Lo-*

gistical Management, Macmillan, New York, 1986.

[211] Donald J. Bowersox, Patricia J. Daugherty, Emerging Patterns of Logistical Organization, *Journal of Business Logistics*, 1987, Vol. 8, No. 1.

[212] Donald J. Bowersox, Patricia J. Daugherty, Cornelia L Dröge, Dale S. Rogers, Daniel L. Wardlow, *Leading Edge Logistics Competitive Positioning for the 1990's*, Council of Logistics Management, 1989, Oak Brook, IL.

[213] Chris Caplice, Yossi Sheffi, A Review and Evaluation of Logistics Performance Measurement Systems, *International Journal of Logistics Management*, 1995, Vol. 6, Issue 1.

[214] Robert H. Chenhall, Deigan Morris, The Impact of Structure, Environment and Interdependence on the Perceived Usefulness of Management Accounting Systems, *The Accounting Review*, 1986, Vol. 61, No. 1, Jan.

[215] Balaji S. Chakravarthy, Measuring Strategic Performance, *Strategic Management Journal*, 1986, Vol. 7, Issue 5, Sep. /Oct.

[216] K. F. Cross, R. L. Lynch, The SMART Way to Define and Sustain Success, *National Productivity Review*, 1988—1989, Vol. 8, No. 1.

[217] M. Christopher, A. Payne, D. Ballantyne, *Relationship Marketing : Bringing Quality Customer Service and Marketing Together*, Butterworth-Heinemann, 1994, Oxford.

[218] B. Chakravarthy, Measuring Strategic Performance, *Strategic Management Journal*, 1996, Issue 7.

[219] Garland Chow, Lennart E. Trevor, D. Henriksson,

Strategy, Structure and Performance: A Framework for Logistics Research, *Logistics and Transportation Review*, 1995, Dec., Vol. 31, No. 4.

[220] Martin Christopher, Logistics in Its Marketing Context, *European Journal of Marketing*, 1972, Vol. 6, No. 2.

[221] Richard L. Clarke, Kent N. Gourdin, Measuring the Efficiency of the Logistics Process, 1991 (a), Vol. 12, Issue 2.

[222] Richard L. Clarke, The Measurement of Physical Distribution Productivity: South Carolina, A Case in Point, *Transportation Journal*, 1991 (b), Vol. 31, Issue 1.

[223] A. Collins, M. Henchion, P. O'Reilly, Customer Service Logistics: A Critical Determinant of the Competitiveness of Irish Food Manufacturers in the UK Grocery Market, *Proceedings of Inaugural Conference of Irish Academy of Management*, National University of Ireland, Galway, 1998.

[224] Alan Collins, Maeve Henchion, Paul O'Reilly, Logistics Customer Service: Performance of Irish Food Eexporters, *International Journal of Retail & Distribution Management*, 2001, Vol. 29, Issue 1.

[225] Robin Cooper, Robert S. Karplan, Profit Priorities from Activity-Based-Costing, *Harvard Business Review*, 1991, Vol. 69, Issue 3, May-June.

[226] Robin Cooper, The Risk of Activity-Based-Costing-Part One: What is an Activity-Based-Cost System?, *Journal of Cost Management*, 1988, Vol. 2, summer.

[227] James M. Daley, Zarrel V. Lambert, Toward Assessing Trade-offs Shippers in Carrier Selection Decisions, *Journal of*

Business Logistics, 1980, Vol. 2, No. 1.

[228] Cornelia Dröge, Richard Germain, James R. Stock, Dimensions Underlying Retail Logistics and Their Relationship to Supp lier Evaluation Criteria, *International Journal of Logistics Management*, 1991, Vol. 2, Issue 1.

[229] R. H. D′Ananzo, H. Von Lewinski, L. N. Van Wessenhove, The Link Between Supply Chain and Financial Performance, *Supply Chain Management Review*, 2003, Vol. 7, No. 6.

[230] Patricia J. Daugherty, Haozhe Chen, Daniel D. Mattioda, Marketing/Logistics Relationships: Influence on Capabilities and Performance, *Journal of Business Logistics*, 2009, Vol. 30, No. 1.

[231] Daniel W. De Hayes, Robert L. Talor, Making 'Logistics' Work in a Firm, *Business Horizon*, June 1972.

[232] Robert E. Dvorak, Frits Van Paesschen, Retail Logistics: One Size doesn't Fit All, *The McKinsey Quarterly*, 1996, No. 2.

[233] Robert G. Eccles, The Performance Measurement Manifesto, *Harvard Business Review*, 1991, Jan. /Feb. , Vol. 69, Issue 1.

[234] A. E. Ellinger, P. J. Daugherty, S. B. Keller, The Relationship between Marketing/Logistics Interdepartmental Integration and Performance in US Manufacturing Firms: an Empirical Study, *Journal of Business Logistics*, 2000, Vol. 21, No. 1.

[235] C. J. Emerson, C. M. Grimm, Logistics and Mar-

keting Components of Customer Service: an Empirical Test of the Mentzer, Gomes and Krapfel Model, *International Journal of Physical Distribution &Logistics Management*, 1996, Vol. 26, No. 8.

[236] C. Emmanuel et al,, *Accounting for Management control*, 2nd, London, Chapman and Hall, 1990.

[237] Marc Epstein, Jean-Francois Mansoni, Implementing Corporate Strategy: From Tableaus de Bord to Balanced Score-cards, *European Management Journal*, 1998, Vol. 16, Issue 2.

[238] Kenneth J. Euske, *Management Control: Planning, Control, Measurement, and Evaluation*, Addison-Wesley Publishing Company, 1984.

[239] Stanley E. Fawcett, Steven R. Clinton, Enhancing Logistics Performance to Improve the Competitiveness of Manufacturing Organizations, *Production and Inventory Management Journal*, 1996, First Quarter, Vol. 37, Issue 1.

[240] Stanley E. Fawcett, M. Bixby Cooper, Logistics Performance Measurement and Customer Success, *Industrial Marketing Management*, 1998, Jul. , Vol. 27, Issue 4.

[241] Albert B. Fisher, Development of Operating Standards for Wholesalers, *The Journal of Marketing*, 1949, Vol. 14, Issue 2.

[242] Helena Forslund, The Impact of Performance Management on Customers' Expected Logistics Performance, *International Journal of Operations & Production Management*, 2007, Vol. 27, Issue 8.

[243] James R. Frederichson, Sean A. Peffer, Jamie

Pratt, Performance Evaluation Judgments: Effect of Prior Experience under Different Performance Evaluation Schemes and Feedback Frequencies, *Journal of Accounting Research*, 1999, Vol. 37, No. 1.

[244] Alan H. Gepfert, Business Logistics for Better Profit Performance, *Harvard Business Review*, 1968, Nov. /Dec. .

[245] J. M. Gleason, D. T. Barnum, Toward Valid Measures of Public Sector Productivity: Performance Measures in Urban Transit, *Management Science*, 1986, Vol. 28, No. 4, April.

[246] Alaa M. Ghalayini, James S. Noble, The Changing Basis of Performance Measurement, *International Journal of Operations & Production Management*, 1996, Vol. 16, No. 8.

[247] Richard Germain, Output Standardization and Logistical Strategy, Structure and Performance, *International Journal of Physical Distribution & Logistics Management*, 1989, Vol. 19, No. 1.

[248] Richard Gregson, Marketing Logistics Systems Analysis, *European Journal of Marketing*, 1977, Vol. 11, Issue 3.

[249] Stanley E. Griffis, Martha Cooper, Thomas J. Goldsby, David J. Closs, Performance Measurement: Measure Selection Based upon Firm Goals and Information Reporting Needs, *Journal of Business Logistics*, 2004, Vol. 25, No. 2.

[250] Stanley E. Griffis, Martha Cooper, Thomas J. Goldsby, David J. Closs, Aligning Logistics Performance Measurement to the Information Needs of the Firm, *Journal of Business Logistics*, 2007, Vol. 28, No. 2.

[251] John K. Harrington, *Business Process Improvement*,

New York, McGraw Hill, 1991.

[252] R. Hall, *Organizations: Structures, Processes and Outcomes*, Prentice-Hall, New York and London, 1991.

[253] Francine S. Hall, Organization Goals: The Status of Theory and Research, in J. Leslie Livingstone (Ed.), *Managerial Accounting: The Behavioral Foundations*, Columbus, Ohio: Grid, 1975.

[254] Alain Halley, Alice Guilhon, Logistics Behaviour of Small Enterprises: Performance, Strategy and Definition, *International Journal of Physical Distribution & Logistics Management*, 1997, Vol. 27, Issue 7/8.

[255] B. Holmstrom, Moral Hazard in Teams, *The Bell Journal of Economics*, 1982, Vol. 13, No. 2, Autumn.

[256] Thomas C. Harrington, Douglas M. Lambert, Martin Christophe, A Methodology for Measurement Vender Performance, *Journal of Business Logistics*, 1991, Vol. 12, No. 1.

[257] Forrest E. Harding, Logistics Service Provider Quality: Private Measurement, Evaluation, and Improvement, *Journal of Business Logistics*, 1998, Vol. 19, Issue 1.

[258] Masoud Hemmasi, Delly C. Strong, Stephen A. Taylor, Measuring Service Quality for Strategic Planning and Analysis in Service Firms, *Journal of Applied Business Research*, 1994, Vol. 10, No. 1.

[259] James L. Heskett, Controlling Customer Logistics Service, *International Journal of Physical Distribution*, 1971, Vol. 1, No. 3, June.

[260] Daniel E. Innis, John T. Mentzer, Customer Service:

The Key Customer Satisfaction, Customer Loyalty and Market Share, *Journal of Business Logistics*, 1994, Vol. 15, No. 1.

[261] Christopher D. Itter, David F. Larcker, Coming up Short on Non-financial Performance Measurement, *Journal of Organizational Excellence*, 2004, Spring, Vol. 23, Issue 2.

[262] Jukka Kallio, Timo Saarinen, Markku Tinnilä, Ari P. J. Vepsäläinen, Measuring Delivery Process Performance, *International Journal of Logistics Management*, 2000, Vol. 11, No. 1.

[263] Jeffrey S. Kane, Kimberly A. Freeman, A Theory of Equitable Performance Standards, *Journal of Management*, 1997, Vol. 23, No. 1.

[264] Robert S. Kaplan, David P. Norton, *The Balance Scorecard: Translating Strategy into Action*, Harvard College, 1996.

[265] Robert S. Kaplan, David P. Norton, The Balance Scorecard-measures that Drive Performance, *Harvard Business Review*, 1992, Vol. 70, January-February.

[266] Daniel P. Keegan, Robert G. Eiler, Charles R. Jones, Are Your Performance Measures Obsolete? *Management Accounting*, 1989, Vol. 71, June.

[267] Ilene K. Kleinsorge, Philip B. Schary, Ray Tanner, Evaluating Logistics Decision, *International Journal of Physical Distribution & Materials Management*, 1989, Vol. 19, No. 12.

[268] A. Michael Knemeyer, Paul R. Murphy, Evaluating the Performance of Third-Party Logistics Arrangements: A Relationship Marketing Perspective, *Journal of Supply Chain Man-*

agement: *A Global Review of Purchasing & Supply*, 2004, Winter, Vol. 40, Issue 1.

[269] J. S. Keebler, K. B. Manrodt, D. A. Durtsche, D. M. Ledyard, *Keeping Score - Measuring the Business Value of Logistics in the Supply Chain*, Council of Logistics Management, Oakbrook, IL, 1999.

[270] Pasi Koota, Josu Takala, Developing a Performance Measurement System for World-class Distribution Logistics by Using Activity-based Costing and Management: Basic Metal Industries, *International Journal of Technology Management*, 1998, Vol. 16, Issue 1—3.

[271] D. M. Lambert, R. Burduroglu, Measuring and Selling the Value of Logistics, *International Journal of Logistics Management*, 2000, Vol. 11, No. 1.

[272] Douglas M. Lambert, James R. Stock, Jay U. Sterling, *A Gap Analysis of Buyer and Seller Perceptions of the Importance of Marketing Mix Attributes*, AMA Educators' Proceedings, American Marketing Association, Chicago, IL, 1990.

[273] D. M. Lambert, T. L. Pohlen, Supply Chain Metrics, *International Journal of Logistics Management*, 2001, Vol. 12, No. 1.

[274] B. J. La Londe, M. C. Cooper, T. D. Noordewier, *Customer Service: A Management Perspective*, Council of Logistics Management, Oak Brook, IL, 1988.

[275] Fortuin Leonard, Performance Indicators—Why, Where and How?, *European Journal of Operational Research*, 1998, Vol. 34.

[276] Bernard J. La Londe, James M. Masters, Emerging Logistics Strategies: Blueprints for the Next Century, *International Journal of Physical Distribution and Logistics Management*, 1994, Vol. 24, No. 7.

[277] Michel J. Lebas, Performance Measurement and Performance Management, *International Journal of Production Economics*, 1995, Vol. 7.

[278] Micheal Levy, Toward an Optimal Customer Service Package, *Journal of Business*, 1981, Vol. 2, No. 2.

[279] Matthew J. Liberatore, Tan Miller, A Framework for Integrating Activity-Based Costing and the Balance Score Card into the Logistics Strategy Development and Monitoring Process, *Journal of Business Logistics*, 1998, Vol. 19, No. 2.

[280] Cross Lynch, Measure Up! —Yardsticks for Continuous Improvement, *Blackwell Business*, Oxford, 1991.

[281] J. F. Magee, The Computer and the Physical Distribution Network, in W. Alderson, S. J. Shapiro (eds.), *Marketing and Computer*, Prentice-Hall: New Jersey, 1963.

[282] Kristie Mcintyre, Hugh A. Smith, Alex Henham, John Pretlove, Logistics Performance Measurement and Greening Supp ly Chains: Diverging Mindsets, *International Journal of Logistics Management*, 1998, Vol. 9, Issue 1.

[283] John T. Mentzer, Matthew B. Myers, Mee-Shee Cheung, Global Market Segmentation for Logistics Services, *Industrial Marketing Management*, 2004, Vol. 33, No. 1.

[284] John T. Mentzer, Daniel J. Flint, Thomas M. Hult, Logistics Service Quality as a Segment Customized Process, *Jour-*

nal of Marketing, 2001, Vol. 65, No. 4.

[285] John T. Mentzer, Daniel J. Flint, John L. Kent, Developing a Logistics Service Quality Scale, *Journal of Business Logistics*, 1999, Vol. 20, No. 1.

[286] John T. Mentzer, Brenda P. Konrad, An Efficiency/Effectiveness Approach To Logistics Performance Analysis, *Journal of Business Logistics*, 1991, Vol. 12, No. 1.

[287] K. R. Murphy, J. N. Cleveland, *Understanding Performance Appraisal*, Thousand Oaks, CA: Sage, 1995.

[288] Kevin J. Murphy, Performance Standards in Incentive Contracts, *Journal of Accounting and Economics*, 2000, Vol. 30, Issue 3.

[289] R. Moores, *Managing for High Performance*, London: Industrial Society, 1994.

[290] L. J. Mullins, *Management and Organizational Behavior*, 4th, London: Pitman, 1996.

[291] Michael A. McGinnis, Jonathan W. Kohn, Logistics Strategy, Organizational Environment, and Time Competitiveness, *Journal of Business Logistics*, 1993, Vol. 14, No. 2.

[292] Michael A. McGinnis, Jonathan W. Kohn, Logistics Strategy—Revisited, *Journal of Business Logistics*, 2002, Vol. 23, No. 2.

[293] Michael A. McGinnis, Jonathan W. Kohn, A Factor Analytic Study of Logistics Strategy, *Journal of Business Logistics*, 1990, Vol. 11, No. 2.

[294] NEVEM Group, *Performance Indicators in Logistics*, FS Publications, UK, Springer-Verlag, New York, 1989.

［295］ Jerker Nilsson, Purchasing by Swedish Grocery Chains, *Industrial Marketing Management*, 1977, Vol. 6, No. 2.

［296］ Robert A. Novack, Transportation Standard Cost Budgeting, in National Council of Physical Distribution Management Proceedings, 1984.

［297］ R. A. Novack, D. J. Thomas, The Challenges of Implementing the Perfect Order Concept, *Transportation Journal*, 2004, Winter, Vol. 43, Issue 1.

［298］ Bill Nixon, Research and Development Performance Measurement: a Case Study, *Management Accounting Research*, 1998, Vol. 9, Issue 3.

［299］ David Otley, Jane Broadbent, Anthony Berry, Research in Management Control: A Overview of its Development, *British Journal of Management*, 1995, Vol. 6.

［300］ David Otley, The Contingency Theory Management Accounting Achievement and Prognosis, *Accounting*, *Organizations and Society*, 1980, Vol. 5, Issue 4, Oct. .

［301］ A. Parasuraman, Valerie A. Zeithaml, Leonard L. Berry, SERVQUAL: a Multiple-Item Scale for Measuring Consumer Perceptions of Service Quality, *Journal of Retailing*, 1988, Vol. 64, No. 1.

［302］ A. Parasuraman, Valarie A. Zeithaml, Leonard L. Berry, A Conceptual Model of Service Quality and Its Implications for Future Research, *Journal of Marketing*, 1985, Vol. 49, Issue 4, Fall.

［303］ Charles Perrow, A Framework for the Comparative

Analysis of Organizations, *American Sociological Review*, 1967, Vol. 32, Issue 2, Apr. .

[304] Terrance L. Pohlen, Bernard J. La Londe, Implementing Activity-Based Costing (ABC) in Logistics, *Journal of Business Logistics*, 1994, Vol. 15, No. 2.

[305] John Pooley, Alan J. Stenger, Modeling and Evaluating Shipment Consolidation in a Logistics System, *Journal of Business Logistics*, 1992, Vol. 13, Issue 2.

[306] Carlo Rafele, Logistics Service Measurement: A Reference Framework, *Journal of Manufacturing Technology Management*, 2004, Vol. 15, No. 3.

[307] M. J. Rhea, D. L. Schrock, Measuring the Effectiveness of Physical Distribution Customer Service Programs, *Journal of Business Logistics*, 1987, Vol. 8, Issue 1.

[308] Adriana Rejc, Toward Contingency Theory of Performance Measurement, *Journal of / for East European Management Studies*, 2004, Vol. 9, Issue 3.

[309] William Rotch, Management Control System: One View of Components and their Interdependence, *British Journal of Management*, 1993, Vol. 4.

[310] G. A. Rummler, A. P. Brache, *Improving Performance*, 2nd, San Francisco, CA: Jossey-Bass, 1995.

[311] David Ronen, On Measurement Productivity of Trucks' Dispatch, *Journal of Business Logistics*, 1986, Vol. 7, No. 2.

[312] Dale S. Rogers, Patricia J. Daugherty, Thiodore P. Stank, Benchmarking Programs: Opp ortunities for Enhance

Performance，*Journal of Business Logistics*，1995，Vol. 16，No. 2.

[313] William A. Schiemann，John H. Lingle，*Hitting Your Strategic Target Through High-Impact Measurement*，Free Press，New York，1999.

[314] Hanna Schramm-Klein，Dirk Morschett，The Relationship between Marketing Performance，Logistics Performance and Company Performance for Retail Companies，*International Review of Retail*，*Distribution and Consumer Research*，2006，Vol. 16，No. 2.

[315] J. Schmitz，K. W. Platts，Supp lier Logistics Performance Measurement：Indications from a Study in the Automotive Industry，*International Journal of Production Economics*，2004，May，Vol. 89，Issue 2.

[316] Kuo-chung Shang，Peter B. Marlow，Logistics Capability and Performance in Taiwan's Major Manufacturing Firms，*Transportation Research：Part E*，2005，Vol. 41，Issue 3.

[317] Robert Simons，*Performance Measurement and Control Systems for Implementing Strategy*，Prentice-Hall Inc. ，2000.

[318] D. S. Sink，T. C. Tuttle，S. J. De Vries，Productivity Measurement and Evaluation：What Is Available?，*National Productivity Review*，1984，Vol. 4，No. 3.

[319] David Sinclair，Zairi Mohamed，Effective Process Management through Performance Measurement，*Business Process Re-engineering & Management Journal*，1995，Vol. 1，No. 1.

[320] Alan Stainer，Logistics—a Productivity and Perform-

ance Perspective, *Supply Chain Management*, 1997, Vol. 2, No. 2.

[321] T. P. Stank, P. J. Daugherty, C. W. Autry, Collaborative Planning: Supporting Automatic Replenishment Programs, *Supply Chain Management*, 1999, Vol. 4, No. 2.

[322] Joel M. Stern, G. Bennett Stewart III, Donald H. Chew Jr., EVA: An Integrated Financial Management System, *European Financial Management*, 1996, Vol. 2, No. 2.

[323] Jay U. Sterling, Douglas M. Lambert, A Methodology for Identifying Potential Cost Reductions in Transportation and Warehousing, *Journal of Business Logistics*, 1985, Vol. 5, No. 2.

[324] Arun Sharma, Dhruv Grewal, Michael Levy, The Customer Satisfaction/Logistics Interface, *Journal of Business Logistics*, 1995, Vol. 16, Issue 2.

[325] Theodore P. Stank, Patricia J. Daugherty, Pulling Customers Closer through Logistics Service, *Business Horizons*, 1998, Sep./Oct., Vol. 41, Issue 5.

[326] Theodore P. Stank, Thomas J. Goldsby, Shawnee K. Vickery, Effect of Service Supplier Performance on Satisfaction and Loyalty of Store Managers in the Fast Food Industry, *Journal of Operations Management*, 1990, Vol. 17, No. 2.

[327] Paul W. Stewart, J. Frederic Dewhurst, Does Distribution Cost too Much? The Twentieth Century Fund, New York, 1939.

[328] The Global Logistics Research Team at Michigan State University, *World Class Logistics*, Council of Logistics Manage-

ment: Oak Brook, 1995.

[329] Michael Tracey, The Importance of Logistics Efficiency to Customer Service and Firm Performance, *International Journal of Logistics Management*, 1998, Vol. 9, Issue 2.

[330] Juuso Toyli, Lotta Hakkinen, Lauri Ojala, Tapio Naula, Logistics and Financial Performance, *International Journal of Physical Distribution & Logistics Management*, 2008, Vol. 38, No. 1.

[331] Peter B. Turney, Common Cents: The ABC Performance Breakthrough, *Accounting Review*, 1992, Vol. 67, Issue 4.

[332] Karel Van Donselaar, Kees Kokke, Martijn Allessie, Performance Measurement in the Transportation and Distribution Sector, *International Journal of Physical Distribution & Logistics Management*, 1998, Vol. 28, Issue 6.

[333] P. R. H. Van der Meulen, G. Spijkerman, The Logistics Input-Output Model and its App lication, *International Journal of Physical Distribution and Materials Management*, 1985, Vol. 15, No. 3.

[334] Dragan Vasilievic, Rados Popadic, Framing High-Performance Logistics, *Industrial Management*, 2008, Jul. /Aug. .

[335] N. Venkatraman, V. Ramanujam, Measurement of Business Performance in Strategy Research: a Comparison of Approach, *Academy of Management Review*, 1986, Vol. 11, No. 4.

[336] J. D. Wisner, A Equation Model of Supply Chain Management and Firm Performance, *Journal of Business Logistics*, 2003, Vol. 24, No. 1.

〔337〕 D. B. Waggoner, A. D. Neely, M. P. Kennerley, The Forces that Shape Organizational Performance Measurement Systems : an Interdisciplinary Review, *International Journal of Production Economics*, 1999, Vol. 60/ 61, Issue 3.

〔338〕 Tutu Wegilius-Lehtonen, Performance Measurement in Construction Logistics, *International Journal of Production Economics*, 2001, Vol. 69.

后　记

本书是在我的博士论文基础之上修改而成的。看着堆满工作室一角的文献和书籍，回首过去近两年的论文写作过程，心中充满感慨和感激。

我要感谢我的导师夏春玉教授。感谢夏老师给予我的学习机会，使我得以实现自己的人生梦想。在接近 8 年的求学过程中，老师的虚怀若谷和严谨的治学态度时时提醒着我：学无止境，精益求精；老师"做事先做人"的教诲令我看到并牢记一名学者应该具备的素养。而在毕业论文的创作过程中，从选题、修改到最后定稿，老师都倾注了大量的心血，给予了耐心而细致的指导。

我要感谢东北财经大学工商管理学院所有参加我毕业论文预答辩的评委和三位校外匿名评审专家。他们对论文给予的肯定使我体会到自己的付出得到认可时的欣慰，他们对本研究所提出的中肯的修改建议为论文的完善指出了明确的方向，同时也坚定了我以毕业论文为基础，进一步开展深入研究的信心和决心。

我要感谢东北财经大学的池国华老师、曹志来老师。感谢他们在企业绩效评价的文献和基础理论方面为我提供的许多有益提示和建议。

　　我要感谢加州州立大学（长滩分校）的苏雪梅博士、德克萨斯大学（泛美分校）的吴思斌博士、王磊博士、郭赤全博士以及我访学期间的合作导师林达·马修斯（Linda Matthews）博士。感谢他们给予我的热情帮助。在短短一年的访学时间里，无论是通过正式的学术研讨，还是通过非正式的私人交流，这些学者向我传递的学术思想和研究心得为毕业论文的创作提供了重要启示。

　　我要感谢营销与流通经济研究学术沙龙的所有"龙友"。在论文写作期间，与他们的讨论给予我不少启发和灵感。而作为同门学友，他们的关心、帮助和支持更让我体会到师兄弟姐妹之间的真情厚谊。

　　我要感谢我的家人。在儿子出生至今的 5 年时间里，远在异地的父母替我完全承担了照顾孩子的重任，使我能够无后顾之忧地出国研修、心无旁骛地进行毕业论文写作。而先生的全力支持和细致入微的关怀不仅体现在承担所有家务，而且体现为在我"歇斯底里"时默默地做"出气筒"，让我缓解压力。亲人对我的无私付出使我真切地体会到"大爱无言"。

　　毕业论文的完成固然是一个学习过程的总结，但并不意味着这一过程的终结。我将以此为新的起点，以加倍的努力来回报师长、同学、亲人和朋友给予的支持和帮助。

　　最后，再一次感谢所有真心关爱我的人，愿他们一生平安快乐！

李文静

2009 年 11 月 25 日于东财园